P.G.Wodehouse

ウッドハウス・コレクション

サンキュー、ジーヴス

Thank You, Jeeves

P・G・ウッドハウス 著

森村たまき 訳

国書刊行会

目次

サンキュー、ジーヴス

○登場人物たち

バートラム・ウースター（バーティー）………気のいい有閑青年。物語の語り手。

ジーヴス………バーティーに仕える執事。

第五代マーマデューク・チャフネル男爵（チャッフィー）………バーティーの学友。チャフネル・レジスの領主で、チャフネル・ホールに住む。

ポーリーン・ストーカー………アメリカの大富豪の娘。バーティーと婚約していたことがある。

ドゥワイト………ポーリーンの弟。

Ｊ・ウォッシュバーン・ストーカー（パパストーカー）………アメリカの大富豪。

ジョージ・ストーカー………Ｊ・Ｗ・ストーカーのまた従兄弟。莫大な財産をストーカーに遺して死去した。

サー・ロデリック・グロソップ………高名な精神科医。パパストーカーの友人。バーティーとは犬猿の仲。

レディー・マートル・チャフネル………第四代チャフネル男爵の未亡人。チャッフィーの伯母。

シーベリー………レディー・チャフネルの連れ子。

ブリンクレイ………バーティーの新しい執事。

ヴァウルズ巡査部長………チャフネル・レジスの警察官。

ドブソン巡査………チャフネル・レジスの警察官。ヴァウルズ巡査部長の甥。

メアリー………チャフネル・ホールの小間使い。ドブソン巡査と婚約している。

序文

本書はジーヴスとバーティー・ウースターに関する、最初の長編小説である。そしてまた私がタイプライターの前に座って背筋を痛めることなく創作を試みた唯一の作品である。

速記者に口述筆記してもらおうなどと考えたわけではない。口伝えで、ノートを持って退屈そうな顔をした秘書と面と向かいながら、いったいどうやって物語をこしらえられるものか私には想像もつかない。しかし多くの作家たちは「スペルヴィンさん、用意はよろしいですかな？ 口述筆記をお願いします。カッコいいえテンジャスパー・マーガトロイド卿カッコ閉じるエヴァンジェリンは言った。いや、わめいたにして下さい。マルカッコあなたが世界中で最後の男だとしたってあたしあなたと結婚しないわマルカッコ閉じるカッコさてとテン僕は世界中で最後の男じゃないテンだから問題は生じないなカッコ閉じるジャスパーは答えたマル皮肉げに口ひげをひねりながらだマルかくして長い一日が過ぎていった」と言うのを何とも思わないのである。

もしもこんな真似を始めてしまったあかつきには、この女の子は筆記しながら胸のうちでこう言ってはしまいかと、終始心配していなければならない。すなわち「まったくテンわからないわマルおツムの弱い人たちのためのホームがそこらじゅうで客引きしてるっていうのにテンいったいどうしてテンこのウッドハウスみたいなバカが長年審問も受けずに野放しでいられるのかしら」と。

とまれ私は送話機に話を吹き込むと蠟管に録音がされるという機械を購入し、『サンキュー、ジーヴス』をそれで書き始めてみたのだった。そして最初の何段落かを吹き込んだところで、巻き戻してどんなふうに聞こえるものか試してみようという気になった。

それは人間の食用には恐ろしすぎるシロモノであった。その瞬間まで私は、自分がひどくもったいぶった校長先生が学校の礼拝堂の説教壇から若き学生諸君に演説するような声の持ち主だとはまったく気づかずにいた。そこには精神を戦慄《せんりつ》させるごとき、一種索漠とした荒涼さが感じられた。私はびっくり仰天したものだ。すべてがうまくいったら、『サンキュー、ジーヴス』を楽しい読み物にしたいと私は願っていた――こう言っておわかりいただけるなら、陽気な、それでまたこうも言っておわかりいただけるなら、めちゃくちゃに楽しい、そして明るくて屈託のないものとなってもらいたかった。それでこんな声の男には、明るくて屈託のない境涯の半径何キロ以内にだってどうしたって近寄りようがないことは、火を見るよりも明らかだと私には思われた。こういう男の手にかかったが最後、物語は陰惨な農民生活の悲劇に展開を進め、一ページ目を一瞥した瞬間に図書館に返却するような書物に成り果てるのは必至である。私は翌日この機械を売り払い、アホウドリを追っぱらった老水夫［コールリッジの詩「老水夫行」］みたいな気分になった。そういうわけで今では私は、頼もしきタイプライターだけを使用している。

物語を書くことを、私は楽しんでいる。私の暮らしから陽光を奪い去るのは、物語を考え出すことのほうである。私の小説のようなプロットは、左右の大脳皮質ならびに両者を横断するコルプス・カロスム、すなわち脳梁として知られる幅広い線維の帯に何かしら重大な支障が生じたのではあるまいかと、終始疑念を覚えながらでないと考え出せるものではない。長編小説を書き始める前に、四百ページ程のノートをこしらえるのが私のいつものやり方である。そしてその過程にはいつも、「ああ、何と高貴な魂が失われてしまったことか〔『ハムレット』三幕一場、オフィーリアの独白〕」と一人ごちる瞬間がある。おかしなことに、申請人と同意人をみつけてキチガイ病院に入らねばと私が感じる、その瞬間に、いつも何かがカチッとひらめき、そのあとはすべて愉快と歓喜となるのである。

P・G・ウッドハウス

1. ジーヴス辞表を提出する

僕はわずかに心乱れていた。たいした意味はない。ほんとうだ。だけど、でもちょっぴり不安だった。フラットの中でひとり腰掛け、最近すごく夢中になっているバンジョレレ「バンジョー・ウクレレ。バンジョーとウクレレの間の子といわれる楽器」をぼんやりとつま弾きながら、それで僕のひたいには本当にしわが寄せられていたわけではないのだが、でもだからといって、ぜったいにそうでなかったと言い切れるわけでもなかったのだ。おそらく「哀愁を秘めた」という言葉で、だいたいは言いつくせるのではあるまいか。厄介なものとなる虞《おそれ》をはらんだ事態が起こっているようだ、と、僕には思われた。

「ジーヴス」僕は言った。「君にはわかるか？」

「いいえ、ご主人様」

「僕が昨夜誰を見かけたか、君にわかるか？」

「いいえ、ご主人様」

「J・ウォッシュバーン・ストーカーとその娘、ポーリーンだ」

「さようでございますか、ご主人様？」

「こっちに来てるんだな」

「さようと拝察されましょう、ご主人様」

「いやじゃないか、どうだ?」

「ニューヨークにて出来《しゅつたい》いたしましたことの後でございますからには、ストーカーお嬢様との思いがけなきご遭遇は、あなた様におかれましてはさぞかし心痛ましき仕儀と拝見いたすところでございます。しかしながら、さような偶発事態発生の必然性はほとんどございますまいと拝察を申し上げます」

僕はこれを考量した。

「君が偶発事態の発生と話しはじめたあたりで、ジーヴス、脳みそがチラチラちらつきだしちゃって、それでどうも君の言わんとするところをつかみ損ねちゃったみたいなんだ。だがつまりこういうことかな、僕は彼女の進路に立ち入り無用でいるべきだ、と、そういうことか?」

「はい、ご主人様」

「彼女を避けろ、と?」

「はい、ご主人様」

僕は『オールド・マン・リバー』を五小節、ちょっと投げやりなふうに弾いた。彼の発言は僕の心を安らげてくれた。僕には彼の推論が理解できた。何と言ったって、ロンドンは広い。会わずにいたいと思ったら、会いたくない人物に会わずにいるなどはたやすい話だ。

「だけど、ショックだったんだ」

「さぞやと想像申し上げます、ご主人様」

「また彼らがサー・ロデリック・グロソップといっしょだったという事実によって、そのショックは倍増したんだ」

「さようでございますか、ご主人様？」

「そうなんだ。サヴォイ・グリルでだった。連中は窓際のテーブルで飼い葉袋にいっしょに顔をつっこんでいた。で、またおかしなことがあるんだ、ジーヴス。一堂に会していた連中の四人目は、チャフネル卿の伯母《おば》さんのレディー・マートルだった。彼女はあんな連中といっしょにいったい何をしてるっていうんだろう？」

「おそらくレディー・マートルはストーカー様、ストーカーお嬢様、あるいはサー・ロデリックのいずれのお方かとご交友がおありと拝察されましょう、ご主人様」

「うん、たぶんそういうことなんだろう。そうだな、それで説明がつく。だが告白するが、僕はびっくりしたんだ」

「あなた様はご一同様とご歓談あそばされたのでございますか、ご主人様？」

「誰が、僕がだって？　とんでもない、ジーヴス。僕は電光石火の早業で逃げ出したんだ。ストーカー父娘を回避せんと欲することはもとより、そもそも僕が無闇に、意図的に、グロソップの親爺《おやじ》の前にのこのこ出ていっておしゃべりなんかをすると君は思うのか？」

「確かにあの方は、いまだかつてあなた様とお気心の合ったご友人であそばされたためしがございません」

「もしこの広い世界に僕が二度と言葉を交わしたくない人物がひとりいるとしたら、それはあのいやったらしい親爺にほかならないんだ」

「お話し申し上げることを失念いたしておりましたが、今朝方サー・ロデリックがあなた様をご訪問にお越しあそばされました」

「なんと！」

「はい、ご主人様」

「あいつが僕に会いにきただって？」

「はい、ご主人様」

「あんなことがあった後でか？」

「はい、ご主人様」

「うーん、なんてこった！」

「はい、ご主人様。あなた様がいまだご起床であそばされぬ旨をお伝え申し上げましたところ、あの方は後ほどまたお越しになられるとおおせでございました」

「そうか、そうなのか？」僕は笑った。皮肉な笑いというやつだ。「ふむ、奴が来たら、犬をけしかけてやるように」

「当家内にて犬は飼われておりません、ご主人様」

「それじゃあ下の階に行ってティンクラー＝ムールク夫人のポメラニアンを借りてくるんだ。ニューヨークであいつがしでかしてくれたことの後で、よくもまあぬけぬけと社交的訪問なんかができたものだ！　そんな話は聞いたことがない。こんな話を今まで聞いたことがあるか、ジーヴス？」

「本状況におきましては、あの方のご訪問はわたくしに驚きを覚えさせたものであると、告白申し上げるところでございます、ご主人様」

「そうだろう。なんてこった！　神よ！　救いあれだ！　あの男の面の皮はサイの外皮くらいぶ厚いにちがいないな」

それで僕が内幕話を披露した後ならば、読者諸賢におかれても僕と思いを同じくし、僕の興奮ぶりも無理はないとお考えいただけることと思う。事実を整理して話を進めよう。

三月ほど前のことだ、アガサ伯母さん方面の活動が活発化しているのに気づいた僕は、ホイと海を渡ってニューヨークに出かけ、彼女に頭を冷やすだけの時間をやるのが賢明であろうと判断した。向こうで一週間の半分も過ごさぬうちに、シェリー・ネザーランド・ホテルでちょっとしたお祭り騒ぎがあって、そこで僕はポーリーン・ストーカーと出逢ったのだ。

彼女はどまんなか大当たりで僕の心をとらえた。彼女の美貌は葡《ぶ》萄《どう》酒のごとく僕を狂わせた。「ジーヴス」アパートメントに戻ってきた僕は、こう言ったのを憶《おぼ》えている。「何かを見て誰かが何かを見てるみたいだって言ったのは誰だったかなあ？　そのくだりを学校で習ったんだが、思い出せないんだ」

「管見いたしますところ、あなた様が念頭に置かれておいでの人物は詩人のキーツであろうと拝察いたすものでございます。キーツははじめてチャップマン訳のホーマーを披見した折の感情を、頑健なるコルテスが鷲の目をもちて太平洋を望んだ折の感慨と引き比べております［キーツの詩「はじめてチャップマン訳のホーマーを披見して」］」

「太平洋だって？」

「はい、ご主人様。そして彼の家来たちはダリエンの頂にて黙し、さかんな推測にて互いを見やったものでございました」

「そのとおりだ。ぜんぶ思い出した。ふむ、それで僕が今日の午後、ポーリーン・ストーカー嬢に紹介されたときの感情がそれなんだ。今夜ズボンのプレスは特に念入りにやってくれ、ジーヴス。僕は彼女と食事をするんだ」

ニューヨークにあっては、僕がつねづね感じているところだが、ハートの問題に関しては進行が速い。僕が信じるところ、ここの空気に何かあるせいなのだ。二週間後、僕はポーリーンにプロポーズしていた。彼女は僕の申し出を受け入れてくれた。そこまではよかったのだ。だが続きをご覧じろ、だ。機械装置にモンキースパナがぶち込まれ、四十八時間以内にすべてはおしまいになった。そのモンキースパナを打ち下ろした手とは、サー・ロデリック・グロソップその人の手にほかならなかった。

ご記憶の方もおいでであろうが、僕はこの回想録において、この毒薬のツボ親爺に関してはいささか頻繁に言及する機会を得ている。ドーム様の禿頭とボサボサ眉毛のいやらしい男で、神経の専門家とのふれこみだが実のところは誰もが承知のとおり、値の張るキチガイ医者以上あるいは以下の何者でもない。彼は長年僕の行くところ行くところに予期せず出現し、つねに容易ならざる結果を出来《しゅったい》させてきた。で、また、たまたま僕の婚約のおしらせが新聞に掲載されたときに、彼はニューヨークにいたのである。

奴さんがどうしてここにいたかというと、J・ウォッシュバーン・ストーカーのまた従兄弟《いとこ》のジョージのところを定期的に往診しているその時にあたったということなのだ。このジョージ爺さんというのは、その一生涯を寡婦やら孤児やらをたぶらかし続けて過ごし来りて後、ちょっぴり緊張を覚えはじめた、という人物である。彼の話は珍妙で、また彼には逆立ちして歩く傾向があった。

数年来サー・ロデリックの患者をやっており、それで後者が時々ニューヨークに来ては彼を診るのがならわしになっていた。それで今回この親爺さんは、朝食のコーヒーと卵を食べながらバートラム・ウースターとポーリーン・ストーカーがこれから『ウエディング滑走［シャーリー・ケロッグ主演の一九一二年のブロードウェー・ミュージカル］』をしようとしているとのニュースを読むのにちょうど間に合うタイミングで彼の地《か》にご到着されたというわけなのだ。それで僕が究明したかぎりでは、奴さんは口を拭《ぬぐ》うのもそこそこに、すぐさま電話のところに飛んでゆき、花嫁の父となるべき人物に電話をかけたのであった。

さてと、それで奴さんがJ・ウォッシュバーンに僕のことを何と言ったかは、もとより僕の知るかぎりではない。だが、あえて想像するなら、彼は彼に僕がかつて彼の娘のオノリアと婚約していたことがあり、それでその縁組が破談になったのは僕が骨の髄までキ印だと彼が判断したからだと告げたものと思われる。間違いなく、彼は僕の寝室にねこと魚がいた事件のことに触れたことだろう。またおそらくは盗まれた帽子の事件と雨どいを滑り降りる僕の習性にも言及したことだろう。それでおそらくは、レディー・ウィッカム邸における突き刺された湯たんぽに関する不幸な事件でもって話を締めくくったものと思われる。

J・ウォッシュバーンの親友であり、またその判断にJ・W氏が信頼を置いている人物であるからして、あの親爺が僕が理想的な義理の息子ではないと上記人物を説き伏せるのはたいして難しい仕事ではなかったものと僕は思う。いずれにせよすでに述べたように、婚約の聖なる瞬間から四十八時間以内に、縞のズボンを新調してガーデニアの花の注文を入れる必要はなくなったと僕は申し渡された。つまり僕の立候補は取り消されたから、というわけだ。

それでいながら涼しい顔でもってウースター邸を訪なおうというのがこの男である。つまりだ、あきれた話じゃないか！

僕はこいつにすごくそっけない態度をとってやろうと意を決した。

彼が到着したとき、僕はまだバンジョレレをつま弾いていた。バートラム・ウースターを最もよく知る人ならば、彼が突然の、強烈な情熱の虜となりがちな人物であり、その囚われとなっているとき、彼は無慈悲な機械——張りつめて、心奪われ、一心不乱な——となる、ということにお気づきであろう。バンジョレレ演奏に対する、今の僕がそうだった。アルハンブラ劇場で「ベン・ブルームと十六人のボルティモアの仲間たち」の超絶技巧が僕のハートに火をつけ、この楽器の勉強をはじめようと決心させたあの晩以来、数時間のたゆまぬ練習なしに暮れぬ日は一日とてなかった。それで僕は霊感を得たみたいに弦をビィーンと弾いていたのだが、と、ドアが開き、いまお話ししたいやらしい拘束衣の専門家をジーヴスが放り入れてよこしたのだった。

この人物が僕と話をしたがっていると知らされてからしばらくの間、僕はこの件につき考察を巡らせていた。それで到達し得た唯一の結論は、この親爺さんが何らかのかたちで改心したに相違なく、自分のしたことについて僕に対し謝罪する必要があると意を決した、というものであった。それでそういうわけだから、主人役を務めるべく立ち上がったバートラム・ウースターは、いささか態度の軟化したバートラム・ウースターであった。

「ああ、サー・ロデリック」僕は言った。「おはよう」

これ以上愛想のいい話し方などは不可能だったはずだ。したがって、彼の唯一の返答がうなり声で、それも疑問の余地なく不快なうなり声であったときの僕の驚きをご想像いただきたい。この状況に関して僕は誤診を下していたのだ、と僕は感じた。僕はまるきり的外れだったのだ。ここにいるこの男はまっ正直に詫びを入れてくるような人物ではない。僕がもし早発性痴呆症の病原菌だったとしたって、これほどあからさまな嫌悪感を示してよこすのは無理だったはずだ。

　さてさて、彼がかくのごとき態度をとろうというならば、さてさて、である。そういうわけで僕の愛想のよさは影をひそめた。僕はひややかに態度を硬化させ、同時に険しく眉をあげた。それで僕がおなじみの「わざわざご訪問をいただきどれほど光栄に存じておりますことか」っていうギャグをかましてやろうと身構えたところで、奴さんは僕に先制して口をきいてよこしたのだった。

「君は障害認定を受けるべきじゃ！」

「何とおっしゃいましたか？」

「君は公共に対する脅威である。ここ何週間も、君は何らかの恐ろしい楽器を用いて近隣じゅうを地獄に叩き落としておる。いま君がそこに持っておるそれじゃ。こういう立派な住宅地のフラットでそんなものを演奏しようとは、どういうつもりかな？　地獄じみた騒音ですぞ！」

　僕は冷静で、威厳ある態度を維持した。

「〈地獄じみた騒音〉と、おっしゃいましたか？」

「言ったとも」

「ああ、そうですか。それじゃあ言わせてもらいましょう。その身のうちに音楽を持ち合わせていない者は……」僕はドアのところに向かった。「ジーヴス」廊下ごしに僕は呼んだ。「その身のうちに音楽を持ち合わせていない者は、何に向いてるってシェークスピアは言ってたんだっけかなあ？」

「反逆、謀略、強奪、でございます、ご主人様［『ヴェニスの商人』五幕一場］」

「ありがとう、ジーヴス。反逆、謀略、強奪に向いているんですよ」戻ってきて僕は言った。

彼は一、二歩ダンスのステップを踏んだ。

「君は階下の居住者であるティンクラー＝ムールク夫人がわしの患者の一人で、きわめて神経の緊張が高まった状態におありだということをご存じかな？　わしは彼女に鎮静剤を処方せねばならなかったのですぞ」

僕は手を上げて彼を制した。

「キチガイ病院ゴシップはやめにしましょう」僕はひややかに言った。「それじゃあ僕のほうから質問させていただきますが、貴方はティンクラー＝ムールク夫人がポメラニアンを飼っていらっしゃることにお気づきですか？」

「たわ言はよしたまえ」

「僕はたわ言なんて言っていません。そのケダモノは一日中ワンワン吠《ほ》えたてて、夜まで吠え続けることだって珍しくないんです。だのにティンクラー＝ムールク夫人には僕のバンジョレレに苦情を言ってよこす神経があるっていうんですか？　笑止ですよ。自分の目の中のポメラニアンを先に引っこ抜いたらどうなんです」僕は言った。ちょっぴり聖書から引用しながらだ［『マタイによる福音書』七・三―五、『ルカによる福音書』六・四一―四二「あなたは兄弟の目にあるおが屑は見えるのに、なぜ自分の目の中の丸太に気づかないのか……偽善者よ、まず自分の目から丸太を取り除け」］。

彼は目に見えて苛立《いらだ》った様子だった。

「わしは犬の話をしにここに来たのではない。ただちにこの不幸なご婦人を苦しめることをやめると、君に保証してもらいたいのじゃ」

僕は首を横に振った。

「彼女が冷淡な聴衆なのは残念ですね。ですが僕の芸術が第一に優先されなければなりません」

「それが君の結論かね？」

「そうです」

「よろしい。この件については君はもっと聞かされることになるだろうな」

「それじゃあ、ティンクラー＝ムールク夫人はこれをもっと聞かされることになりますよ」これ見よがしにバンジョレレをひけらかしながら、僕は応えた。

僕はベルを押した。

「ジーヴス」僕は言った。「サー・ロデリックがお帰りだ！」

この意志の衝突の際の己《おの》が振舞いに、非常な満足を覚えていたと僕はここに告白するものだ。グロソップの親爺がうちの居間に突然登場したというだけで、僕がウサギみたいに逃げ出していた時代もあったことをご想起いただかねばならない。しかしあれ以来僕は火炉の中を通り過ぎてきたし〔『ダニエル書』三〕、彼を一見しただけでいわく言いがたい恐怖でいっぱいになってしまうようなことは、もはやない。静かなる自足の念に満たされた僕は、『ザ・ウェディング・オヴ・ザ・ペインティッド・ドール』、『シンギン・イン・ザ・レイン』、『スリー・リトル・ワーズ』、『グッドナイト・スウィートハート』、『マイ・ラブ・パレード』、『スプリング・イズ・ヒア』、『フーズ・ベイビー・アー・ユー？』それと『アイ・ウァント・アン・オートモービル・ウィズ・ア・ホーン・ザット・ゴーズ・トゥートゥー』の一部を今あげた順に演奏した。そしてこの最後の曲目の終盤で、電話が鳴ったのだった。

僕はその機器のところに行って立ったまま話を聞いた。そして、聞き進むにつれ、僕の表情はけわしくこわばった。

「よくわかりました、マングルホッファーさん」僕は冷たく言った。「ティンクラー＝ムールク夫人とそのお仲間には、僕は後者の選択肢を選ぶとお話しいただいて結構です」

僕はベルを押した。

「ジーヴス」僕は言った。「ちょっとしたトラブルが起こった」

「さようでございますか、ご主人様？」

「ここバークレイ・マンション、W1において、不快事が醜悪な首をもたげているんだ。また僕はここにお互い様の精神やらご近所意識の欠如をも認めるものだ。たった今、僕はこの建物の支配人と電話で話し合ったところだが、彼は最終通告を突きつけてきた。彼の言うところでは、僕はバンジョレレの演奏をやめるか、ここを引き払うかしないといけないそうだ」

「さようでございますか、ご主人様？」

「C6号のティンクラー＝ムールク夫人、B5号のJ・J・バスタード中佐殊勲賞、B7号のサー・イヴラードとレディー・ブレナーハセットから、苦情が申し立てられているそうだ。よしわかった。それならそれでいい。僕は構わない。ティンクラー＝ムールクやらバスタードやらブレナーハセットの連中なんか、厄介払いしてやって構わないんだ。何ら胸痛むことなく、僕は連中の許を立ち去れる」

「あなた様はご転居をご提案あそばされておいでなのでございましょうか、ご主人様？」

僕は眉を上げた。

「きまってるじゃないか、ジーヴス。僕が他の方針をとるなんて思いもよらないだろう？」

「しかしながら、よそに行かれてもなお、あなた様は同様の敵意とご遭遇あそばされるのではございますまいか、ご主人様？」

「僕の向かう場所ではそんなことはない。僕は奥まった田舎に隠遁するつもりなんだ。旧世界の人里離れた隠れ里に、僕はコテージを見つけ、そこで再び研鑽《けんさん》を積もうと思っている」

「コテージでございますか、ご主人様？」

「コテージだ、ジーヴス。できれば忍冬《ハニーサックル》のつるに覆われているのがいいな」

次の瞬間、僕は爪楊枝《つまようじ》でだってノックアウトされたものと思う。小休止があり、そしてそれからジーヴスが、僕が長年ずっとずっとこの胸でいつくしみ育んできたジーヴスが、まあいわゆるだが、一種の咳払いをし、そして彼の唇から、次のような信じがたい言葉が発されたのだった。すなわち、

「さような仕儀となりますならば、わたくしはお暇《いとま》を頂戴いたさねばなりません」

緊迫した沈黙があった。僕はこの男をじっと見つめた。

「ジーヴス」僕は言った。僕は愕然《がくぜん》としていた、と述べてもたいした誤りではない。「僕の聞き違いではないいな？」

「はい、ご主人様」

「僕の側近でいることをやめようと、本当に考えているんだな？」

「はなはだ不本意ながら、さようでございます、ご主人様。しかしながら、田舎のコテージの手狭な空間内にてあの楽器をご演奏あそばされることがあなた様の意図されるところならば――」

僕はすっくりと立ち上がった。

「君はあの楽器と言ったな、ジーヴス。それも不愉快なじめじめした声で言った。つまり君はこのバンジョレレが嫌いだと、理解してよいのかな？」

「はい、ご主人様」

「今までずっと大丈夫だったじゃないか」

「重大なる困難をともないつつ、でございました、ご主人様」

「それじゃあ言わせてくれ、君よりもっとすぐれた人物が、バンジョレレよりもっと悪いことを耐え忍んでいるんだ。エリア・ゴスポディノフっていうブルガリア人が、かつて二十四時間休みなしのぶっ通しでバグパイプを吹き続けたことがあるのを君は知っているか？　リプリーが『ビリーヴ・イット・オア・ノット』〔ロバート・リプリーの新聞連載漫画。世界各地の奇妙なものを紹介し、一九三〇年代に大流行した〕で本当だって請け合ってるんだ」

「さようでございますか、ご主人様？」

「ふむ、君はゴスポディノフの従者が、それで逃げ出したと思うのか？　とんでもない。ブルガリアの連中はもっと出来がいいんだ。中欧一の記録に挑戦せんとする若主人の後ろに、彼は最初から最後まで控えていたものと僕は確信している。また彼が頻繁に氷嚢《ひょうのう》その他の回復措置をもってかいがいしく主君に仕えていたことは疑いを容れない。ブルガリア人精神でいくんだ、ジーヴス」

「いいえ、ご主人様。おそれながらこの立場をいささかも退《しりぞ》くことはかないません」

「だけど、コン畜生だ。君は君の立場を退くって言ってるじゃないか」

「わたくしは離職に関するわたくしの立場を放棄することはいたしかねる、と申し上げておりますべきでございました」

「ああ」

僕はしばらく考え込んだ。

「本当にそういうつもりなのか、ジーヴス？」

「はい、ご主人様」

「君はよくよく慎重に考えたのか？　賛否両論を比較考量し、あちらとこちらを衡量した上でか？」

「はい、ご主人様」

「そうして、決心したんだな」

「はい、ご主人様。あの楽器の演奏を今後もお続けあそばされることがあなた様の意図されるところであるならば、わたくしにはお暇をいただく他にすべはございません」

ウースター家の血がカンカンに沸騰した。ここ近年、たまたまそういう具合に事情がはこんだものだから、この悪党は家庭内ムッソリーニとでも言うべき立場を占めるに至っている。しかしながら、そのことをいったん忘れて冷厳な事実のみに即して考えるなら、結局のところ、ジーヴスとは何だ？　執事である。有給の使用人だ。執事ふぜいにいつまでもへつらって人は暮らせぬものだ――へつらう、でよかっただろうか？　「へ」で始まる言葉だったはずだ。自分のご先祖様はクレッシーの戦い［百年戦争初期の戦闘でエドワード三世、エドワード黒太子率いる英軍が仏軍に大勝した］ですごく活躍したのだと思い起こして、両の足を強く踏みしめねばならぬ時があるのだ。その時のいまや訪れりである。

「それじゃあ、出ていってくれ、コン畜生！」

「かしこまりました、ご主人様」

2. チャッフィー

告白するが、ステッキと帽子とレモン色の手袋を装着し、半時間後にロンドンの街角に大股に歩き出《い》でた僕の心は憂鬱《ゆううつ》だった。ジーヴスなしの暮らしがどんなことになるものか考えるのはいやだったが、落ち込んでいるつもりはなかった。角を曲がってピカディリーに出たときの僕は炎熱と冷硬鋼の人であって、ほんの一瞬だが、ウースター一族のいにしえの鬨《とき》の声とはいかぬにせよ、せせら笑いの声を放ってはいはしないかと思った時があったくらいだ。もし地平線上に見覚えのある人影を発見していなければ、だが。

その見覚えのある人影は僕の幼なじみの第五代チャフネル男爵にほかならなかった――ご記憶でおいでなら、僕はこいつのマートル伯母《おば》さんが地獄の番犬グロソップ親爺《おやじ》と仲良くお付き合いしているところを昨晩見かけたのだ。

奴の姿を一見し、僕は自分が田舎のコテージを借りようと探している身の上で、ここにいるこの男がまさしくそういう物件の供給側の人間であることを思い出したのだった。

チャッフィーのことをこれまでお話ししたことはあったろうか？　もしお聞きだったらそう言っていただきたい。奴と僕とは、ほぼ全生涯を通じた友人である。私立学校、イートン校、それからオックスフォードにいっしょに行った。とはいえ近頃はものすごくよく顔をつき合わせているというわけではない。奴は大半の時をサマセットシャー〔イギリス南西部、ブリストル海峡に面した州〕の海岸のチャフネル・レジスで過ごしているからだ。そこに奴は部屋がだいたい百五十くらいと何キロもなだらかに起伏して続く丘陵のある途《と》轍《てつ》もなく巨大な大邸宅を所有している。しかし、だからといってチャッフィーが僕の一番の金持ち仲間のひとりだと思って、逃げ出さずにいていただきたい。奴はすごく金に困っている可哀そうな男なのだ。今日びの地主はみな似たようなものである。奴がチャフネル・ホールに住んでいるのは他にはどうしようもないからで、金がなくてどこか他所《よそ》には住めないからなのだ。もし誰かがやって来て館を買いたしと申し出たらならば、奴はそいつの両頬にキスすることだろう。だが今どきこんな大きさの邸宅をいったい誰が買いたがるというのだ？　奴はそこを誰かに貸すこともできないでいる。そんなわけで一年じゅうのほとんどを、地元の医者と牧師、それと庭園内のダウアー・ハウス〔寡婦の住居、未亡人隠居所〕に住んでいる奴のマートル伯母さんとその十二歳の息子のシーベリーの他に話しかける相手もいないそんな地で、奴はしかたなく辛抱して暮らしているわけなのだ。学生時代、一廉《ひとかど》の者となるべく前途を嘱望《しょくぼう》された青年には、陳腐きわまりない人生であることだ。

　チャッフィーはチャフネル・レジスの村の所有者でもある——だがこれとてたいしてうまい話ではない。つまりだ、地所にかかる税金やら補修費用やらあれやこれやで、地代として上がってくる分とほぼおんなじだけの出費が入用だから、それで結局はみんな帳消しということになってしまうのだ。とはいっても、奴はご領主様である。であるからして、自由に使えるコテージの一ダースやそこらは持ち合わせているはずで、おそらくは僕のような申し分のない店子《たなこ》にそのひとつを貸し与える機会を得たらば大喜びするはずである。

「お前こそまさしく僕の会いたかった男だ、チャッフィー」というわけで僕はこう言った。まず最初にヤッホーの応酬をした後でだ。「さあ、すぐ僕といっしょにドローンズに来てくれ。いっしょに昼食にしよう。お前とちょっと商談がしたいんだ」

奴は首を横に振った。未練がましい表情だ、と僕は思った。

「そうしたいんだが、パーティー、五分以内にカールトン・ホテルに行かなきゃならない。さる紳士と昼食の約束があるんだ」

「すっぽかしちゃえよ」

「そうはいかん」

「それじゃあそいつも連れて来いよ。三名さまでランチにしよう」

チャッフィーはちょっと弱々しげに微笑んだ。

「お前に楽しめるとは思わないな、バーティー。相手はサー・ロデリック・グロソップだ」

僕は目をむいた。男性Aとたった今別れたところで男性Bとたまたま出会い、それで男性Bが男性Aの話を突然持ち出してきたとしたら、いつだって誰だって少しは驚くものだ。

「サー・ロデリック・グロソップだって?」

「そうだ」

「だけど僕はお前があいつと知り合いだなんて知らなかったぞ」

「たいした知り合いじゃない。何度か会ったことがあるってだけだ。彼は俺のマートル伯母さんの大切なご友人なんだ」

「ははん！　それでわかった。僕は昨日の晩、お前の伯母さんがあいつと食事してるのを見かけたんだ」

「じゃあカールトンに来れば、今日は俺があいつと食事してるところを見かけられるってわけだ」

「だけどさ、チャッフィー、なあ。そんなのは賢明な話かなあ？　分別のあることだろうか？　あの男と食事をするなんてのは恐るべき試練なんだ。僕にはわかる。僕には経験があるんだ」

「わかってる。だが俺はその試練を乗り越えなきゃならない。昨日奴さんから至急電報があって、こっちに来て自分と必ず会うべしって言ってきたんだ。それで俺は彼がチャフネル・ホールを避暑用に買い取りたいか、あるいはそうしたい男を誰か知ってるってことじゃないかって期待してる。何かそういうことでもなけりゃ、奴さんが電報を打ってよこすなんてありそうな話じゃない。そうさ、絶対すっぽかすわけにはいかないんだ、バーティー。だが約束しよう。明日の晩はいっしょに食事をしようじゃないか」

　むろん事情が違えばそれで異論はなかったのだが、今度は僕が断りを入れねばならぬ番だった。僕はもう計画を決定していて予定を組んであったから、それはもはや変更するわけにはいかなかったのだ。

「すまない、チャッフィー。僕は明日ロンドンを発つんだ」

「ロンドンを発つだって？」

「そうなんだ。僕の住んでいる建物の支配人が、今すぐ立ち退くかバンジョレレの演奏をやめるかの二者択一を迫ってきてるんだ。僕は前者の選択肢を採った。僕はどこかの田舎のコテージを借りるつもりでいる。それでお前と商談があるってさっき言ったのはそういう意味だったんだ。お前、僕にコテージを貸してはくれないか？」

「半ダースよりどりみどりで貸してやろう」

「静かで人里離れたところじゃなきゃいけない。僕はすごくたくさんバンジョレレを弾くからな」

「まさしくお前向きの小屋がある。港のはずれで、半径一キロ以内にはヴァウルズ巡査部長以外の隣人はいない。それで巡査部長はハーモニウムを弾くんだ。いっしょに二重奏ができるじゃないか」

「いいぞ！」

「それに今年は黒人ミンストレルの一座が来ている。お前は彼らのテクニックを研究できるはずだ」

「チャッフィー、天国みたいな話だ。そして僕らはまた久しぶりに旧交を温められるってわけだ」

「お前はチャフネル・ホールでそのいまいましいバンジョレレを弾いたりはしないだろうな」

「弾きやしないさ、心の友よ。だけどたいていの日は昼食をいただきに寄らせてもらおう」

「ありがとう」

「どういたしましてだ」

「ところで、ジーヴスはこの件についてどう言ってるんだ？　彼がロンドンを離れたがるとは思わないんだが」

僕は少し態度を硬化させた。

「ジーヴスはこの件についても、他の件についてだってなんにも言いやしない。僕たちは訣別《けつべつ》したんだ」

「なんだって！」

このニュースが奴を驚倒させようとは予測していた。

「そうさ」僕は言った。「これから先、ジーヴスは向こうの道をゆき、僕はこちらの道をゆく。彼は永久不変の鉄面皮でもって僕がバンジョレレをやめなきゃ辞職するって言ってよこしたんだ。僕は彼の辞表を受理した」

「お前、本当に彼を手放したのか？」

「そうだ」

「さて、さて、さて！」

僕は無頓着なふうに腕を振った。

「そういうことだって起こるのさ」僕は言った。「もちろん僕は喜んでいるようなふりをするつもりはない。だけど歯を食いしばってこらえてみせるさ。僕の自尊心は彼の提示する条件を呑《の》むことを許さないんだ。ウースター家の者にそれ以上は無理だ。〈よし、わかった、ジーヴス〉僕は彼に言ってやった。〈好きにしたまえ。君の今後の活躍を、多大なる興味をもって見守らせてもらうとしよう〉それでつまり、そういうことさ」

僕らはしばらく黙って歩き続けた。

「それじゃあお前はジーヴスと別れたって、そういうことなんだな？」感無量なふうにチャッフィーは言った。「さて、さて、さてだ！　俺がちょっと立ち寄って彼にさよならを言うことに、お前は何か異論はあるか？」

「ぜんぜんありやしないさ」

「そうするのが優雅なやり方だと思うんだ」

「そのとおりだ」

「俺はいつだって彼の知性を崇拝してきたからな」

「僕だってそうさ。僕ほど彼を崇拝する者はいやしない」

「昼食の後でフラットに寄らせてもらおう」

「緑色の線に沿って進んでくれ」僕は言った。そう言う僕の態度はさりげなく、投げやりですらあった。ジーヴスとの別離は、あたかもたった今地雷を踏んづけて、それで荒涼とした世界のまん中で、バラバラになった身体を継ぎ合わせようとしているみたいな、そんな気分に僕をさせていた。だが我々ウースター家の者は、上唇を固くして、平然を装うことができるのだ。


僕はドローンズで昼食にして、午後はずっとそこで過ごした。考えることは山ほどあった。チャッフィーから聞いた、チャフネル・レジスの砂浜で演奏する黒人ミンストレルの一座がいるとのニュースは、天秤を長所のほうに振れさせた。こういう専門家たちと出逢って、おそらくはバンジョレレ奏者から指遣いや奏法のヒントのひとつふたつは得られる立場に身を置けるという事実は、チャフネル未亡人とその息シーベリーときわめて頻繁にあい見《まみ》える立場に身を置くという前途の展望に対し、僕をして堅忍不抜の精神で耐え忍ぶを可能たらしめたのだった。この二人のイボ野郎どもが始終出たり入ったりしている境遇にあることは、哀れなチャッフィーにとってどんなにか大変な話にちがいないと、しばしば僕は考えたものだ。またこう述べながら、僕はシーベリーのガキのことを直接念頭に置いている。このガキは誕生の瞬間即刻絞め殺されていて然《しか》るべきガキであった。それを証明する積極的証拠はないのだが、しかしこの前ホールに滞在した折、僕のベッドにトカゲを入れたのはこいつにちがいないとはつねづね僕の確信するところだ。

しかし、先述のとおり、すごくホットなバンジョレレ奏者と親しく交際できる特権と引き換えに、僕はこの二人組には辛抱する決心を固めていた。こういう黒人ミンストレルの連中というものは、たいてい猛烈な超絶技巧ができるものなのだ。したがって、ディナーのために着替えにフラットに戻った僕の心が奇妙な憂鬱で満たされていたのは、この二人のせいではなかったわけだ。

ちがう。我々ウースター家の者は自分自身に対して正直であれる。僕の心をふさがせていたのは、ジーヴスが僕の人生から離れていってしまおうとしている、という、その思いにほかならなかった。ジーヴスみたいな男はいない、と、夜会用の正装に着替えながら僕は感じていた。そしてこれからも決して現れることはないだろう。女々《めめ》しくはない感興のうねりが僕のうちに湧き起こった。僕は痛恨の思いを意識していた。そして身支度を完了し、鏡の前にたたずんで完璧にプレスされた上着、見事に折り目のつけられたズボンをながめやりながら、僕は即座に決心したのだった。

そそくさと居間に飛び込んだ僕は、ベルに体重を預けた。

「ジーヴス」僕は言った。「話がある」

「はい、ご主人様？」

「ジーヴス」僕は言った。「今朝の話の件だが」

「はい、ご主人様？」

「ジーヴス」僕は言った。「僕は考え直してみたんだ。それで僕らは二人とも性急過ぎたとの結論に達した。過去のことは忘れようじゃないか。君にはこのまま留まってもらってかまわない」

「たいへんご親切なことでございます、ご主人様。しかしながら……あなた様におかれましては、今後なおもあの楽器の練習をご継続されるご所存でございましょうか?」

　僕は凍りついた。

「そうだ、ジーヴス。そのつもりだ」

「さようならば、畏《おそ》れながら、ご主人様……」

　これでじゅうぶんだ。僕は傲慢《ごうまん》なふうにうなずいた。

「よしわかった、ジーヴス。それまでだ。もちろん君には最高の推薦状を書いてやることにしよう」

「有難うございます、ご主人様。しかしながらさような必要はございません。本日の午後より、わたくしはチャフネル卿の雇用下に納まりましてございます」

　僕はびっくり仰天した。

「チャッフィーの奴が今日の午後ここに忍び込んできて君をかっさらって行ったと、そういうことなのか?」

「はい、ご主人様。わたくしは一週間以内にあの方にご同行申し上げてチャフネル・レジスのお屋敷に伺う予定でございます」

「そうか、そうなのか?　ふむ、それじゃあ僕が明日チャフネル・レジスに出発すると聞いたらば、君には興味深いかもしれないな」

「さようでございますか、ご主人様?」

「そうなんだ。向こうにコテージを借りてある。フィリッピにてあい見《まみ》えよう［『ジュリアス・シーザー』四幕三場］、ジーヴス」

「はい、ご主人様」

「それともどこか別の場所だったか？」

「いいえ、ご主人様。フィリッピで正しゅうございます」

「でかした、ジーヴス」

「かしこまりました、ご主人様」

かくして七月十五日の朝、バートラム・ウースターはチャフネル・レジス、シーヴュー・コテージの扉の前にひとりたたずむ次第となり、瞑想《めいそう》にふけりつつくゆらすタバコの薫煙ごしに、眼前の光景を眺めやっていたのであった。

3. 死に去りし過去、再び登場

おわかりいただけよう、齢《よわい》を重ねゆけばゆくほどに、人生の大いなる明察とは、己《おの》が欲するものが何かをよくよくわきまえ、自分よりももっと物事がよくわかっていると思い込んでいる友人らに意欲をくじかれつつ過ごし居ることを潔《いさぎよ》しとしないことだということが、つくづく思い知らされてこようというものだ。帝都における我が最後の日に、僕がドローンズにおいて、この人里離れた地に無期限にて隠棲すると宣言したその時、ほぼ全員が僕に懇願し、目には涙をたたえ、と言うことも可能だとは思うのだが、そんなバカな真似は金輪際《こんりんざい》やめておけと言ってよこしたのだった。彼らは皆、僕は死ぬほど退屈するだろうと言ったものだ。

しかし僕は計画通りことを進めた。そして今、滞在五日目の朝を迎えるに際し、僕は完全に絶好調で、何ひとつ後悔するところなく過ごしていた。太陽は輝いていた。空は青かった。そしてロンドンははるか彼方《かなた》にあるごとく思われた――むろんそれは当然だ。偉大なる平安がわが魂をくるんでいた、と述べたとしても決して大袈裟《おおげさ》な言いようではない。

物語をする時にどの程度の風景描写を投入すべきものか、いつも僕にはわからない。知り合いの代筆屋のいくたりかに訊いてみたが、それぞれ見解は相違するようだ。ブルームズベリーのカクテル・パーティーで会った男は、台所の流しや凍てつくような寝室や惨めったらしさ全般を書き記すのには大いに賛成だが、大自然の美を描き出すことには反対だと語ったものだ。他方、ドローンズ・クラブのフレディー・オーカーは、アリシア・シーモアの筆名で週刊誌に純愛に関するおとぎ話を書きつくっている人物であるが、春先のお花畑だけで彼にとっては年百ポンドの価値があるとかつて僕に語った。

僕個人としては、長ったらしい地勢描写にはつねづね疎外を覚えるものだ。だからそこのところは手短かにいかせてもらう。その朝そこに立った僕の目に写ったのは、以下のものであった。すなわち、素敵なこぢんまりした庭、それでそこには低木の植え込み、木、花壇がいくつかと、ちょいと腹のでっぱった裸の子供の彫像のある睡蓮《すいれん》池、それと向かって右手には生垣がある。生垣の向こうでは、僕の新しい執事のブリンクレイが我々の隣人、ヴァウルズ巡査部長とおしゃべりしている。この公僕はまるで卵でも売りに立ち寄ったみたいな風情《ふぜい》を発散しながら、立っている。

正面にはもうひとつ生垣があって、そこには庭門がついている。それでその向こうには港が望める。その港というのは他のどこにでもある港と同様で、ただ他とちがう点は、夜中にどでかいヨットが帆を巻き上げて碇《いかり》を下ろすことがときたまある、というだけに過ぎない。それで僕の身近な人々の反論にもかかわらず、僕はこのヨットというものを大いに愛好し、承認してやまないものだ。色は白、大きさは小型の旅客船くらいあって、それはチャフネル・レジスの海岸に確然たる色彩を添えていた。

さてと、これが眼前に広がる光景である。小径でカタツムリの匂いをくんくん嗅《か》いでいるねこの姿をそこに付け加えたまえ。一幅の絵画の完成だ。

いや、僕は間違っていた。一幅の絵画は完成していなかった。なぜなら僕は路上に僕のツーシーターを停めてあったからで、ここからその屋根のところがちょっと見えている。それでたった今この瞬間、夏の日の静謐《せいひつ》がそいつのクラクションの音でもって打ち砕かれた。人間のかたちをした悪魔が愛車の塗装をカリカリはがしてはいはしまいかと、僕は能うかぎりの高速度で庭門のところに飛んでいったのだった。現場に到着すると、前部座席に小さな少年が座って沈痛な面持ちでバルブをきつく握っていて、それでまさにそいつの頭の横側に鉄拳を振り下ろしてやろうとしたところで、僕はそいつがチャッフィーの従兄弟《いとこ》のシーベリーであることを認め、手を止めた。

「ハロー」奴は言った。

「ヤッホー」僕は応えた。

僕の態度は抑制の利いたものだった。ベッドの中のトカゲの思い出は、いまだ僕の脳裏を消え去ってはいない。さあこれから眠るぞと意欲満々でシーツの間に飛び込んで、パジャマの左足に予期せず這《は》い上がってくるトカゲに歓迎されたご経験がおありかどうかは知らない。人の心のうちに深く刻印され留め置かれる経験ではある。そしてすでに述べたとおり、この若き悪党がその蛮行の首謀者だとの法的確証は僕にはない。しかし確信というに等しき疑いを僕は胸に抱いていた。したがって僕は奴に、はなはだしく冷淡な話し方だけでなく、凍《い》てつくような眼差しをも併せて投げかけてやったものだ。

それが奴の気に障った様子はなかった。奴は相変わらず人を見下げるような目つきで僕をじっと見つめてよこした。この目つきが、心ある人々をして奴を激しく嫌悪せしむる理由のひとつである。こいつはチビでそばかす顔の飛行機みたいな耳をしたガキで、人のことをまるでスラム街見物をしている途中でたまたま出くわした何かだ、みたいなふうに見てよこすいやな眼差しの持ち主である。いやらしいガキを集めた僕の悪人台帳において、奴は第三位に位置づけられようかと思われる——アガサ伯母《おば》さんの息子のトーマスやブルーメンフィールド・ジュニアよりはマシだが、セバスチャン・ムーンやダリア叔母《おば》さんのうちのボンゾなんかより、はるかに悪質だ。

しばらくの間僕のことを、最後に会ってからまたさらにもっと悪い方向に変化を遂げたと思ってでもいるみたいにじいっと見つめた後、奴は話しだした。

「昼食に来てください」

「じゃあチャッフィーが帰ってきたんだな？」

「そうだよ」

ふむ、もちろんチャッフィーが戻ってきたというなら、僕は奴のお心のままに振舞うまでである。生垣越しにブリンクレイに、これから昼食を食べに出かけるから留守になると大声で告げ、車に飛び乗って僕らは出発進行した。

「奴はいつ帰ってきたんだい？」

「昨日の夜」

「昼食に来るのは僕らだけなのかい？」

「ちがう」

「ほかには誰が来るのかい？」

「ママと僕と他の人たち」

「パーティーなのかい？　なら戻って別のスーツに着替えたほうがいいかなあ」

「だめ」

「この格好で大丈夫に見えると思うのかい?」

「ううん、思わない。ひどくダサく見えると僕は思う。だけど時間がないんだ」

この問題はこれにて決着だ。奴はしばらく沈黙に身をゆだねていた。黙想するガキだ。それから沈黙から身を起こすと、奴は地元のゴシップを披露しだした。

「ママと僕はまたホールに住むことになったんだ」

「なんと!」

「そうなんだ。ダウワー・ハウスは変なにおいがするんだよ」

「君が引っ越した後なのにかい?」僕は言った。持ち前の辛辣《しんらつ》な言い方でだ。

奴は面白がったりはしなかった。

「ふざけなくてもいいよ。本当に知りたいなら教えてあげるけど、僕のネズミのせいだと思う」

「君の、何だって?」

「僕はネズミと仔犬の育種交配を始めたんだ。それでもちろん、そいつらはちょっぴり臭うんだよ」奴は事もなげに付け加えた。「だけどママは下水管のせいだって思ってる。ねえ、僕に五シリングくれない?」

僕はただただこいつの思考の脈絡についてゆけなかった。こいつの話のあっちこっち行ったり来たりする様は、時にまるで夢幻のうちに入り込んだような気分に人をさせる。

「五シリングだって?」

「五シリングだよ」

「五シリングってのはどういう意味だ？」

「五シリングって意味だよ」

「そりゃそうだろうさ。だけど僕が知りたいのはどうして君がそんな話題を急に持ち出すのかってことなんだ。僕たちはネズミの話をしていた。そしたら急に君は五シリングの主題を導入したんだ」

「僕は五シリングが欲しいんだよ」

「君がそれだけの金額を欲しがってるってことを認めるとしてだ、だがどうして僕がそいつを君にやらなきゃならない？」

「用心棒代だよ」

「何だって！」

「用心棒だってば」

「何からの？」

「用心棒をするってだけだよ」

「君に五シリング払ってなんかやるものか」

「ああそう、わかった」

奴はしばらく黙って座っていた。

「用心棒代をさっくり支払わない者には、何かが起こるんだ」奴は夢見るように言った。

そしてこの謎めいた言葉で、会話は終わった。というのは我々はチャフネル・ホールの私設車道に進入していたからで、入り口の階段のところにチャッフィーが立っているのを僕は認めたのだ。

僕は車を停め、車外に歩き出た。

「ハロー、バーティー」チャッフィーが言った。

「チャフネル・ホールへようこそ」僕は応えた。見回すと、ガキの姿は消えていた。「なあ、チャッフィー」僕は言った。「お前のところのいやったらしいガキのシーベリーのことだが、奴はどうしたんだ？」

「奴がどうしたんだ？」

「うーん、訊かれたからには答えるが、あいつは頭がイカレちまったにちがいないな。たったいま僕から五シリングせしめようとして、それで用心棒代が何とかって言ってよこしたんだ」

チャッフィーは腹の底から笑った。ブロンズ色に日焼けして健康に輝いて見えた。

「ああ、その話か。あいつの最新の思いつきなのさ」

「どういうことだ？」

「あいつはギャング映画を観てるんだ」

僕の目からウロコが落ちた。

「あいつ、ゆすり屋になったのか？」

「そうさ。笑えるじゃないか。誰にでも寄っていっては所得に応じた用心棒代を集めてまわってる。それで結構もうけてるんだ。ガキ企業家だな。俺がお前なら金を払っておくけれどなあ。俺は払った」

僕はショックを受けた。あの汚らわしいガキがその病んだ精神性の新たな証左を示しているとの報せよりむしろ、チャッフィーが面白がって寛容の態度を示しているという、そのことに僕は驚いた。僕は奴の態度物腰を鋭く観察した。そもそも今朝のはじめから奴の様子には不審を覚えていたのである。いつもなら、顔を合わせるたびに奴は自分の財政状況についてくよくよ思い悩んでいて、光のない目と気苦労にやつれた渋面で挨拶《あいさつ》してくるのが普通なのだ。五日前、ロンドンで会った奴はそんなふうだった。となると、奴にこんなに辺りかまわず笑顔を撒《ま》き散らさせ、あろうことかシーベリーのガキのことを身内の甘さに危険なまでに近い調子でいとおしげに語らせている原因とは、いったい何であろう？　僕は謎の存在を直感し、リトマス試験の適用を決意した。

「マートル伯母さんは元気かい？」

「元気さ」

「ホールに住んでるそうだな、今聞いた」

「そうだ」

「無期限でか？」

「ああ、そうだ」

これでじゅうぶんだった。

言っておかねばなるまいが、哀れなチャッフィーの奴をいつもすごく苦しめているのは、奴の伯母さんの奴に対する態度なのだ。彼女は爵位継承に関する問題のわだかまりをいまだ完全には克服できずに引きずっている。おわかりいただけよう。シーベリーはチャッフィーの今は亡き伯父《おじ》さん、第四代男爵の息子ではない。奴はレディー・チャフネルが前の結婚の途中で拾ってきた生き物にすぎないし、したがって貴族階級が「子孫」と呼ぶ見出しの下に並べられるものではない。それで爵位継承という件に関しては、そいつが子孫でないかぎり見込みなしである。それゆえ四代男爵が身《み》罷《まか》られたとき、爵位と領地とを獲得したのはチャッフィーであった。全部が全部、四角四面に筋の通った公明正大な話だ、もちろんである。だがご婦人に理を弁《わきま》えろと言ったってどだいが無理な話であり、それでチャッフィーがしばしば僕に語るところでは、彼女の態度物腰は恒常的に不快であるのだった。彼女はシーベリーを腕に抱きしめ、さながらチャッフィーが母子をだまし討ちにしたといわんばかりの風情《ふぜい》で、奴のことを責めるがごとくに見つめる。おわかりいただけよう、言葉で何か言うというのではない。だが彼女の態度全般が、自分は非道なやり口の犠牲者だと思い込んでいる人物の気配を発散させているというふうなのだ。

その結果、レディー・チャフネル未亡人はチャッフィーの一番の仲良しというわけではない。二人の関係は常にきっぱりと緊張を孕《はら》んだものであり続けてきた。それでつまり僕が言いたいのは、彼女の名を口に出したとたん、古傷に触れられたみたいにチャッフィーの端正な顔に苦痛の表情が走り、ちょいとしかめられるのが決まりなのだ。

今、奴は現に微笑んでいた。彼女がホールに住んでいることに関する僕の発言も奴を苛立《いらだ》たせなかった。明らかに、ここには謎が存在する。何事かがバートラムに明かされていない。

僕は正面から奴にぶつかってゆくことにした。

「チャッフィー」僕は言った。「どういうことだ?」

「何がどうしたって言うんだ?」

「そのとんでもないご機嫌ぶりのことさ。僕の目はごまかせない。タカの目のウースターの目はあざむけないんだ。全部吐くんだ、心の友よ。何が起こった? このピンク色の幸せはどこから来てるんだ?」

奴はためらった。一瞬奴は僕を疑わしげに見た。

「お前は秘密は守れるか？」

「守れない」

「うーん、まあいいか、たいしたことじゃない。どうせ一日かそこらで、モーニング・ポスト紙に出ることだからな。バーティー」チャッフィーは声をひそめて言った。「何が起こったか、お前にわかるか？　今季、僕はマートル伯母さんを送り出すんだ」

「つまり誰かが彼女と結婚したがってるってことか？」

「そうだ」

「その間抜けはどこのどいつだ？」

「お前の旧友、サー・ロデリック・グロソップだ」

僕はあまりのことに啞然《あぜん》とした。

「なんと！」

「俺だって驚いたさ」

「だけどグロソップの親爺《おやじ》に結婚なんて考えられるはずがないじゃないか」

「どうして？　奴さんはもう二年以上やもめ暮らしをしてるんだぜ」

「うーん、あの親爺のことで何かおとぎ話をこしらえるのは、そりゃあ可能だろうさ。だけど僕が言ってるのは、あいつにオレンジの花とウエディング・ケーキは似合わないじゃないかって、そういうことだ」

「ふん、だがそうなんだ」

「うーん、なんてこった！」

「そうさ」

「するとこういうことになるな、チャッフィー。つまりあのシーベリーのガキは、とんでもなくとんでもない義理の父親を手に入れ、グロソップの親爺はまさに僕が奴にあてがってやりたいと望むような、まさしくそういう義理の息子を手に入れることになると、そういうことだ。二人とも何年も前にそういう目に遭っていて然《しか》るべきだったんだ。しかしあいつに己《おの》が運命をゆだねようなんて狂気の沙汰のできる女性がいようだなんて、考えてもみろよ。ああわれらが慎ましき英雄的女性よ、だ！」

「英雄的行為は彼女の側においてのみ称えられるべきじゃあない。五分五分で同点と言うべきだろう。このグロソップって人物は、実にいい奴だぞ、バーティー」

僕はこの点に同意はできなかった。緻密さを欠いた思考だと、僕には思われた。

「それはちょっと言いすぎじゃないか、心の友よ？　奴がお前の伯母さんを厄介払いさせてくれるってことは認めるとしても……」

「それとシーベリーもだ」

「そうだ、シーベリーもだ。だが、それでもあの害獣親爺にいいところがあるだなんてお前には本当に言えるのか？　僕が折に触れ話してやってきたことを思い出すんだ。実にうろんな人物だってことがわかろうってもんじゃないか」

「ふん、だがそれでも彼は俺には善行を施してくれてるんだ。あの日ロンドンで奴さんがあんなに急いで俺に会いたがったのはどういうわけだったか、お前にわかるか？」

「何だったんだ?」

「ホールを買ってくれそうなアメリカ人を見つけてくれたんだ」

「本当か?」

「本当だ。もし全部うまくいけば、俺はやっとこさこのクソいまいましいバラックとおさらばできて、少しはポケットに金も入るってことなんだ。それでその功績はみんなロデリック伯父さんのお陰様なんだ。伯父上様と呼ばせてもらいたいな。そういうわけだからバーティー、たいへん申し訳ないが、彼の犠牲を悪《あ》しざまに言うことは慎んでもらいたい。とりわけ彼のことをシーベリーのガキとおんなじ言い方で語るのはだめだ。お前は俺のために、ロディ伯父さんを愛せるようにならなきゃならない」

　僕は首を横に振った。

「だめだ、チャッフィー、残念ながら僕は自分の立場を一歩だって譲れない」

「ふん、それじゃあ地獄へ行け」チャッフィーは楽しげに言った。「俺個人としては、彼のことを命の恩人だと思っている」

「だけどそんな話がうまくまとまると本当に思うのか?　ホールみたいにでっかい屋敷を、その男はどうしようっていうんだ?」

「その点はごく簡単だ。そいつはグロソップ伯父さんの大の親友なんだ。それでそいつが資金をどんと出して、神経症の患者たちのためのカントリー・クラブみたいなものをグロソップに経営させようとしてるって話なんだ」

「どうしてグロソップは直接お前から借りることにしないんだ?」

「バカだなあ、ここが今日びどんな状態になってると思うんだ。ポンとふたを開けたらすぐに入って使えるとでもいうみたいな言い方じゃないか。部屋の大部分はここ四十年は使われていない。修繕費に少なくとも一五万ポンドはかかる。それだけじゃあない。新しい家具に調度品にその他もろもろだ。この男みたいな百万長者が買い取ってくれるんでなけりゃ、俺は一生こいつを所有し続けることになる」

「ああ、そいつは百万長者なんだ？」

「そうだ。その点は大丈夫だ。俺が心配してるのはそいつに契約書に署名させるって、そのことだけだ。そうそう、奴さんは今日の昼食に来る。たいそうなご馳走になるはずなんだ。最高の昼食の後でなら、親爺さんの態度も軟化するってもんじゃないか、そうだろう？」

「奴さんが消化不良をわずらってないかぎりな。アメリカの百万長者はみんなそうなんだ。お前のその男も、コップ一杯のミルクと犬用ビスケットしか食えない連中の仲間かもしれないじゃないか」

チャッフィーは楽しげに笑った。

「そんなことはない。ストーカー氏はそんなんじゃない」奴は突然春先の仔ヒツジみたいにぴょんぴょん飛び跳ねだした。「ハロー、アロー、アロー！」

車が階段の前に横付けになり、中から乗客が降りてきた。

乗客AはJ・ウォッシュバーン・ストーカーだった。乗客Bは彼の娘ポーリーンだった。乗客Cは彼の幼い息子のドゥワイトだった。そして乗客Dは、サー・ロデリック・グロソップであった。

4. ポーリーン・ストーカーの悩ましき窮境

僕はまるきり言葉を失っていたと言わねばならない。ここ数年来にない、刺激の強烈な衝撃だった。ロンドンで死に去りし過去の断片に巡り会うのだってじゅうぶん悪い。連中とこんなところで遭遇し、さらにこれから長いランチ・パーティーのひとときを過ごさねばならぬとの展望は、はるかにもっとずっと悪い。僕は騎士道流の礼儀作法をあたうかぎり奮い起こした。しかしその顔は困惑の色に染められ、少なからず息はあえいでいた。

チャッフィーはにこやかなホストだった。

「ハロー、アロー、アロー！ ようこそいらっしゃいました。ごきげんよう、ストーカーさん。ごきげんよう、サー・ロデリック。ハロー、ドゥワイト。あー、おはようございます、ストーカーお嬢さん。僕の友人のバートラム・ウースターをご紹介してよろしいですか？ ストーカーさん、友人のバーティー・ウースターです。ドゥワイト、僕の友人のバーティー・ウースターだ。ストーカーお嬢さん、僕の友人のバーティー・ウースターです。サー・ロデリック・グロソップ、僕の友人のバーティー……ああ、お二人はもうお知り合いなんでした、そうでしたね？」

僕はまだエーテル麻酔から醒《さ》めきれずにいた。これがどんな男をだって狼狽《ろうばい》させるにじゅうぶんであろうことにはご同意いただけよう。僕は暴徒の一群を見やった。ストーカーの親爺《おやじ》は僕をギラギラした目でにらみつけていた。グロソップの親爺は僕をギラギラした目でにらみつけていた。ドゥワイトは僕をじろじろ見つめていた。ポーリーンだけがこの状況に何らバツの悪さを感じていないようだった。彼女は片貝に載った牡蠣《かき》くらいにクールで、春風みたいに快活だった。まるで会う約束を申し合わせてあったみたいにだ。バートラムがとりあえず「ピッピー」を、やっとの思いで言ったところで、彼女は前方に飛び上がり、おしゃべり満載で、僕の手を温かく握り締めた。

「まあ、まあ！　ウースター大佐のおでましじゃない！　あなたにここで会えるなんてびっくりだわ、バーティー。あたしロンドンであなたのおうちに行ってみたの。でもあなたは引っ越したって言われたわ」

「ああ、こっちに引っ越したんだ」

「そうだったのね。あたしのお日さま坊ちゃま。まあまあ、これは素敵な一日になったったってものじゃない。あなた元気そうね、バーティー。ねえ、彼って素敵だと思わない、お父様？」

男性美に関し審美的判断を下すにあたって、ストーカー親爺は気の進まぬ様子だった。彼はキャベツを半分呑み込んだブタみたいな音をたてたが、それ以上の発言は拒否した。真面目くさった顔をしたドゥワイトは、黙って僕を見つめていた。紫色になっていたサー・ロデリックは、いまやもっと淡く退色してはいたものの、それでも依然、さながら彼の繊細な感情が激しく打ちのめされたところである、といったふうな佇《たたず》まいだった。

しかしながらこのとき、レディー・チャフネル未亡人が姿を現した。彼女は女猟犬管理人みたいに見える強烈な女性の一人で、この群集シーンを静かに効率的に処理した。僕が何が何だかわけがわからないでいるうちに、一同は皆、屋敷内に導かれ、僕はチャッフィーと二人きりになった。奴は僕をおかしなふうに見つめていて、また下唇をちょっと噛《か》みしめてもいた。

「お前があの人たちと知り合いだったとは知らなかったな、バーティー」

「ニューヨークで知り合ったんだ」

「向こうでストーカー嬢とはよく会ってたのか？」

「少しな」

「少しだけか？」

「少しだけだ」

「彼女の方はずいぶんと熱烈な態度だったように見えたが」

「いや、そんなことはない。だいたい普通だ」

「きっとたいそう親しい友人だったんだろうな」

「いやちがう。ちょっぴり仲良しってだけだ。彼女は誰にだってあんななんだ」

「そうなのか？」

「そうさ。でっかい心ってやつだ」

「彼女は快活で、直情的で、寛大で、自発的で、誠実な人間性の持ち主じゃないか、なあ？」

「まったくそのとおり」

「美しい女性だ、バーティー」

「ああ、実にな」

「それに魅力的だ」

「ああ、とってもだ」

「実際、魅惑的だ」

「ああ、まったくだ」

「俺はロンドンで彼女とどっさり会ってたんだ」

「そうなのか？」

「俺たちは動物園とマダム・タッソー蠟人形館にいっしょに行った」

「わかった。それで彼女はこの家を買う件についてはどう思ってるみたいなんだ？」

「大賛成でいる」

「話してくれ、友人よ」僕は言った。目下の話題を逸らしたくて、僕は言った。「それで売れる見込みのほうはどんななんだ？」

　奴はチャフネル眉毛をひそめた。

「よさそうな時もあれば、まずそうな時もある」

「わかった」

「不確定だ」

「了解した」

「このストーカーって男は俺をビクつかせるんだ。いつもはじゅうぶん友好的なんだが、いつなんどきカアッと怒り出してぜんぶおしまいってことになりやしないかって、思わずにはいられないんだ。彼女と話す時に特に避けたほうがいい話題があるかどうか、お前は知らないか？」

「特に避ける話題だって？」

「うーん、よく知らない人物と話す時ってのがどんなもんかはわかるだろう。いいお天気ですね、って挨拶《あいさつ》すると、相手は蒼白《そうはく》でこわばった顔つきになるんだ。なぜならその言葉が、そいつの細君《さいくん》がお抱え運転手と駆け落ちしたのはいい天気の日だったたってことを思い出させるからだ」

僕はよくよく考えてみた。

「あー、もし僕がお前なら」僕は言った。「B・ウースターの話題はしつこくならない程度にしておくな。つまりさ、もしお前が僕を称える賛歌を歌おうと考えてるなら――」

「考えちゃいない」

「うん、考えないでくれ。彼は僕が好きじゃない」

「どうしてだ？」

「ただの理不尽な嫌悪感ってやつさ。それで僕は考えたんだが、心の友よ、もし差し支えなけりゃ昼食の卓にはご同席しない方がいいんじゃないかな。お前から伯母《おば》上に、僕は頭痛で行かれないって伝えておいてくれ」

「ふむ、お前の顔を見ると奴さんが腹を立てるんじゃなあ……どうして彼はお前がそんなに嫌いなんだ？」

「わからん」

「まあいい、言ってもらってよかった。それじゃあお前にはこっそり退散してもらった方がいいな」

「そうするよ」

「それじゃあ俺は他のご一同様とごいっしょしないといけない」

奴は邸内に入っていった。それで僕は砂利道をちょっと行きつ戻りつ歩きだした。一人になれて嬉しかった。僕は奴のポーリーン・ストーカーに対する態度について、黙想にふけりたかったのだ。ちょっとだけ話を巻き戻して、当の女の子に関する先の会話に心の目を向けることをお許しいただけようか。

何か心に思い当たるところはありはされまいか?

おありではなかろうか?

さて、このことのまったき意義を理解するためには、無論その場にいて奴のことを観察していないといけない。僕は人の表情が読める男である。そしてチャッフィーの表情はきわめて示唆的であったと僕には思われた。ポーリーンの話をするときの奴の表情が、『魂のめざめ』少々の入ったカエルの剝製《はくせい》みたいだったというだけではない。奴の顔はひどく濃い深紅色に変わってもいた。鼻先はピクピク小刻みに動き、態度物腰にはきまり悪げな風情《ふぜい》があった。結果、我が旧友はきっちりみっちり恋に落ちたものと僕は確信するに至ったものだ。無論、性急な仕事だ。敬慕の対象と出逢ってまだほんの数日しか経っていないことを鑑《かんが》みればだ。だがチャッフィーとはそういう男なのだ。衝動と熱血の猛烈男なのである。女の子を見つける。あとは奴におまかせなのだ。

さてと、そういうことなら、僕のほうは大丈夫である。バートラムは底意地の悪い人間ではない。僕に関するかぎり、ポーリーン・ストーカーはひっつきたい男とひっつけばいいのだし、棄《す》て去られた求婚者としては「ガンバレ!」の声援を送るまでである。静かなる省察の後、こういうことがどんなふうになるものかはおわかりいただけよう。しばし失意の時が続く。そして突然、こんなことから逃げおおせてよかったとの立ち直りの確信が訪れるのだ。ポーリーンは僕がいままで出逢った女の子の中で最も美しい子のひとりであると、僕は今だって思いはする。しかしあの晩プラザ・ホテルで僕のハートを彼女の足許に投げ出さしめた太古の炎は、もはや影もかたちも残ってはいない。

この点を分析し、もし分析というのが僕の求めている言葉であればだが、僕はこうした見解の変更は彼女がとんでもなくダイナミックな女性であるという事実に帰せられるとの結論に達した。疑問の余地なく美貌の人である。しかしポーリーン・ストーカーには朝食前にやってきていっしょに一キロ半泳ぎたがり、昼食後にちょっぴりひと眠りしたいときに人を追い立てて楽しいテニスを五セットやらせようとする女の子であるという、重大な欠陥がある。それでいまやもう僕の目からはウロコが落ちているわけだから、僕がバートラム・ウースター夫人役に求めるのは、むしろもっとジャネット・ゲイナー［清純派映画女優。『第七天国』（一九二七）で第一回アカデミー賞主演女優賞を受賞］の線の何ものかであるとは、もはや僕にはわかっているのだ。

だがチャッフィーの場合、こういう異論の入り込む余地はない。おわかりいただけよう。奴自身もだいぶダイナミック寄りの人物であるのだ。奴は乗馬をし、水泳をし、射撃をし、雄たけびを上げながらキツネを駆り立て、年中大騒ぎをしてまわっている。奴とP・ストーカーは完璧な組み合わせとなろうし、また、もしこの事態の展開を後押しできることが僕に何かあるならば、惜しみなく援助をすべきだというふうに、僕は感じた。

そういうわけだからこのときホールの中からポーリーンが出てきて僕に接近してくるのを、それも明らかに僕と言葉を交わし、旧交を温めたりしようとの意図をもって近づいてくるのを見たとき、僕は逃げ出したりはせず、陽気な「ヤッホー！」の挨拶《あいさつ》をし、それから彼女に誘われるまま、シャクナゲの茂みに至る日蔭の小径へとふたり歩き入ったのであった。

これらすべて、こと友達を助けるとあらばウースター家の者にどれほどの自己犠牲が可能であるかということの証左である。なぜなら、この女の子とふたりきりになることは、僕が本当に一番避けたいことであるのだから。彼女と会った最初のショックはすでに過ぎ去っていた。しかし彼女と打ち解けた話し合いをするとの展望に、僕の心がわくわく弾んでいたとはおよそ言い難い。僕らの関係は郵便によって断たれたわけだから、最後に二人して会ったとき、僕らは婚約中のカップルだった。で、僕としてはどんなふうな態度をとるのが正しいものか、確信が持てないでいたのだ。

しかしながら、チャッフィーの奴のために何か口添えをしてやれるかもしれないとの思いが、僕をしてこの試練にあえて立ち向かわしめたのであった。かくして我々は田舎風のベンチに並んで腰を掛け、その議題に取り組むはこびとなったわけだ。

「あなたにここで逢えるだなんて、なんて本当にとんでもない巡り合わせなのかしら、バーティー」彼女は話し始めた。「ここであなた、何をしているの?」

「僕は当面隠遁中なんだ」僕は答えた。この会話が、いわゆる非感情的な調子で幕開けしたことをよろこばしく思いながらだ。「一人でバンジョレレが弾ける場所が必要だったから、それでここのコテージを借りたんだ」

「どういうコテージ?」

「港のほうにコテージを借りてあるんだ」

「あたしたちに会って、驚かれたでしょうね」

「驚いたさ」

「嬉しいよりは、驚いたってこと？」

「うーん、もちろん君と会うのはいつだって嬉しいさ、かわい子ちゃん。だけど君のお父上とグロソップ親爺と顔を合わせるってなると――」

「二人はあなたの犬の崇拝者ってわけじゃない、そうだわね。ところでバーティー、あなた寝室でねこを飼ってらっしゃるんですって？」

僕の態度は少し硬化した。

「僕の寝室にねこがいたことはある。だけど君が言ってるその事件についてては簡単にせつめ……」

「わかったわ。気にしないで。落ち着いてね。だけどお父様がその話を聞いたときのお顔を、あなた見るべきだったわ。お父様のお顔ったら、いま見たらあたし大笑いしちゃうわ」

この話にはついてゆけなかった。僕は誰よりも笑いを愛してやまない人間だが、J・ウォッシュバーン・ストーカーの顔が僕を笑わせたことは一度たりとない。彼はカリブの海賊をいつだって僕に思い出させる人物である。巨大な親爺さんで、おまけに突き刺すように鋭い目をしている。姿を見て笑うどころの話ではない。彼の前では僕はいつだって必ず、完全に腰抜けな心持ちになるのである。

「もしお父様が突然その角を曲がってやってらして、それであたしたちがこんなふうに頬っぺたをくっつけ合ってるのを見たら、きっとまだあたしがあなたのことを思い焦がれてるって、そうお思いになるわ」

「まさかそんなことはないだろう？」

「きっと、絶対よ」

「だけどさ、なんてこった！」

「本当よ、誓って言うわ。お父様は自分のことを若い恋人たちを引き裂いたヴィクトリア朝期の厳父だって思ってらして、それで二人がまたくっつくのを阻止するためには不断の監視をしてなきゃならないって思ってらっしゃるの。あたしのお別れの手紙を受け取ったときくらい、あなたが人生じゅうで最高に幸せだったときはないなんて知りもしないでね」

「そんなことあるもんか！」

「パーティー、正直になりましょ。あなたは嬉しかったはずよ」

「そんなこと言うもんか」

「言わなくていいの。お母さんにはわかるんだから」

「いや、コン畜生、本当だってば！　そんな言い方はしないでもらいたいな。僕はいつだって君のことを深く崇敬してきたものだ」

「あら、どうしてらしたですって？　どこでそんな言い方を憶《おぼ》えてらっしゃったのかしら？」

「うーん、だいたいはジーヴスからかな。僕の前の執事さ。彼はすごく語彙《ごい》が豊富だったんだ」

「あなたが〈だった〉っておっしゃったのは、その彼は亡くなったってこと？　それとももう耄碌《もうろく》しちゃったって意味かしら？」

「僕のところを辞めたんだ。僕がバンジョレレを弾くのが気に入らなくってさ。口論があって、いま彼はチャッフィーのところにいる」

「チャッフィーって？」

「チャフネル卿さ」

「まあ」

沈黙があった。しばらく彼女は近くの木で議論のやり取りをしている二羽の小鳥の声に耳をすまし、座っていた。

「あなたチャフネル卿とは長いことお知り合いなの？」彼女は訊いた。

「ああ、そうさ」

「とっても仲良しなの？」

「親友と言うべきだろうな」

「よかった。そうならいいなって思ってたの。あたし、彼のことであなたとお話がしたかったのよ。秘密のお話なんだけど、打ち明けてもいいかしら、バーティー」

「もちろんさ」

「大丈夫って思ってたわ。婚約するっていうのはいいものだわね。解消した後、その人と異母兄妹みたいな気持ちになれるんですもの」

「僕は君のことをイボ妹だなんて思いやしないよ」僕はやさしく言った。「君はとっても——」

「イボじゃないの、異母よ！」

「ああ、異母兄妹？　つまり君は僕のことを兄さんみたいに思うってことだね」

「そう、異母兄妹よ。何て物わかりがよくてらっしゃること。それで今、あたしはあなたに、とっても兄さんみたくいていただきたいってことなの。ねえ、マーマデュークのこと教えてちょうだい」

「そんな奴のことは知らないなあ」

「チャフネル卿のことよ、バカ！」

「あいつの名前はマーマデュークだったのか？　さてさて！　人は世の中のあと半分がどう暮らしてるか知らないものだってのは本当だな。なんと！　マーマデュークだって！」僕は言った。腹の底から大笑いしながらだ。「学校であいつがいつだってそれを隠したがってたわけがわかったよ」

彼女は気分を害した様子だった。

「美しい名前だわ！」

僕は彼女にすばやく鋭い一瞥《いちべつ》をやった。これには何か意味がある、と、僕は感じた。マーマデュークが美しい名前だなんて、人は無闇に理由なくして言うものではない。それで、確かにそのとおりだった。彼女の両の目はキラキラ輝き、肌は愛らしいピンク色に染まっていた。

「おーい！」僕は言った。「おいおーい、おいおーい！　おーい！」

彼女の態度は反抗的だった。

「わかったわ、わかったわよ！　シャーロック・ホームズの真似はよしにしましょ。隠し事なんかしないわ。いま話そうとしてたところなの」

「君はこの……ワッハッハッ、いや失礼……このマーマデュークが、好きなんだな？」

「あの人に夢中なの」

「やった！　さてと、それでもし君が本当に――」

「あの人の髪が後ろにふわりと流れる様に、ひれ伏したくならない？」

「僕はチャッフィーの頭の後ろをじろじろ眺めてるより、もっと他に沢山することがあるんだ。だけど、僕がいま言おうとしてたように、もし君が本当にそう言いたいならば、大いなるよろこびの報せを覚悟せよなんだ。僕はきわめて鋭敏な観察者だが、先ほど君方面の話題について奴と交わした会話において、あいつの目が示していたどんぐりまなこ様の特徴から推《お》して察するに、奴は君への激しい愛の虜《とりこ》となっていると僕は確信するものだ」

彼女は我慢がならないというふうに肩を揺すった。そしてなんだか怒っているみたいに、均整のとれた足で通りすがりのハサミムシを蹴《け》りつけた。

「そんなことはわかってるの、バカ。女の子にそれがわからないと思って？」

僕は正直、困惑した。

「じゃあ奴が君を好きで君が奴を好きなら、何が不満なのか僕にはわからないな」

「どうしてわからないの？　あの人、明らかにあたしにぞっこんよ。だけど一言だってそう言ってくれないの」

「言わないのか？」

「一言もよ」

「さて、さて、どうして言わなきゃならないんだ？　こういうことには一定の礼儀っていうか、一定の作法だな、そういうものがいるってことはわかるだろう？　当然、奴はまだ何も言いはしない。奴にチャンスをやろうじゃないか。まだ君と出逢ってから五日しか経ってないんだ」

「あたしときどき、あの人はバビロンの王様で、あたしはキリスト教徒の奴隷だったんだって思うの」

「どうしてそんなふうに思うんだい？」

「ただもうそう思えるの」

「ふむ、もちろん君のことは君自身が一番承知してるわけだからな。だけどそんなのはきわめて疑わしいと僕は思うなあ。それで、それはそれとして、君は僕にどうしてもらいたいっていうんだい?」

「うーん、あなたはあの人の友達でしょう。それとなく言えるでしょ。彼に怖気《おじけ》づく必要はないって言ってもらいたいの――」

「怖気づいてるんじゃない。デリカシーだ。いま言ったように、こういうことについて男には男の掟がある。我々は激しい恋に落ちるかもしれない。だけどその後で、しばらくはおとなしくしてるのが礼儀正しい振舞いだって考えるんだ。我々は完璧に高潔な騎士だ。それで女の子に向かい、まるでボウル一杯のスープを求めて鉄道駅の食堂に駆け込むみたいにまっしぐらにひた走るのは、我々にはふさわしくない行為だって思うのさ。我々は――」

「なんてナンセンスをおっしゃるの! あなたは知り合って二週間であたしにプロポーズしたじゃない」

「ああ、でもあの時の僕はワイルド・ウースターだったんだ」

「でも、わからないわ――」

「そう?」僕は言った。「話を続けて。伺おう」

しかし彼女は僕を通り越して南東の方向の何かを見ていた。それで振り返ると僕は、僕らがもはや二人きりではないことに気づいたのだった。

そしてそこに、うやうやしく敬意に満ちた優美な態度で、繊細に整った容貌に陽の光を遊ばせつつたたずんでいたのは、ジーヴスであった。

5. バーティー事態を掌握する

僕は優しくうなずいた。この男と僕は、職業上の関係は断絶したかもしれない。しかしウースター家の者はつねに礼儀正しくあれるのだ。

「ああ、ジーヴス」

「ごめんくださいませ」

ポーリーンは興味を覚えたようだった。

「これがジーヴスなの？」

「これがジーヴスだ」

「それじゃあ、あなたはウースター氏のバンジョレレが嫌いなのね？」

「はい、お嬢様」

このデリケートな問題にここで立ち入りたくはなかった。それで、あるいは僕の言い方は多少ぶっきらぼうになっていたやもしれない。

「さてと、ジーヴス？　何の用だ？」

「ストーカー様のご用でございます。ストーカー様がストーカーお嬢様のご所在をお訊ねでおいであそばされます」

さてと、むろんそんな親爺《おやじ》のことはほかしておくことだってできるのだが、今がそういう時だとも場所だとも思えなかった。僕はこの女の子に慇懃《いんぎん》な散会の合図をした。

「君はもう行ったほうがいい」

「そうね。あたしが言ったこと、忘れないでね」

「その件については」僕は請け合った。「僕が迅速に処理しておこう」

彼女は行ってしまった。そしてジーヴスと僕は、大いなる孤独のしじまにふたり残された。僕は無頓着なふうに煙草《たばこ》に火をつけた。

「さてと、ジーヴス」

「はい」

「つまり、かくして我々は再びあい見《まみ》えたわけだ」

「さようでございます」

「フィリッピだ、どうだ？」

「さようでございます」

「君はチャッフィーとうまくやっていることだろうな？」

「すべてははなはだ快適でございます。あなた様の新しい従者も、ご満足のゆく者でございましょうか？」

「ああ、そうだな。第一級の男だ」

「さようにお伺いいたしまして、たいへんよろこばしく存じます」

しばしの間があった。

「ああ、ジーヴス」僕は言った。

おかしな話だ。こういう礼儀正しい挨拶《あいさつ》を交わしたら、ぞんざいにうなずいて彼を立ち去らせるのが、本来僕の意図するところだった。しかし、長年の習慣を断つことは実に難しい。つまりだ、ここに僕がいて、ジーヴスがいる。それでいつだって僕が彼の助言と助力を求めてきた、まさしくそういうタイプの問題が僕に委ねられているのだ。そして今、何ものかが僕をこの場に引き留めているように思われた。当初考えていたように、ひややかによそよそしく、首をちょっと傾《かし》げて彼をやり過ごす代わりに、まるでけんかなんかまったくなかったみたいに、彼に助言を請いたくてどうしようもなくている自分に、僕は気がついたのだった。

「あー、ジーヴス」僕は言った。

「はい」

「もし君に少々時間を割《さ》いてもらえるなら、ちょっと君と話がしたいんだが」

「かしこまりました」

「僕はチャッフィーの奴に関する君の所見を訊きたいんだ」

「かしこまりました」

彼の顔はいつものとおり、静かなる知性と義務を果たさんとする封建的欲望の入り混じった表情をしていた。そしてもはや僕は躊躇《ためら》いはしなかった。

「五代男爵のことを何とかしてやらなきゃならないっていう点について、君は僕と思いを同じくしているると、僕は解するものだが」

「何とおおせでございましょうか？」

　僕にはこれがじれったかった——僕が探している言葉は何だったろうか？

「たのむぞ、ジーヴス。僕が何を言おうとしてるか、君には僕とおんなじくらいわかっているはずだ。わからないふりのほうは減らしてもらって、もうちょっとご奉公の精神のほうを増やしてもらいたい。奴のところに雇われて一週間近くになるのに、君が観察し推論し結論に到達していないだなんて言わせやしないぞ」

「あなた様がおおせでおいでの件は、閣下のストーカーお嬢様へのお気持ちのことであると、拝察申し上げてよろしゅうございましょうか？」

「そのとおりだ」

「無論わたくしは閣下があちらのご令嬢様に対し、通常のご友情よりも深く熱きご感情をご経験あそばされておいでのことは認識いたしております」

「奴は彼女にぞっこんにイカれてるんだと言ったらば、言いすぎだろうか？」

「いいえ。そのご表現は本件事実とまさしく適切に合致いたします」

「それじゃあよかった。さてと、この点に注意せよなんだ。ジーヴス、彼女も彼を愛している」

「さようでございますか？」

「君が来たとき、彼女はまさしくそのことを話してくれていたんだ。彼女はあの男に夢中なんだと告白した。そして彼女は動揺していた、可哀そうに。はなはだしく動揺していた。彼女には女の直感で奴の秘密が読めるんだ。彼女は奴の目の愛の輝きに気づいている。それで彼女はそいつを大歓迎なんだ。そして彼女が気に病んでいるのは、奴が彼の愛情を言葉にせず、隠匿《いんとく》を……何のごとくだったっけ、ジーヴス？」

「蕾《つぼみ》のうちの青虫のごとく、でございます」

「何かを餌にしてるんだ――」

「ダマスク色の頬でございます［シェークスピア『十二夜』二幕四場］」

「ダマスク色だって？　絶対確かか？」

「確実でございます」

「ふむ、それじゃあ、一体全体どういうことなんだ？　奴は彼女を愛している。彼女は奴を愛している。だったら障害は何なんだ？　たったいま彼女と会話した際、僕は奴を押し止めているのはデリカシーであるとの説を展開した。だが僕は本当にそれを信じてる訳じゃないんだ。僕はチャッフィーのことを知っている。敏速なやり手だ。もしそんなもんがいるとしてだが。一週間目の終わりまでに女の子にプロポーズしなけりゃ、奴は自分が本調子じゃないって思うはずだ。ところが奴を見よだ。絶不調じゃないか。なぜだ？」

「閣下はご誠実な紳士でおいであそばされます」

「どういう意味だ？」

「あの方は、財政的に窮乏《きゅうぼう》されておいでの御身《おんみ》であらせられるからには、ストーカーお嬢様ほどにご富裕な女性にご求婚あそばされる権利はおありでないと、お感じあそばされておいでなのでございます」

「だけど、何てこった。愛は笑う……いやちがった……鍵屋を笑うんだったか、どうだっけか？」

「鍵屋をでございます、はい［シェークスピア『ヴィーナスとアドニス』五七六行、「美しき人を二十の鍵もて隔て置いても、愛の力は鍵の力を打ち破る」］」

「それに、彼女はそんなに大金持ちってわけじゃない。まあまあ居心地よく暮らしてるって、それだけだろうが」

「いいえ、ストーカー様の財産は五千万ドルほどの金額に上るものでございます」

「なんと！　デタラメを言うな、ジーヴス」

「いいえ、故ジョージ・ストーカー様のご遺言《いごん》に基づき、最近ご相続なされた額はさようと、わたくしは理解いたしております」

僕は驚愕《きょうがく》した。

「なんてこった、ジーヴス！　また従兄弟《いとこ》のジョージはくたばっちゃったのか？」

「さようでございます」

「そして金はみんなストーカーの親爺に遺したんだな？」

「さようでございます」

「それでわかった。それで理解した――それですべて説明できる。どうして奴さんにこんな巨大な地所を買えるのかって、不思議に思ってたんだ。それじゃあもちろん港のヨットも、彼のなんだな？」

「さようでございます」

「さて、さて、さて！　だけど、なんてこっただ。ジョージ爺《じい》さんにはもっと近い親戚もいたことだろうに」

「はい。あの方はその全員をお嫌いであられたものと、わたくしは理解いたしております」

「というと君は彼のことを知ってるんだな？」

「はい。ニューヨークに滞在しておりました折、あの方の従者とは繁《しげ》く行き来をいたしておりました。ベンステッドと申す者でございます」

「あいつはイカレてたんだろう、そうじゃないか？」

「確かにきわめて風変わりでおいであそばされました」

「遺言に異議申し立てする親戚はいなかったのか？」

「さようなことはございますまいと存じます。しかしながら、もしさような次第となりましたならば、無論サー・グロソップより、故ストーカー氏は個性的なご習癖をお持ちではあられたものの、完全に正常な判断能力を備えておいでであったと、ご証言いただけるものと拝察申し上げるところでございます。サー・ロデリックほどにご著名な精神科専門医の証言とあらば、論難の余地はよもやございますまい」

「つまり御大《おんたい》は、もしそうしたけりゃ逆立ちで歩いて何の文句がある、と言ってくれるってことだな？　靴底が減らなくてすむじゃないかとか、そういうわけだ？」

「まさしくおおせのとおりでございます」

「となると、ストーカー嬢が暖炉のレンガの後ろに五千万ドル隠し持ってる男の相続人にならない道理はないと、そういうことか？」

「ほぼ確実と存じます」

　僕はこのことをつくづく考えてみた。

「ふーむ、それでストーカーの親爺がホールを買わなきゃ、チャッフィーはいつまでもキッド・ラザラスでい続ける。持ち合わせのない男、ってことだ。この状況のドラマ性が見て取れようってものだ。とはいえ、どうしてだ、ジーヴス？　どうして金のことなんかでそんなに大騒ぎする？　結局のところ、これまでだって文無しの男が金持ち娘と結婚するなんて話はどっさりあったんだ」

「さようでございます。しかしながら、閣下はことこの問題につきましては、独特のご見解をお持ちでおいでなのでございます」

僕はよくよく考えてみた。そうだ、そのとおりだ。チャッフィーという男は、金の問題に関してはいつだって変わり者なのだ。「チャフネル家の誇り」とやらに関係することだったと思う。長年の間、僕はいくらだって奴に貸してやろうとしてきた。だが奴はいつだって一貫して僕から金を受け取ることを拒否してきたのだ。

「難しいな」僕は言った。「さしあたって、方策は見あたらない。とはいえ君の間違いってことだってあるかもしれない、ジーヴス。結局のところ、君は憶測でものを言っているに過ぎないんだからな」

「いいえ、さようなことはございません。閣下は光栄にもすべてをわたくしにお打ち明け下さったのでございます」

「本当か？　どうしてそんな話題になったんだ？」

「ストーカー様がわたくしに、あの方の雇用下に入らないかとのご希望をご表明あそばされました。あの方はその件につき、わたくしにご接近なさったのでございます。わたくしが閣下にその旨お知らせ申し上げたところ、閣下はそのご希望を持たせておくようにとご指示あそばされました」

「まさか奴は君に自分の許を去ってストーカーの親爺のところに行けと言ったなんて、そんなわけはないいな？」

「いいえ、さようなことはございません。閣下の申されようはまさしくその反対でございました。たいそうなご熱意を込めてさようにおおせ下さいました。しかしながら閣下は、チャフネル・ホールご売却の商談成立のそのときまで、はっきりと断りを入れて当の交渉を終結させるべきではないと、熱心におおせになられたのでございます」

「わかった。奴の戦略はわかる。奴は君にストーカーの親爺の機嫌を取らせて、決定的な書面に署名するまでは丸め込んでいてもらいたいと、そういうことだな？」

「まさしくさようでございます。その談話の際、閣下はストーカーお嬢様に関するご自身のご窮状をお明かし下さいました。閣下の財政状況があの方のご求婚を正当化せしむるほどにじゅうぶん健全となるその時まで、閣下の自尊心はご令嬢へのご求婚の申し入れを許さないのでございます」

「バカなアホだ！」

「わたくしはあえてさような言葉を用いる僭越《せんえつ》はいたさぬものでございますが、しかしながらわたくしは閣下のご態度を、いささか過分にドン・キホーテ的であると拝見いたすところでございます」

「奴にそんな真似はよせって言ってやらなきゃならない」

「残念ながら、不可能でございます。わたくしは自らさように試みましたものの、しかしながら徒労に終わったものでございます。閣下はコンプレックスをお持ちであそばされます」

「コン、なんだって？」

「コンプレックスでございます。閣下は一度ミュージカル・コメディーをご覧あそばされ、その登場人物はウォトウォトレイなる、とある無一文の貴族でございまして、とあるアメリカの女相続人と結婚いたさんと試みていたものでございます。この人物が閣下のお心に深い印象を留めたものと拝察いたされます。閣下はきわめて断固たるご口調にて、同人と比較されるような立場に御身を置かれることは拒否するとお話しあそばされました」

「だけどホールの売却がうまくいかなかったらどうするんだ？」

「さような場合、おそれながら――」

「ダマスク色の頬は無期限で平常どおり営業し続けるんだな？」

「まさしくさようでございます」

「君には本当に〈ダマスク色〉だって確信があるんだな？」

「はい」

「でもそれじゃあ何の意味だかわからないじゃないか」

「歴史的な形容詞でございます。健康的な顔色を意味することを意図されるところと思料いたします」

「ふむ、チャッフィーの顔色は健康的だ」

「さようでございます」

「だけど、意中の女の子を手に入れられないんじゃ、健康な顔色が何になる？」

「おおせのとおりでございます」

「君はどう助言してくれるんだ、ジーヴス？」

「残念ながら、今現在は何ら提案はございません」

「たのむ、たのむぞ、ジーヴス」

「いいえ。本困難は本質的に心理学的なものでございますゆえ、わたくしはいささか当惑いたしておるものでございます。閣下のご意識にウォトウォトレイ卿のイメージが残存しておりますかぎり、何ら手の打ちようはなしと拝察いたします」

「手の打ちようはもちろんあるさ。何でそんなに変に小心なんだ、ジーヴス？　君らしくない。明らかに、奴を崖っぷちから押しやってやらなきゃならない」

「あなた様のおおせの主旨を理解いたしかねますが」

「もちろん君にはわかっているはずだ。事態は完璧に明快なんだ。ここにチャッフィーの奴がいる。目下は女の子のまわりを黙ってぐるぐる回っているだけだ。奴に必要なのは衝撃だ。彼女をさらおうと虎視眈々《こしたんたん》と狙《ねら》ってる男がいると思ったら、そしたら奴はつまらない観念は忘れて、鼻孔から炎を吹きだして突進することになりはしないかな？」

「嫉妬《しっと》とは、疑問の余地なく、きわめて強力な原動力でございます」

「僕がどうしようとしてるかわかるか、ジーヴス？」

「いいえ、わかりません」

「僕はストーカー嬢にキスして、それがチャッフィーの目に入るように計らうんだ」

「さようでございますか、わたくしはあえてさような――」

「静粛に、ジーヴス。僕の中ではすべて段取り済みなんだ。いま話しながら閃光《せんこう》のようにひらめいた。昼食後、僕はストーカー嬢をこの椅子に引っぱってくる。君はチャッフィーが彼女の後をついてくるよう取り計らってくれ。奴の姿が見えるまで待ち構えたら、僕は彼女を激しく抱擁《ほうよう》するんだ。もしそれで効かなきゃ、何を持ってきたって効きやしないさ」

「あなた様は明白な危険に御身をさらされることになろうと思料いたします。閣下ははなはだ感情の昂《たか》ぶったご状態でおいであそばされますゆえ」

「ウースター家の者は、友達のためとあれば目にパンチを食らうくらいのことは我慢できるのさ。だめだ、ジーヴス。これ以上の議論はなしだ。この件は決着だ。あとは時間を決めるだけだ。おそらく昼食が終わるのは二時半頃になることだろう……ところで、僕は昼食の席には加わらないんだ」

「さようでございますか？」

「そうだ。僕には連中と顔を合わせるなんてできない。ここに留まることにする。サンドウィッチといい飲み物をハーフボトルで持ってきてくれ」

「かしこまりました」

「それで、ところでだが、こんな天気の日には食堂のフランス窓は開け放たれていることだろう。昼食中ときどきこっそり近寄っていって、耳を傾けてもらいたい。何か重要な発言があるかもしれないからな」

「かしこまりました」

「サンドウィッチにはマスタードをたっぷり利かせてもらいたい」

「かしこまりました」

「それで二時三十分になったらストーカー嬢に、僕から話があると伝えてくれ。それから二時三十一分にチャフネル卿に、彼女から奴に話があると伝えてくれ。後は僕にまかせてもらってかまわない」

「かしこまりました」

6. 複雑なる様相

　ジーヴスが食べ物を持って戻ってくるまでにはずいぶんと間があった。僕はそれに猛々《たけだけ》しく飛びついたものだ。

「ずいぶん時間がかかったじゃないか」

「わたくしはあなた様のご指示にしたがい、食堂のフランス窓よりご一同様のご歓談に耳を寄せておりましたものでございます」

「ああ？　成果はあったのか？」

「ストーカー様の本邸宅ご購入に関するご見解につきましては、何ら示唆を得るところはございませんでしたが、あの方はたいそう上機嫌でおいであそばされました」

「それは前途有望というものだ。活気が横溢《おういつ》していたわけだな？」

「はい。ご同席のご一同様をヨット上でのパーティーにご招待されておいででございました」

「じゃあ奴さんはここにしばらく滞在するんだな？」

「しばらくの期間ご滞在の由と、理解いたしております。どうやら当該船舶の推進器に何やら故障が発生いたした模様でございます」

「おそらくあの親爺《おやじ》があの目でにらみつけたせいだろう。それでそのパーティーというのは？」

「明日はドゥワイト・ストーカーお坊ちゃまのお誕生日との由にございます。当のパーティーは、その祝賀を期したものであろうと拝察いたします」

「それでその提案は賛同を得たのか？」

「きわめて熱烈な賛同を得たものでございます。とは申せシーベリーお坊ちゃまにおかれましては、ヨットをご覧になるのも、ヨットのお話を耳にされるのもこれが初めてであろうとの、ドゥワイトお坊ちゃまのいささか傲慢《ごうまん》な申されように、いささかお腹立ちをお覚えのご様子でございました」

「奴は何て言ったんだ？」

「ヨットなんてごまんと乗ったことがあると反論されておいででございました。実際、わたくしにもし誤りなくば、正確には一兆回と申しますのが、お坊ちゃまの用いられたお言葉でございました」

「それから？」

「ドゥワイトお坊ちゃまがご発声なされました風変わりな物音より、お坊ちゃまは同主張に対し、懐疑の念をお抱きでおいでであるとの印象をわたくしは得たものでございます。とまれ、ストーカー様が黒人ミンストレルの一座を雇って演奏させようとのご意図をご宣言あそばされ、混乱は収束を見たものでございました。ストーカー様は閣下より、チャフネル・レジスの村に一座が滞在中との情報をお聞き及びであられた模様でございます」

「それでうまく収まったんだな？」

「きわめて上首尾でございました。シーベリーお坊ちゃまが、ドゥワイトお坊ちゃまは黒人ミンストレルをこれまで見たことがないに相違ないとご発言された以外はでございますが。その直後のレディー・チャフネルのご発言より、ドゥワイト坊ちゃまはシーベリー坊ちゃまにポテトをお投げあそばされたものと拝察いたします。かくしてしばらくは不穏な空気の兆候がございました」

僕は舌を鳴らした。

「あのガキどもに誰かが口輪をはめて、鎖で縛りつけてやらなきゃならない。あいつらはぜんぶめちゃくちゃにしちゃうんだ」

「幸い、その困難は短いものでございました。わたくしがその場を立ち去りました折には、お二方はきわめて友好的におなりでございました。ドゥワイト坊ちゃまはお手が滑ったのであるとおおせになられ、その謝罪は優雅に受け入れられたものでございます」

「それじゃああわてて戻って、もっと話を聞けないものか、やってみてくれ」

「かしこまりました」

僕はサンドウィッチとハーフボトルとを飲食し終えた。そしてタバコに火をつけ、ジーヴスにコーヒーを持ってくるよう言っておけばよかったなあと考えていた。しかしジーヴスにそんなことはあえて言うまでもない。やがて彼は湯気立つ一杯を捧げもって姿を現した。

「昼食がただいま終了いたしましてございます」

「ああ、君はストーカー嬢とは会ったのか?」

「はい。あなた様よりお話しされたき儀がおありの旨、お伝え申し上げてまいりました。間もなくこちらにおいであそばされるものと、拝察申し上げます」

「どうして今すぐじゃないんだ?」

「あなた様よりのメッセージをお伝えいたしました直後、閣下がお嬢様とご歓談をおはじめになられたのでございます」

「君は奴にもこっちへ来るように言ったのか？」

「はい」

「だめだ、ジーヴス。僕にはそいつの瑕《きず》が見える。二人は同時にここに着くことになるぞ」

「いいえ、さようなことはございません。閣下がこちらの方向にご進行あそばされておいでと見てとりましたならば、わたくしから何らかの理由を申し上げて閣下をしばらくお引き留めいたすことができようと存じます」

「たとえばどんな理由だ？」

「わたくしは長らく、靴下を新たに何足かご購入されることの望ましさにつき、閣下のご見解を伺いたく存じておりました」

「ふむ！　こと靴下の問題に関しては君はたいへんな権威だからな、ジーヴス。つい我を忘れて奴を一時間も引き止めることのないよう。僕はこの件に早く決着をつけたいんだからな」

「よくよく承知いたしております」

「君はいつストーカー嬢に会ったんだ？」

「およそ十五分ほど前でございます」

「おかしいな、彼女はまだやってこない。二人は何の話をしてるんだろうなあ？」

「わかりかねます」

「ああ！」

茂みの中に白くキラリと光るものが見えた。と、次の瞬間、件《くだん》の女の子が登場した。彼女はこれまでにも増して美しく見えた。とりわけ彼女の二つの瞳は光輝く星のように燦然《さんぜん》ときらめいていた。それでもなお僕には、すべてがうまくいったあかつきに彼女と結婚するのが僕ではなく、チャッフィーでよかったとの見解を変更する気は毛頭起こらなかった。不思議である。女の子というものは完全に人をノックアウトさせるごとくありながら、また同時に人をして、彼女と結婚するのはまったく願い下げだと感じさせると、そういうふうであり得るということがである。人生とはそんなものだ、と、僕は思う。

「ハロー、バーティー」ポーリーンは言った。「あなたが頭痛だなんてどういうわけ？　あなた全然まるで何ともなさそうじゃない」

「あとは僕で何とかなりそうだ。君にはこれらの点を持ち帰って検討してもらいたい、ジーヴス」

「かしこまりました」

「それで君には、もしチャフネル卿が僕に用があるようなら、僕はここにいると忘れずに伝えてもらいたい」

「承知いたしました」

彼は皿とコーヒー茶碗、それと空き瓶を回収して姿を消した。それで彼が行ってしまったことが悲しかったかそうでなかったか、僕にはわからない。僕はだいぶ心が昂《たか》ぶっていた。精神が緊張していた、と言っておわかりいただければだが。ピリピリしていた。神経が張りつめていた。この時点での僕の感情をご理解いただくには、それがかつて僕がイースト・エンドの健全な娯楽でビーフィー・ビンガムの教会の連中に向かって『サニーボーイ』を歌い始めたときの感情と似通っていたと述べるのが一番であろう。

ポーリーンは僕の腕をつかんでいた。そして何らかの意思疎通を果たさんと試みはじめていた。

「バーティー」彼女は言おうとした。

しかし、この時点で、僕は茂みの向こうにチャッフィーの頭がのぞくのを認め、実行の時は来れりと思い定めたのだった。こういうことはすばやく済ませるか、全然やらないかのどちらかである。僕はもはや躊躇《ためら》いはしなかった。この女性を腕にかき抱き、僕は彼女の右の眉に一発チューしたものだ。それは僕の最高の口づけではなかった、と、僕は認めるが、それでもなおそれは口づけと呼びうる行為ではあったし、これで結果をもたらしうるはずだと僕は思った。

そして、この決定的瞬間に僕の左手に入場してきた人物がチャッフィーであったなら、間違いなくそれはそれでそういうことになっていたはずであった。しかしそれはチャッフィーではなかったのだ。束の間に葉陰からちらりと覗《のぞ》いたホンブルク帽から僕が推測し得たかぎりでは、僕は不幸なへマをしでかしてしまったらしい。我々の眼前に立ちはだかっている人物は、パパストーカーの親爺さんであった。また告白するが、僕は狼狽《ろうばい》の虜となっている己《おの》が姿を認めたものだ。

この点はご了承いただかねばいけないが、これは少なからず間の悪いことであった。ここにいるこの心配性の父親は、バートラム・ウースターへの強烈な嫌悪の念を持ち合わせており、そのうえ自分の娘がこの男を狂おしく恋焦がれていると思い込んでいる。それで奴さんが昼食後の散歩に出て最初にみたものは、我々二人が激しく抱擁《ほうよう》しあう様であった。いかなる親をも恐怖のどん底に叩き落とすにはじゅうぶんであろうし、また彼の態度物腰が頑健なるコルテスが太平洋を望んだ様と同じであったことに、僕は驚きはしなかった。五千万ドルの財産を持ち合わせている男に、仮面をかぶる必要はない。もし彼が誰かしら任意の男をいやな目つきで見てやろうと思ったら、彼はそいつをいやな目つきで見るまでである。いまや彼はそういう目つきで僕を見ていた。それは恐怖と苦悩の双方をうちにはらんだ目つきであった。そして僕は彼の見解に関するポーリーンの発言が正鵠《せいこく》を射たものであったことを理解したのだった。

幸いなことに、目つき以上にことは進まなかった。文明を批判しておっしゃりたいことが何かおありなら、言いたいだけいろいろ言っていただいてかまわないが、しかしながらそれはこういう危機にあって、実に有用なものである。愛娘《まな》にキスした男が同じ館の滞在客仲間であるという場合、父親をして同人を蹴《け》りつけることを引き止めおかしむるのは、純粋に人工的な規範であるのかもしれない。それでこの瞬間僕は、この世の中じゅうの純粋に人工的な規範におおいに大賛成、というふうに感じたものだ。

一瞬、彼の足がピクピクッと痙攣《けいれん》し、J・ウォッシュバーン・ストーカーのうちの原始が今まさに自己表現を始めようとしている、と、そんなふうに見えた時があった。そこで文明が勝利を収めたのであった。もう一度さっきの目つきで僕を見やった後、彼はポーリーンを回収し去り、次の瞬間僕はひとりきりになって、この事態を思う存分考え直す自由を得たのだった。

それで癒《いや》しのタバコの助けを得、僕が思う存分考え直していた時に、チャッフィーが僕の森の隠れ家にとんで来たのだった。奴もまた心に思うところある風情《ふぜい》だった。奴の目ははなはだしくとび出していたからだ。

「おい、バーティー」こう前置いて奴は始めた。「俺が聞いたことだが、いったいどういうわけだ?」

「お前、いったい何を聞いてきたっていうんだ？」

「どうしてお前はポーリーン・ストーカーと婚約してたって話してくれなかったんだ？」

僕は眉を上げた。ここは冷酷さ少々を加えていくのが適当だと思われた。相手が厳しい態度にでて来ていると見てとったらば、こっちも厳しい態度にでて相手の機先を制するにしくはない。

「わからないな、チャフネル」僕は冷たく言った。「お前に絵葉書で報せてやってるべきだったたって、そう言いたいのか？」

「今朝そう話してくれてたってよかったはずだ」

「そうすべき理由が見当たらなかったんだ。ところでどうしてその件を知った？」

「サー・ロデリックがたまたまその話をしたんだ」

「ああそうか、あいつがか？　ふん、あいつはそういうことについちゃ権威だからな。婚約をぶち壊したのは奴なんだ」

「どういうわけだ？」

「奴さんはあのときたまたまニューヨークにいて、それでストーカーの親爺さんの胸をぽんぽん叩いて、僕を追っ払えってそそのかすのは一瞬の早業だった。キック・オフからフィニッシュまで四十八時間もかかりやしなかったんだ」

チャッフィーは疑わしげに僕を見た。

「お前はそう誓えるのか？」

「ぜったいだ」

「四十八時間きりだな？」

「以下だ」

「それでお前と彼女の間には、今では何もないんだな?」

奴の態度は友好的ではなかった。それで先ほどの抱擁シーンを目撃したのが奴ではなくストーカーであるようにと配慮した点で、ウースター一族の守護天使はものすごく利口に振舞ってくれたのだと僕は理解し始めていた。

「ない」

「確かだな?」

「なんにもありゃしないさ。だから突進しろよ、チャッフィー」僕は兄貴然とした態度で奴の肩を叩きながら言った。「心の命ずるまま、何ものも恐れずに行動するんだ。あの子はお前に夢中だぞ」

「誰がそう言ったんだ?」

「彼女がさ」

「彼女が言ったただって?」

「本人おん自らさ」

「彼女は本当に俺を愛してるのか?」

「情熱的にだ。僕はそう理解した」

奴の悩みやつれた顔に安堵《あんど》の表情が宿った。奴は髪をかきあげると全面的に肩の力を抜いた。

「そうか、じゃあいいんだ。ちょっと浮き足立って見えたようだったら、勘弁してくれ。たったいま婚約したばかりの女の子が、二カ月前に別の誰かと婚約してただなんて聞かされるのは不愉快だからな」

僕は仰天した。

「お前、婚約したのか？　いつからだ？」

「昼食の直後からだ」

「だけど、ウォトウォトレイのことはどうしたんだ？」

「誰がウォトウォトレイの話をした？」

「ジーヴスだ。ウォトウォトレイの影がお前の上に雲のごとく覆いかぶさっているって話してくれたんだ」

「ジーヴスはおしゃべりがすぎる。実を言うと、ウォトウォトレイはこの件にまったく関係無用になったんだ。ポーリーンと婚約する直前に、ストーカー氏はこの屋敷を買う決意をしたって僕に申し入れてきた」

「本当か？」

「そうなんだ。ポートが効いたんだと思う。うちにあった最後の一八八五年ものをたっぷり飲ませてやったんだ」

「それよりいい手は考えつきようがない。お前のアイディアか？」

「ちがう、ジーヴスのだ」

僕は切ないため息を洩《も》らさずにはいられなかった。

「ジーヴスは驚異だ」

「驚嘆するよ」

「なんて脳みそなんだ！」

「帽子のサイズは九と四分の一号だな」

「彼は魚をたくさん食べてるんだ。彼に音楽を聴く耳がないのは本当に残念なことだ」僕は憮然《ぶぜん》として言った。それから僕は悔恨の思いを抑え、僕たちの別離のことではなく、チャッフィーの幸福のことを考えようと努力した。「そりゃあよかった」僕は心から言った。「君たちがとっても、とっても幸せになることを願ってるよ。正直に言おう。僕はポーリーンのことを、僕が今まで婚約した中で最高の女の子だと思っている」

「その婚約のことを蒸し返すのはやめてもらえないか」

「ああそうだった」

「俺はお前と彼女が婚約していたってことを、忘れようとしているんだ」

「そうだ、そうだった」

「お前がかつて彼女と……」

「だけど全然そうじゃないんだ。婚約がたったの二日しか続かなかったってことを忘れてもらっちゃ困る。それでその二日間、僕は性質《たち》の悪い風邪をひいてベッドで寝てたんだ」

「だが、彼女がお前の求婚を受け入れたとき、お前は……」

「いや、してない。ちょうどその時ウェイターがビーフ・サンドウィッチを運んできて、その瞬間《とき》は去った」

「するとお前は一度も……」

「ぜったい一度もだ……」

「彼女は幸せだったにちがいないな。お前と婚約して。興奮のあらしだ。いったい全体彼女はなんでお前なんかの求婚を受け入れたんだ？」

それは僕自身をも少なからず当惑させていた点であった。僕に思い当たるのは、僕にはどうも、こういう強烈な女性の胸の琴線《きんせん》を打ち鳴らす何かがあるらしいということだけである。前にもそういうことがあった。僕がオノリア・グロソップと婚約していたときのことである。

「前にそういう問題に見識が深い友達に相談したことがあるんだ」僕は言った。「それでそいつの説は、僕がバカなヒツジみたいにうろついてる姿が、女性の母性本能を呼び起こす、ってことだった。何かしら聞くべきところはあるのかもしれない」

「おそらくな」チャッフィーが同意した。「さてと、俺は行かなきゃならない。ストーカー氏が館のことで俺と話がしたいと思うんだ。お前も来るか？」

「いや、やめておく。実を言うと僕はお前たちご一同様とご一緒したくてたまらなくているわけじゃないんだ。僕はお前のマートル伯母《おば》さんには我慢ができる。シーベリーのガキのことも我慢しよう。だけどそこにストーカーとグロソップを追加するとなると、バートラムにはとても手が負えない。僕は庭園を散歩することにするよ」

チャッフィーのこの領地というか大庭園は、散歩には最適の場所である。また僕は奴がここを手放して、私設キチガイ病院にするにあたっては、なにがしかの慙愧《ざんき》の念を覚えているに相違ないと思っていた。とはいえマートル伯母さんと従兄弟《いとこ》のシーベリーを隣人に、長年こんなところに押し込められていたらば、ここを愛する気持ちだって薄れてこようとはいうものだ。僕は二時間ほどこの界隈をうろうろして快適に過ごし、それから一杯の紅茶への渇望が切羽詰ってきたところで館の裏口に歩き入った時には、ゆうに時刻は夕方に差し掛かっていた。僕はジーヴスを探していた。

台所の下働き女中だか誰だかが僕を彼の居室に案内してくれた。それで僕は、程なく確実に湯気たてる紅茶ポットとバターつきトーストが供されるのだとの心地よい確信を抱きつつ、座っていた。チャッフィーが先ほど伝えてくれたハッピーエンディングの報せは僕に満足の念を覚えさせていた。そして熱い紅茶と一切れのトーストが、この幸福を完璧たらしめてくれようと僕は感じていた。

「実際のところ、ジーヴス」僕は言った。「こんな時には、ここにマフィンが付け加わったって全然場違いじゃないんだ。暴風に揺られまくったチャッフィーの魂が、ついに無事に港に到着したことを、僕は実に嬉しく思うものだ。君はストーカー氏がこの館の購入を約束した話を聞いたか？」

「はい、承っております」

「それで、婚約の件は？」

「はい、伺っております」

「チャッフィーの奴の気分は最高だろうな」

「必ずしもさようなことはございません」

「へぇっ？」

「はい。遺憾ながら、障害と申すべき事態が出来《しゅったい》いたしております」

「なんと！　あの二人はもうけんかしたのか？」

「いいえ。閣下とストーカーお嬢様のご関係は一貫してご親密でございます。ご関係が疎遠となっておりますのはストーカー様に対してでございます」

「なんと、なんてこった！」

「さようでございます」

「何が起こったんだ？」

「トラブルの原因は、ドゥワイト・ストーカーお坊ちゃまとシーベリーお坊ちゃまとの身体的ご闘争でございます。昼食の際、お二方のお若い紳士様の間には完全なるご共感が欠如していた模様であったと、わたくしが申し上げましたことをご記憶でおいであそばされましょうか」

「だが君は言ったじゃないか――」

「はい。あの折は円満に収束いたしたものでございますが、食後四十分ほどいたしましてふたたび事態は山場を迎えるところとなりました。お若い紳士様がたは小朝食室にお二人してお入りあそばされ、そちらにて、シーベリーお坊ちゃまがドゥワイトお坊ちゃまより一シリング六ペンスの金額を、用心棒代とのご名目にてお取り上げを試みられた由にございます」

「わあ、大変だ！」

「さようでございます。わたくしが伺いましたところでは、ドゥワイトお坊ちゃまはいささか意気軒昂のお心もちにてそのお申し出を拒絶あそばされ、かような申しようでよろしかろうと存じますが、もってキック・インはなったものでございます。そして売り言葉に買い言葉となりまして、その結果、三時三十分頃には、小朝食室より大乱闘の物音が漏《も》れ聞こえてまいったような次第でございます。それから年長のご一同様はその場におもむかれ、格闘の際、転倒せしめた食器棚の残骸に囲まれた床上に、お若い紳士様がたのお姿を発見されるところとなったものでございます。発見の際には、ドゥワイトお坊ちゃまがいささかご優勢であられた由にございます。と申しますのは、お坊ちゃまはシーベリーお坊ちゃまの胸の上に馬乗りになられ、その頭を敷物に打ちつけておいであそばされたからでございます」

この語りが僕のうちに惹起《じゃき》していた由々しき不安をいくらかなりとご理解いただくには、こう聞いたときの僕の感情が、幾星霜《いくせいそう》を経て、とうとうついにシーベリーのガキの頭を、かく扱うべく扱ってくれる人物が現れたという穏当な恍惚《こうこつ》の思いではなく、不快な狼狽《ろうばい》の念であったと述べるのがよろしかろう。この話がどういう方向に向かうものか、僕にはわかった。

「なんてこった、ジーヴス！」

「さようでございます」

「それでそれから？」

「それより抗争は、全面化いたした次第でございます」

「年長連中も手を出したんだな？」

「はい、さようでございます。第一にお手をお下しあそばされたのはレディー・チャフネルでございました」

僕はうめいた。

「さもありなんだ、ジーヴス。チャッフィーがよく僕に言ったものだが、彼女のシーベリーに対する態度は、仔トラに対する母トラのそれに似通っているんだ。シーベリーのためとあらば、彼女はいつだって世界じゅうを相手に足先をふんづけてやって肘鉄を食わせてやれるんだ。チャッフィーが連中をうまいことダウアー・ハウスに追っ払う前、まだ二人ともホールで暮らしてた頃、彼女がいつも一番いい卵を取ってはわが子にそうっと渡してやっていた、その様を語る奴の声が完全に震えていたのを僕は耳にしている。まあいい、話を続けてくれ」

「事態の状況を目撃されますと、奥方様は鋭い悲鳴をお発しあそばされ、ドゥワイトお坊ちゃまの右の耳を少なからぬ力を込めてご打撃あそばされたものでございます」

「もちろん、それに応えて――？」

「まさしくさようでございます。ストーカー様がご子息様の大義を支持なされ、シーベリーお坊ちゃまに強力な激蹴をお加えあそばされたものでございます」

「それでうまいことけとばしたんだろうな、ジーヴス？　うまくやったと言ってくれよ」

「はい、さようでございます。シーベリーお坊ちゃまはその折、立ち上がろうとされておいでの際中で、さような攻撃を受容なされるにまさしく絶好のご体勢でおいであそばされたものでございます。次なる瞬間、白熱した口論が奥方様とストーカー様の間に勃発いたす次第となりました。奥様方はサー・ロデリックにご助力をお求めあそばされ、そしてあの方は――いささか不本意ながら、とお見受けいたしましたが――身体的暴行にご着手あそばされたのでございます。激論が交わされ、その結果、だいぶ激昂されたストーカー様がサー・ロデリックに、かくなる事態の出来いたした後となって、依然ストーカー様がサー・ロデリックのためにチャフネル・ホールご購入を意図されておいでであろうとサー・ロデリックがお考えでおいでであるならば、それは重大なる誤謬《ごびゅう》である旨ご発言される仕儀に帰着いたしたものでございます」

僕は両手で頭を抱えた。

「そしてそれに続きまして――」

「わかった、やめてくれ、ジーヴス。続きはどうなったのか僕にはわかる」

「はい。この痛恨事全体が、ギリシャ悲劇の冥《くら》き必然と何かしらあい通じるという点で、わたくしはあなた様と思いを同じくいたすものでございます。それに続きまして、それまでご興奮の面持ちにてご傍観されておいでであった閣下は驚愕《きょうがく》の絶叫をお放ちあそばされ、ストーカー様にさようなご発言はご撤回いただくようにとご要求あそばされました。ストーカー様がいったんチャフネル・ホールご購入のお約束をなされたからには、名誉を重んずる人としてその義務を放棄されるべきではないと申しますのが閣下のご見解でございました。ストーカー様は自分がどのような約束をしようと、どのような約束をするまいと、他人の知ったことではないとのご発言にてこれにお応えあそばされ、さらに続けてあの方のご資産の一ペニーたりとも、ご示唆の方向に向けて消費されるご所存はない旨ご断言あそばされ、それを受け、かように申し上げますことははなはだ遺憾ではございますが、閣下のご発言はいささかご軽率となりましたものでございます」

僕はもう一、二小節うめき声を発した。チャッフィーの奴の寛大な性質がかき乱されたとき、奴に何ができるものかは僕にはわかっていた。オックスフォード大学時代、奴が自分のコレッジのボートに指導をつける声を僕は聞いたことがある。

「奴はストーカーの親爺を罵倒したんだな？」

「少なからぬ活力を込めてでございました。後者のご性格、ご商売上の信義誠実、そしてさらにはご容貌につきましてまで、きわめてご忌憚《きたん》のないご発言をあそばされたものでございます」

「そいつがとどめを刺したんだな」

「一定の冷ややかさがもたらされたものでございます」

「それでそれから？」

「それにて痛ましき場面は終了となったものでございます。ストーカー様はストーカーお嬢様とドゥワイトお坊ちゃまを伴われてヨットにお戻りあそばされました。サー・ロデリックは地元の宿屋にご投宿なされるべくおでかけあそばされました。レディー・チャフネルはシーベリーお坊ちゃまにアルニカチンキをご塗布あそばされるべく、お坊ちゃまのご寝室にお引取りになられました。閣下におかれましては、ただいまは西側庭園にてご愛犬を一走りさせておいでの最中と拝察申し上げるところでございます」

僕は思いにふけった。

「こいつが起こった時、チャッフィーはストーカーにストーカー嬢と結婚したいと伝えてはあったのか？」

「いいえ、さようなことはございません」

「うーん、いまさらどの面下げてそうできたものか、僕にはわからないな」

「そのご宣言が温かく歓迎されることはあるまいと、拝察申し上げます」

「二人は人目を忍んで逢わなきゃならないことになるな」

「さようなことすら困難であろうと思料いたします。あらかじめ申し上げておくべきでございましたが、たまたまストーカー様とストーカーお嬢様の会話をわたくしが漏《も》れお伺いいたす機会がございました。その折、わたくしが得ました情報によりますと、ストーカー様におかれましては、ストーカーお嬢様をヨット上にご軟禁あそばされ、この後港内に停泊を余儀なくされておいでの期間中、お嬢様のご上陸をお許しにはなられぬご所存と、拝察いたすものでございます」

「だけど君は奴さんは婚約のことは全然知らないって言ったじゃないか」

「ストーカーお嬢様を船上にご監禁あそばされるに際するストーカー様のご動機は、お嬢様と閣下との逢瀬《おうせ》を阻止せんとするにはなく、あなた様とご面会あそばされる機会を剝奪《はくだつ》せんといたすところにあるものでございます。あなた様がご令嬢様にご抱擁をお加えあそばされていたという事実が、ニューヨークにてのご別離以来、ご令嬢のあなた様に対するご愛情はいささかも衰えるところないとのあの方のご確信を新たにさせた由にございます」

「君はそういう話をみんな聞いたと言うんだな？」

「さようでございます」

「どういうふうに聞いたんだ？」

「ただいま言及いたしました会話が茂みの向こう側にて取り交わされておりました最中、わたくしは茂みのこちら側にて閣下とご会談申し上げておりましたものでございます。ストーカー様のご発言を自然と耳にいたすは回避し得ぬところでございました」

　僕は目に見えてビクリとおののいた。

「君はチャッフィーと話していたと、そう言ったか？」

「さようでございます」

「それじゃあ奴もぜんぶ聞いたんだな？」

「さようでございます」

「僕がストーカー嬢にキスした件についてだな？」

「さようでございます」

「それで奴は動揺したふうだったか？」

「はい」

「奴はなんて言ったんだ？」

「閣下はあなた様の内臓を抉《えぐ》り出されることにつき、何事かご発言あそばされておいでございました」

僕はひたいを拭《ぬぐ》った。

「ジーヴス」僕は言った。「これには慎重な考慮が必要だな」

「はい、さようでございます」

「助言を頼む、ジーヴス」

「さてと、あなた様におかれましては、閣下に対されまして、あなた様がストーカーお嬢様をご抱擁あそばされた際のご感情は純粋に兄弟愛にもとづくものであった旨、ご説得を試みられることがご賢明であろうと思料いたします」

「兄弟愛だって？　そんなことで何とかなると君は思うのか？」

「さようと拝察申し上げます。究極のところ、あなた様はご令嬢様のご旧友でございます。閣下のごときご親密なご友人とご令嬢様がご婚約あそばされたと知り、心優しく心静かな口づけをあなた様が贈られることは、まこと道理に適ったことでございます」

僕は立ち上がった。

「それでうまくいくかもしれない、ジーヴス。少なくとも、やってみる価値はある。それでは僕を待ち構える試練に備えて静かに瞑想《めいそう》するため、僕を今ひとりにしてくれないか」

「早速お茶をお持ちいたしましょう」

「いいや、ジーヴス。いまはお茶を飲むべき時ではない。僕は頭を集中させなけりゃならない。奴と会う前にもっともらしいつくり話をこしらえておかなきゃならないんだ。間もなく奴から呼び出しがあるはずだ」

「いまこの時コテージにて閣下があなた様のお帰りをお待ちあそばされておいでとしても、わたくしは驚かぬものでございます」

彼は絶対的に正しかった。僕が敷居をまたぐかどうかのうちに、何かが肘掛け椅子から跳ね上がり、それで案の定チャッフィーが、冷たい目で僕をにらみつけながら立っていたのだった。

「ああっ」奴は言った。食いしばった歯の間から発声し、全般的に不快で物騒な態度を示しつつだ。

「さてと、やっと現れたか！」

僕は共感に満ちた微笑を投げかけてやった。

「ああ、やっと現れたさ。ぜんぶ聞いた。ジーヴスが話してくれたんだ。残念だったなあ。まったく残念だ。僕がポーリーン・ストーカーに婚約を祝って兄貴としてキスを贈ってやった時には、すぐにこんな厄介なことになろうとは思いもしなかったのになあ」

奴は相変わらず僕をにらみ続けていた。

「兄貴としてだって？」

「本質的に、兄貴としてだ」

「ストーカー氏はそうは思わなかったようだが」

「ふん、お前はストーカーの親爺がどういう類いの頭の持ち主かわかってるだろう。そうじゃないか？」

「兄貴としてだって？　フンッ！」

僕は男らしく遺憾の念を表明した。

「ああすべきじゃあ、なかったって思ってる――」

「その最中に俺がそこにいあわせなくてお前は運がよかった」

「――だけど私立学校、イートン校、そうしてオックスフォードにいっしょに行った旧友が、自分が妹のように思っている女の子と婚約したってことがどういうもんだかは、お前にだってわかるだろう。僕は有頂天になってたんだ」

この男の胸のうちに葛藤が生じているのは明白だった。奴はちょっと苦い顔をして室内をちょいとゆっくり歩き、そしてたまたま脚載せ台にけつまずくと、そいつをちょっくら蹴とばした。そうして奴は穏やかになった。理性が玉座に回帰する様が見てとれたものだ。

「そうか、わかった」奴は言った。「だがこれからは、兄弟愛のほうは慎んでもらいたい」

「わかった」

「そいつは消し去るんだ。衝動に屈するんじゃない」

「絶対にだ」

「もし妹が欲しかったら、他で探してくれ」

「そうするとも」

「結婚したあかつきに、自分がいつなんどき部屋に入って兄貴と妹の愛情表現の最中に出くわすものかなんて思いながら俺は暮らしたくはないんだ」

「まったく了解だ、心の友よ。それじゃあお前はまだこのポーリーンと結婚するつもりでいるんだな？」

「結婚するつもりかだって？　もちろん結婚するつもりだ。あれほどの女の子と結婚しないで済まそうだなんて、バカな大間抜けってもんだろう、どうだ？」

「だけど旧きチャフネル家の心の呵責《かしやく》はどうするんだ？」

「何の話だ？」

「うーん、ストーカーがホールを買わないんじゃ、お前は以前と同じ立場に身を置くってことになるんじゃないのか？　己《おの》が愛を口にせぬまま、ウォトウォトレイを思って蕾《つぼみ》のうちの青虫にダマスク色の頬を蝕《むしば》ませつつさ」

　奴は軽く身震いした。

「バーティー」奴は言った。「俺がバカだった頃の話を思い出させないでくれ。どうしていったいあんなふうに思ったもんだか、想像もつかないんだ。俺の見解は変更されたものだと、公式に解釈してもらってかまわない。俺が文無しで彼女が大金持ちだなんてことはもうどうだっていいんだ。なんとか七シリング六ペンス工面して結婚許可証を手に入れて、祈禱《きとう》書の向こう側にいる男に払う何ポンドかそこらがありさえすれば、この結婚は成立するんだ」

「そりゃあよかった」

「金がなんだ？」

「そのとおりだ」

「つまり、愛は愛だ」

「それ以上の真理は語りようがない。僕がお前なら、そういう見解を述べた手紙を彼女に送るな。つまりさ、彼女の方じゃお前の財政状態がまたもや難しくなったもんだから、お前が逃げ出そうと考えてるって思ってるかもしれないじゃないか」

「そうする。そうだ、なんてこった！」

「どうした？」

「ジーヴスに手紙を運んでもらえばいい。そしたらストーカーの親爺に取り上げられる可能性はなくなる」

「彼がそんなことをすると思うのか？」

「なあ心の友よ！　あの親爺は生来性の信書押収男だ。あの目を見ればわかるだろうが」

「いやつまり僕は、ジーヴスに手紙が運べるのかって言ってるんだ。どうしたものか見当がつかない」

「ストーカーはジーヴスに俺の雇用下を離れさせて自分のところで働かせたがってるって、お前に言っといてやるべきだったな。そのときはそんなバカげた話は金輪際《こんりんざい》聞いたことがないと思ったもんだが、今や俺はその件に大賛成だ。ジーヴスはあいつのところに行けばいいんだ」

僕にはこの計略というか策略が理解できた。

「お前の言いたいことはわかった。ストーカーの旗印の下で活動することで、彼には自由な行来が可能だってことだな」

「そのとおりだ」

「彼はお前の手紙を彼女のところにもっていって、それから彼女の手紙をお前のところに持ってきて、それからお前から彼女のところ、彼女からお前のところ、それからお前から彼女のところ、それから……」

「そう、そのとおり。わかってもらえたようだな。それでこの文通の間に、我々は逢瀬《おうせ》の計画を立てるんだ。結婚式の準備にはどれくらいかかるもんか、お前は知ってるか？」

「よくはわからないなあ。特別許可証をもらえば、一瞬でできるんじゃなかったっけか？」

「それじゃあ特別許可証をもらおう。二通、いや三通だ。うん、これでほうれん草にバターがかかるってもんじゃないか。俺は生まれかわった男みたいな気分なんだ。行ってすぐにジーヴスに話そう。彼は今夜にもあのヨットに乗っていられるはずだ」

このとき奴は突然言葉をとめた。ふたたび眉が曇り、またもや奴は僕を探るような目で見た。

「彼女は本当に俺のことを愛していると思うか？」

「コン畜生、こいつめ。彼女はそう言わなかったのか？」

「彼女はそう言ったさ。ああ、言った。だが女の子の言葉なんてものが信じられるか？」

「おい、お前！」

「うむ、連中は偉大なおふざけ屋なんだ。彼女は俺に冗談を言ってるのかもしれない」

「病的だぞ、お前」

奴はちょっと考え込んだ。

「彼女がお前にキスさせたなんてのは、ものすごくおかしなことだと思うんだ」

「僕は彼女をびっくりさせたんだ」

「彼女はお前の耳をひっぱたいてたってよかったんだ」

「どうして？　彼女は当然、この抱擁は純粋に兄弟愛にもとづくものだって思ったさ」

「兄弟愛だって、へっ？」

「完全に兄弟愛だ」

「ふむ、そうかもしれない」チャッフィーは疑い深げに言った。「お前に妹はいるのか、バーティー?」

「いない」

「だが、もしいたとしたら、お前は妹にキスするのか?」

「くり返しくり返しするとも」

「ふーん……ふむ、うーん……うん、おそらくそういうことなんだろうな」

「お前にはウースター家の者の言葉が信じられるだろう、なっ?」

「いやよくわからないんだ。オックスフォードの二年生だったとき、ボートレースの翌朝、お前は治安判事に自分の名はユースタス・H・プリムゾルでウェスト・ダリッジ、アレイン・ロード、キングサリ荘に住んでるって言ったのを俺は憶えている」

「あれは特別な場合で、特別な措置が要ったんだ」

「もちろんそうだ……そうだ……うむ……うん、大丈夫だと思う。いまやお前とポーリーンの間にはぜったい何にもないってお前はほんとうに誓うんだな?」

「何もない。僕らは心の底から、ニューヨークでのあの瞬間の狂気の沙汰を、しょっちゅう笑い飛ばしてるんだ」

「お前がそうするのを俺は聞いたことはないが」

「うーん、僕らは——頻繁に——そうしてきたんだ」

「ああ?……そういうことなら……うーん、わかった……うーん、とにかくだ、俺は行って手紙を書くことにする」

奴が行ってしまってからしばらくの間、僕はリラックスして、マントルピースの上に脚を載っけたままでいた。全体としてみるならば、今日という日は実に過酷な一日であった。それで僕はちょっぴり緊張を感じていたものだ。たった今のチャッフィーとのやり取りだけでも、僕の神経系は大いに疲労困憊《こんぱい》させられていた。それでブリンクレイが入ってきて夕食はうちで食べるかと聞きたがった時、一人ぼっちでコテージに座り込んでステーキとフライドポテトをいただくとの思いに僕は魅力を覚えなかった。僕はひどく心落ち着かぬ気分でいたのだ。

「夕食は外ですませる、ブリンクレイ」僕は言った。

このジーヴスの後任者はロンドンの人材派遣所から送られてやってきた。それで彼のことだが、僕が自分でそこにでかけて行って直接会う時間があったらば、僕が選んだであろう人物ではなかったと言わねばならない。全然まったく僕の夢の男ではなかった。憂鬱《ゆううつ》な男で、長くて細くて吹き出物の散りばめられた顔をして、深い、物思うような目をしていて、ジーヴスとの間で僕が慣れ親しんできたみたいな雇用者と被雇用者の間の好ましいおしゃべりの類いは最初から毛嫌いしているふうだった。彼が到着して以来ずっと、友好関係を確立しようと僕は試みてきたが、成功していない。外見を見るかぎりでは、彼は礼儀正しい。だが腹のうちでは彼は来るべき社会主義革命に思いを馳《は》せており、バートラムのことを圧制者、抑圧者とみなしているのだということが見てとれるのである。

「ああ、ブリンクレイ。夕食は外ですます」

彼は何も言わなかった。ただ街灯柱用に僕の寸法を測ってるみたいな目で僕を見ただけだ。

「疲労困憊《こんぱい》の一日だったんだ。それで僕は灯りとワインの必要を覚えている。両方とも、おそらくブリストルに行けば手に入ることだろう。それに向こうでは何かのショーをやっているはずだ、そう思わないか？　あそこは全英有数の巡業公演地のひとつなんだろう」

　彼はかすかにため息をついた。僕がショーを見に出かけるとかいう話は彼にとっては全部が全部、悲惨でたまらないことなのだ。彼がほんとうに求めているのは、血のしたたるナイフを持った暴徒らに追われて僕がパークレーンを全力疾走する様を見ることであるのだ。

「僕は車を運転して向こうへ出かけることにする。君は夕方から休んでもらってかまわない」

「かしこまりました、ご主人様」彼はうめき声を発した。

　僕はあきらめた。この男は僕には不快である。彼がブルジョアジーを虐殺する計画を立てて暮らしていることに、僕はこれっぽっちだって反対するつもりはない。だがどうして彼には陽気で明るい笑顔でもってそいつができないのか、僕は理解に苦しむのだ。身振りで彼を退けると、僕は車庫に向かい、車を出した。

　ブリストルまでは五十キロもなかったはずだ。僕は開演前に気持ちのよい食事を取るのにじゅうぶんな時間にそちらに到着した。ショーはミュージカル・コメディーで、ロンドンでかかっている間に何度も観たことのある演目だった。だがそれはまたもう一度観たいと思わされる出来であったし、総体的に、帰路についたときの僕は休息と気分転換ができたというふうに感じていた。

　僕が田舎の隠遁所に帰り着いたときは深夜近くであったと思う。そして、そろそろ眠りたい心地でいたから、僕はローソクに手際よく点火し、二階にとことこ上がった。部屋のドアを開けながら、これからどんなにかぐっすり眠れることだろうと思っていたのを僕は思い出す。それで僕はまあ、いわゆるだが、歌を口ずさみながらベッドに向かったのだった。と、その時、何ものかがベッドの中から身を起こした。

次の瞬間、僕が燭台を落っことしたため室内は漆黒《しっこく》の闇へと突入した。しかしその前に僕は、見るべきほどのものはすでに見てしまっていたのだった。

左手から右手に目を走らせると、ベッド中の内容物は金色の縞の入ったヘリオトロープ色の僕のパジャマを着た、ポーリーン・ストーカーより構成されていた。

7. パーティーの訪問者

深夜を過ぎてまもない時刻に自分の寝室中に女の子を発見した男の態度はさまざまである。それが好きな者もいれば、嫌いな者もいる。僕は嫌いだった。ウースター家の者のうちに流れる旧きピューリタンの血統のせいか何かだと思う。僕は非難するがごとく、すっくりと立ち上がり、彼女の方向に厳しい一瞥《いちべつ》を投げつけた。もちろんぜんぜんまったく無駄なことだ。あたりは真っ暗闇だったわけだから。

「なんと……なんと……な、なんと——？」

「大丈夫よ」

「大丈夫だって？」

「ぜんぜん大丈夫だから」

「ああそう？」僕は言った。それで僕が苦々しげに話していたという事実を、僕は隠そうとは思わない。僕は断然、突き刺すつもりでそう言ったのだ。

僕は燭台を拾おうと身をかがめた。そして次の瞬間、僕は驚愕《きょうがく》の悲鳴を放っていた。

「そんな声を立てちゃだめよ！」

「だけど床に死体があるんだ」

「ありやしないわ。あったらあたしが気づいてるはずよ」

「あるんだ。ほんとうなんだ。ローソクを手探りで探してたら、指に何だか冷たいじっとりした物が触ったんだ」

「あら、それあたしの水着よ」

「君の水着だって？」

「ねえ、あなたあたしが飛行機で上陸したとでも思ってるの？」

「君はヨットからここまで泳いできたってこと？」

「そうよ」

「いつさ？」

「三十分くらい前かしら」

冷静で実務的な持ち前の僕のやり方で、僕は事の核心にまっすぐに切り込んだ。

「どうして？」僕は訊いた。

マッチが擦《す》られ、ベッドの横の燭台に灯が点され、この情景に少しばかり明かりが添えられた。もうひとたび僕は彼女の着ているパジャマを観察することができた。そして僕は認めねばならないが、それははなはだドレッシイに見えたものだ。ポーリーンの全般的な色彩配合は浅黒めであるが、ヘリオトロープ色のパジャマは彼女にすごく似合っていた。僕がこう言うのは、僕がつねに評価すべきところは評価しようという態度を大切にしているからである。

「君にはその就寝着がよく似合ってる」

「ありがと」

彼女はマッチを吹き消した。そして僕のことを不思議そうな顔つきで見つめた。

「わかって、パーティー？　あなたについては何らかの措置を取るべきだわ」

「へぇっ？」

「あなたはある種のホームに入っているべきなの」

「入っているさ」僕は冷たく、また機知縦横に応えたものだ。「僕のスウィート・ホームにね。それで僕がはっきりさせたい点は、君がそのホームで何をしてるのかってことだ」

女性流のやり口で、彼女は論点をはぐらかした。

「あなた、お父様の目の前であたしにあんなふうにキスするだなんて、一体どういうつもりなの？　あたしの燦然《さんぜん》と輝く美貌に我を忘れてたなんて言う必要はないのよ。ちがうわね。あれはただ純然たる、生粋のバカさ加減の証左なんだわ。それで今あたしにはサー・ロデリックがお父様に、あなたは抑制されていて然《しか》るべきだっておっしゃった理由がよくわかるの。どうしてあなたはまだ野放しでいられるの？　あなた何らかの拘束を受けてなきゃいけないんだわ」

我々ウースター家の者はこの種の事に対してはきわめて辛辣《しんらつ》である。僕はかなりの痛烈さを込めて話した。

「君が言及している出来事は容易に説明できる。僕は、彼がチャッフィーだと思ったんだ」

「誰がチャッフィーだと思ったですって？」

「君のお父上がだ」

「もしあなたがあのマーマデュークがほんのちょっぴりでもお父様に似てるだなんて言おうとして

るんだったら、あなたってカッコーみたいにキチガイにちがいないわ」彼女は僕に匹敵する熱を込めてかく応えた。彼女が父親の容貌の大いなる賞賛者ではないことを僕は理解した。また彼女の言い分が正当でないとも言うものではない。「それに、あたしあなたのおっしゃってる意味がわからないわ」

僕は説明した。

「つまりチャッフィーに僕が君を抱擁《ほうよう》しているところを見せてやろうってことだったんだ。そしたら奴の胸のうちに盛大な炎が煽《あお》り立てられて、君にプロポーズする気になるだろうって、つまりたった今大急ぎで行動を起こさなきゃ、君を失うって感じるんじゃないかってことだったんだ」

彼女の態度が和らいだ。

「あなたが自分で考えついたことじゃないわね?」

「僕が考えた」僕はいささかイラついていたものだ。「どうしてみんな、ジーヴスの助けなしじゃ僕には何にも考えつかないなんて思わなきゃいけないんだ……?」

「だけど、あなたってとっても優しいわ」

「我々ウースター家の者は優しいんだ。すこぶる優しいんだ。友達の幸福が掛かってるって時にはさ」

「あたし、あの夜、ニューヨークで、あなたのプロポーズをお受けしたのはどうしてだったのか、今ならわかる」彼女は瞑想《めいそう》にふけるがごとく言った。「あなたには、何ていうか、頭のくるくるしたアヒルちゃんみたいな可愛らしさがあるのよ。もしあたしがマーマデュークに夢中でなかったら、あたしあなたといくらだって結婚できてよ、バーティー」

「いや、結構」僕はいささか警戒しながら言った。「そんなことは夢にだって思っちゃだめだ。つまり僕が言いたいのは……」

「ああ、それはいいの。あなたと結婚なんかしないわ。あたしはマーマデュークと結婚するんだもの。だからあたしここに来たの」

「それじゃあ」僕は言った。「その話に戻ろう。いまひとたび我々は僕が最も解明を希求してやまない、まさしくそこの点に取り掛かっているわけだ。いったい全体君は何を考えてこんな真似をしでかしたんだ？　ヨットから泳いできただって？　どうして？　君は僕のささやかなスウィート・ホームに押しかけて来た。どういうわけなんだ？」

「なぜって服が手に入るまで身を隠す場所が必要だったからよ、決まってるじゃない。チャフネル・ホールに水着姿じゃ行かれないわ」

僕には彼女の思考の脈絡が理解されてきた。

「ああ、君はチャッフィーに会うために岸に泳ぎ着いたんだ？」

「もちろんんよ。お父様はあたしをヨット上の捕虜にしていたの。そしたら今夜、あなたの執事のジーヴスが――」

僕は顔をしかめた。

「僕の執事だった男だ」

「わかったわ。あなたの執事だったジーヴスね。あなたの執事だったジーヴスがマーマデュークからの最初の手紙を持って到着したの。ああ、もう！」

「ああ、もう、ってのはどういう意味だい？」

「あれは手紙だったの？　あたしあれを読んで三リットルも涙を流したのよ」

「熱いシロモノだったのかい？」

「美しかったの。詩情が脈打っていたわ」

「そうかい？」

「そうよ」

「その手紙が？」

「そうよ」

「チャッフィーの手紙が？」

「そうよ。あなた驚いてるみたいね」

僕はいささか驚いていた。もちろん最高、最良の男だ。このチャッフィーだ。だが僕なら奴にそんな手紙が書けるだなんて言いはしない。とはいえ僕が奴といっしょにいる時は、奴はたいていステーキ・アンド・キドニー・プディングを食べているか、馬が速く走らないといって悪態をついているかのどちらかであるという事実を考慮に入れねばならない。そのような場にあっては、男性の詩人としての側面は最高潮に達してはいないものだ。

「それじゃあその手紙が君の心をかき乱したってことなんだな？」

「もうかき乱されっぱなしなの。あたし、あの人に会わずにはもう一日だっていられないって思ったの。魔性の恋人を待ち焦がれる女に関する詩［コールリッジの詩「クブラ・カーン」］ってどんなのだったかしら？」

「ああ、僕じゃだめだ。ジーヴスなら知ってる」

「とにかくあたしはそういうふうに感じたってことなの。それでジーヴスときたら、ああ、なんて人なのかしら！　同情？　彼にはそれがあふれんばかりにあるんだから」

「ああ、君はジーヴスに打ち明けたんだ？」

「そうよ。そしたら彼があたしにどうしたらいいかを教えてくれたの」

「それで彼は君を引き止めようとはしなかったんだな？」

「あたしを止めるですって？　彼は大賛成だったのよ」

「そう、そうなのか？」

「あなたに彼の姿を見せたかったわ。なんて優しい微笑だったことかしら。彼はあなたは喜んであたしを助けてくれるって言ったわ」

「そうか、そう言ったのか？」

「彼、あなたのことをとってもほめていたわ」

「ほんとうかい？」

「ええ、ほんとうよ。彼はあなたのことをとっても高く買ってるの。あたし、彼のせりふをはっきり憶《おぼ》えてるのよ。彼は言ったわ、〈お嬢様、ウースター様は、おそらく精神的にはいささか取るに足らないお方でございましょうが、金のハートの持ち主であらせられます〉って。彼はその言葉を、最初に人目がないか確認した後、船べりからロープであたしを降ろしてくれながら言ったんだわ。あたしは飛び込むわけには行かなかったの、わかるでしょ、水音がするから」

　僕は悔しさのあまり唇を嚙《か》みしめていた。

「いったいぜんたい、〈精神的に取るに足らない〉っていうのはどういう意味だ？」

「あら、おわかりでしょ。バカって意味よ」

「チッ！」

「えっ？」

「僕は〈チッ！〉って言ったんだ」

「なぜ？」

「なぜだって？」僕はだいぶ動揺していた。「フン、君だって自分の元執事がそこいらじゅうで君は精神的には取るに足らないだなんて言いふらしてまわってたら、〈チッ！〉って言うんじゃないか？」

「でも金のハートを持ってるのよ」

「金のハートのことはいい。肝心なのは僕の執事、いや僕の執事だった男がだ、僕がいつだって自分の従者というよりも伯父《おじ》さんみたいな存在だと見なしてきた男がだ、そこいらじゅうを行ったり来たり走りまわりながら声高らかに、僕は精神的には取るに足らないだなんて叫んでは、僕の寝室に女の子を送りつけてきてるっていう事実なんだ――」

「バーティー！　気に障ったの？」

「障っただって！」

「気に障ったみたいな言い方だわよ。どうしてだかわからないわ。あたしが愛する人と結ばれるのを手助けできる機会があって、きっとあなたは大喜びしてくれるはずだってあたし、思い込んでたのに。だってジーヴスがあんなに言ってくれてる金のハートを、あなたは持ってらっしゃるんでしょう」

「問題は僕が金のハートを持ってるかどうかじゃない。金のハートを持ち合わせてはいるけど、それでも深夜に自分の寝室で女の子を見つけて慌《あわ》てふためくって人間はごまんといるはずだ。君が理解していないようなのは、つまり君と君のジーヴスが計算に入れていない点は、僕には守るべき名声が、無垢《むく》で純粋な状態に維持すべき汚点なき名誉があるってことなんだ。そういうものは真夜中に許可願いみたいなものもなしにうちに入ってきて、涼しい顔して他人のヘリオトロープ色のパジャマをくすね取るような女の子をおもてなししてるようじゃ、維持できないんだ――」

「あなたあたしに濡れた水着のままで寝ろって言うんじゃないでしょう？」

「――それで他人のベッドにもぐり込んだりして――」

彼女は感嘆の声を発した。

「あなたがあたしに何を思い出させたのかわかったわ。あなたが入ってきた時から、あれは何だったかしらって考えてたの。三匹のくまのお話だわ。子供のときにきっと聞かされたはずよ。〈僕のベッドにだれかいるよ……〉大きいくまがそう言うんじゃなかった？」

僕は疑わしげに顔をしかめた。

「僕が思い出すかぎりじゃ、何かポリッジに関することだったはずだ。〈僕のポリッジを食べたのはだあれ？〉だろう」

「ぜったいベッドが出てきたはずだわ」

「ベッド？　ベッドだって？　僕はベッドのことなんて思い出せないな。しかしながらポリッジに関しては、僕は断然……しかしながら我々はまたもや論点を離れているようだ。僕が言ってたのは、僕みたいな名声の高い独身者、決して矩《のり》を踰えない人物は、彼のベッドにいるヘリオトロープ色のパジャマを着た女の子を不信の目もてながめやったとしたって、決して非難されることはないってことなんだ……」

「あなたこれがあたしに似合うって言ったじゃない」

「似合うとも」

「これを着てるとあたしとってもきれいに見えるってあなた言ったわ」

「きれいに見えるとも。だけどまたもや君はこの問題に正面から取り組むことを拒否している。肝心な点は……」

「肝心な点って一体いくつあるのよ？　あたしもう一ダースは数えたわ」

「肝心な点はひとつだけだ。そして僕はその点を明らかにしようとしている。要するに、君がここにいるのを見つけたら、他人《ひと》は何て言う？」

「だけど他人はあたしをここで見つけたりなんかしないわ」

「そう思うのか？　ハッ！　ブリンクレイはどうさ？」

「誰よ、その人？」

「僕の執事だ」

「あなたの元執事？」

僕は舌を鳴らした。

「僕の新しい執事だ。明朝九時に彼は僕にお茶を運んでくる」

「まあ、素敵」

「彼はそれをこの部屋に運んでくるんだ。彼はベッドに近づいてくる。彼はそれをテーブルに置く」

「いったいぜんたい何のためによ？」

「僕がカップを持ってそいつを啜《すす》るのを容易にするためさ」

「ああ、あなたが言ってたのはお茶をテーブルに置くってことだったのね。あなた彼がベッドをテーブルの上に置くって言ったわよ」

「僕は断じてそんなことは言っていない」

「言ったわ。はっきりとよ」

　僕はこの女の子にものの道理を説いて聞かせようとした。

「ねえ、かわい子ちゃん」僕は言った。「僕は君に知性を働かせたまえって、ほんとうにお願いしなきゃならないのかな。ブリンクレイは曲芸師じゃない。彼はよく訓練された紳士お側つきの紳士なんだ。だからベッドをテーブルの上に置くことを、彼は無作法だって思うんだよ。それにどうして彼がベッドをテーブルに置かなきゃならないんだい？　そんなことを彼は決して考えたりはしないよ。彼はね――」

　彼女は僕の説明を中断させた。

「だけど、ちょっと待って。あなたはブリンクレイのことをバブバブ言ってるけど、でもブリンクレイなんてここにはいないわ」

「ブリンクレイはいるんだよ。一人いるんだ。その一人のブリンクレイが明朝九時にこの部屋に入ってきてこのベッドに君がいるのを見つけるってことは、人類を驚倒せしむるべき大スキャンダルの始まりとじゅうぶんなり得るんだよ」

「だけど、そんな人この家にいるはずがないわ」

「もちろん彼はこの家にいるんだ」

「うーん、じゃあ彼は耳が聞こえないんだわね。あたしの立てた物音で、紳士お側つきの紳士の六人は目を覚ましてやれたはずよ。あたし、裏の窓をバラバラに割ったってだけじゃなくて――」

「君は裏の窓をバラバラに割ったの？」

「割ったわ。割らなきゃ入れなかったんだもの。一階の寝室みたいな部屋の窓だったわ」

「なんてこった。そりゃあブリンクレイの寝室だ」

「んー、そんな人いなかったわ」

「いったいぜんたいどうしていないわけがあるんだ？　僕は彼に夕方から休みをやったけど、一晩じゅうってわけじゃない」

「何があったかあたしにはわかる。その人どこかで飲んで騒いでいて、これから何日も戻ってこないんだわ。お父様の執事に一度そういうことをした人がいたの。四月四日にニューヨーク、イースト六十七番街のうちから山高帽をかぶって灰色の手袋をして市松模様のスーツを着て出かけていって、それで次に彼から消息があったのは四月十日にオレゴン州ポートランドから来た電報で、寝過ごしたからまもなく帰るって伝えてよこしたのよ。あなたのブリンクレイもそういうことになってるにちがいないわ」

そう考えて大いに安堵《あんど》したものだと、僕は言わねばならない。

「そう期待しよう」僕は言った。「もし彼がほんとうに悲しみを紛らわそうとしているなら、それで何週間かかったっておかしくないな」

「ねっ、わかったでしょ。あなた何でもないことで大騒ぎしすぎなのよ。いつもあたしが言ってるじゃない――」

しかし彼女がいつも何と言っているものかを伺う光栄に僕は浴さなかった。というのは、その瞬間彼女は鋭い悲鳴を発したからだ。

誰かが玄関のドアをノックしていた。

8．警察による迫害

僕らは互いをさかんな憶測で見つめあった。ここチャフネル・レジスの二階にて黙しつつ。この恐るべき音は、穏やかな夏の夜のただ中のそのごとく予期せず訪れ、なんぴとの唇からもおしゃべりを拭《ぬぐ》い去らしむるにじゅうぶんであった。それで個人的には、これを我々にとってことさらに不快にしたのは、我々が同時に同一の恐ろしい結論に飛びついたという事実であった。

「お父様だわ！」ポーリーンはガラガラ声で言った。そしてすばやく指をひと弾《はじ》きして、ローソクを消した。

「どうしてそんな真似をするんだ？」僕は言った。すごく怒ったふうにだ。突然の真っ暗闇は事態をもっと悪くするように思われたからだ。

「窓から明かりが見えないようによ、もちろんじゃない。あなたが寝てるって思ったら、お父様は帰っちゃうかもしれないでしょ」

「なんて希望的なこった！」僕は言い返した。一瞬やんだノックの音は、俄然激しさを増して再び始まったからである。

「うーん、あなた降りていらしたほうがいいみたいだわよ」彼女は抑えた声で言った。「それとも」

——彼女の声は明るくなったようだった——「階段の窓から水をかけちゃうことにする？」

僕は激しく驚愕《きょうがく》したものだ。彼女はあたかもそれが自分の最善最良の提案だとでも思っているみたいにそう言ったのであり、それで突然僕は、彼女のような気質と性格を備えた女の子に対してホスト役を務めることが、いかなる意味をもつかを理解したのだった。無鉄砲な若い世代に関して僕がいままで聞いたり読んだりしたことが、僕の脳裏によみがえってきた。

「そんなことは夢にも考えちゃだめだ」僕は切迫した声で言った。「そんな考えは君の頭から完全に徹底的に消し去るんだ」

つまりだ、不良娘を探し求めている乾燥したJ・ウォッシュバーン・ストーカー一人だってじゅうぶんに悪いのである。頭に水差し一杯のH_2Oをふりかけて、さらにきりりと苦味を増したJ・ウォッシュバーン・ストーカーのことなぞ、考えるのもいやだ。降りていってこの人物と夜のひととき を過ごすとの思いに、僕はすごく夢中であったわけではないのだが、しかし代替策がまずは彼を愛娘《まな》の手でびしょ濡《ぬ》れにさせ、然《しか》る後に彼が素手で壁をぶち破るのを待つというものであるなら、僕は即座に前者の選択肢を提案するものだ。

「僕は彼に会わなきゃならない」僕は言った。

「それじゃあ、気をつけてね」

「気をつける、ってのはどういう意味だ？」

「うーん、ただ気をつけるってだけよ。それにもちろん、お父様、銃は持ってらっしゃらないかもしれないもの」

僕はちょっと息を呑《の》んだ。

「はっきり言って、君はどっちの目がどれだけ大きいと思うんだい？」

彼女はしばらく考え込んだ。

「あたしお父様が南部の出だったかどうか、思い出そうとしているの」

「何の出だって？」

「お父様がカーターヴィルって所で生まれたってことはわかってるのね。だけどそれがケンタッキー州のカーターヴィルだったか、マサチューセッツ州のカーターヴィルだったかが思い出せないの」

「いったいぜんたい、だったらどこがどうちがうっていうんだ？」

「うーん、もしあなたが南部人の一族の名誉を汚したとすると、彼は銃を撃つのね」

「君の父上は君がここにいることを、一族の名誉を汚したって思うかなあ？」

「ぜったいに思うと思うわ」

僕は彼女に同意せずにはいられなかった。純粋主義者だったら名誉を汚すということをもっと厳格に解釈するかもしれないと、とっさに僕は思ったが、その点をよくよく精査している暇はなかった。つまりノックの音はあらためて活力を増し、高らかに鳴り響いていたからである。

「まったく、コン畜生だ」僕は言った。「君のクソいまいましい親御さんがどこで生まれ落ちてようと、どっちにしたって僕は下へ行って彼と話をしなきゃならないってわけだ。これじゃあドアがバラバラに崩壊しちゃいそうだ」

「お父様のそばにはできるだけ近づかないようにしてね」

「近づかないさ」

「若い頃はすごく強いレスリング選手だったのよ」

「君のお父上について、これ以上何も言ってもらわなくていい」

「あたしはただ、あたしだったらできるかぎりお父様に身体をつかませないって、そう言ってるだけよ。どこかあたしが隠れられるところはある？」

「ない」

「どうしてないの？」

「どうしてかはわからない」僕はちょっぴりにべもなく答えた。「こういう田舎のコテージを建てるにあたって、人は秘密の部屋とか地下通路とかを備えつけたりはしないもんなんだよ。僕が玄関のドアを開ける音が聞こえたら、呼吸《いき》を止めるんだ」

「あなたあたしが窒息死すればいいと思ってるの？」

ふむ、無論ウースター家の者はそんな思いをあえて言葉にはしない。だがそいつはすごくご機嫌なアイディアだと思われたものであると、僕は言わねばならない。返答を差し控えたまま、僕は階下に急ぎ、玄関ドアをバンと開けた。それでまあ、バンと言ったが、つまり僕はそいつを十五センチくらい開けたということが言いたかったわけで、またドアチェーンを外すような真似は決してしなかったものだ。

「ハロー？」僕は言った。「はい？」

次の瞬間僕のうちに沸き上がってきたほどの安堵の塊《かたまり》を、これまで感じたことがあったかどうか、僕にはわからない。

「オーイ！」その声は言った。「時間がかかったなあ、そうじゃないか？　一体どうしたんだ、お若いの？　お前さん、耳が聞こえないのかい？」

それは本質的に音楽的な声というようなものではなかった。野太くて、やや粘着性で、もし僕がそういう声の持ち主だったらば、扁桃腺の問題に少なからず思考を傾注していたことだろう。しかし、その声にはすべての欠点を補って余りある、この上ない美質があった。つまりそれは、J・ウォッシュバーン・ストーカーの声ではなかったのである。

「たいへん申し訳ありません」僕は言った。「僕はあれやこれやを考えていたんです。あれこれ夢想にふけっていたんですね、と言っておわかりいただければですけど」

その声はふたたび話しだした。今度は少なからず丁重な調子を加えてだ。

「ああ、これは失礼をいたしました。本官はあなたをブリンクレイ君だと思ったものでありますから」

「ブリンクレイは外出中なんです」僕は言った。もし彼が戻ってくるようなことがあったら、友達から社交的訪問を受ける時間について一言言ってやりたいものだと思いながらだ。「あなたはどなたです？」

「ヴァウルズ巡査部長であります」

僕はドアを開けた。外はとっても暗かった。しかしこの官憲の姿はちゃんと見えた。このヴァウルズという男は、体格はどちらかというとアルバート・ホール寄りのつくりで、まんなかが丸くて上のほうはあまりない。彼はいつも僕には、大自然が本当は二人の警察官をつくろうと意図していて、半ぶんこにするのを忘れてしまったというふうに見えたものだ。

「ああ、巡査部長さんでしたか！」僕は言った。

のんきな屈託のなさだ。バートラムの頭にはなんにもない、ただ髪の毛が生えているだけというふうに見えたことだろう。

「何かご用ですか、巡査部長さん？」

このときまでに僕の目は暗闇に慣れてきており、それゆえ路傍にいくつか関心の対象を見いだせるようになっていた。そのうちの主なものはもう一人の警官だった。長身瘦軀《そうく》で筋張った、この人物である。

「本官の甥《おい》の、ドブソン巡査であります」

さてと、僕は必ずしも社交的な親睦会をしたい気分ではなかったし、また僕としてはこの巡査部長が僕に一族やら友人たちといっしょに過ごしてもらいたいと、そういうのであれば、別の時間を選んでもらってかまわなかったと、願うことだってできたのだが、しかしそれでも僕は巡査に向けたオツムを優雅に下げ、さも親切そうに「ああ、ドブソン！」と声に出したのだった。それで僕の記憶が正しければ、今晩はいい天気ですねえとか何とかも言ったものだったと思う。

しかし明らかに、これは昔風のサロンを髣髴《ほうふつ》とさせるような親しい寄り合いなどではなかったのだ。

「お気づきでおいでですか。お住まいの裏側の窓が割れております。本官の甥がそれに気づき、本官を起こして捜査にあたらせるのがよいと考えたような次第であります。一階の窓ガラスがひとつ窓枠ごと破壊されておるものであります」

僕はちょっと作り笑いをした。

「ああ、そのことですか？　そうなんですよ。ブリンクレイが昨日壊したんです。バカな間抜けですよ！」

「それではその件はご存じでいらしたのですな？」

「ええ、そうです。ええ、そうですとも。ぜんぜん大丈夫ですよ、巡査部長さん」

「さてと、大丈夫かどうかを一番ご存じなのはあなただとは思いますが、とは申せ夜盗に襲われる危険が存在いたしますからな」

それでこの時点で、いままで口をきかないでいたこのアホの巡査の奴が、いらぬクチバシを入れてきたのだった。

「僕は夜盗の襲撃を目撃したと思ったんだよ、テッド叔父《おじ》さん」

「なんだと！　それをどうして先に言わん、このマトン頭めが。それに勤務中はわしのことをテッド叔父さんなんぞと呼ぶんじゃない」

「わかったよ、テッド叔父さん」

「本官らにお住まいを捜索させていただくのがよろしいようですな」ヴァウルズ巡査部長が言った。

そこで僕はすみやかに大統領拒否権を行使した。

「できません、巡査部長さん」僕は言った。「まったく問題外です」

「そうなさったほうがご賢明でありますぞ」

「すみません」僕は言った。「ですができないんです」

彼は立腹し、不満げに見えた。

「さてさて、お好きになさるがよろしいですな。しかしあなたは警察官の公務の執行を妨害されておられるのですぞ。近頃は警察への公務執行妨害があまりにも多すぎるのであります。昨日デイリーメール紙に記事が載っておりましたな。おそらくあなたもお読みでおいでであリましょうが？」

「いいえ」

「まん中のページでありました。孤立した田舎の諸地域で犯罪が継続的に増加しているため、英国内において民衆の警戒の念が増大しているということでありました。スクラップ帳に貼ろうと切り取ってあるのです。それによりますと起訴犯罪総数は一九二九年の十三万四五八一件から一九三〇年には十四万七〇三一件に増加しております。とりわけ暴力犯罪が七パーセントといちじるしい増加を示しており、かように不穏な事態は警察の職務怠慢に由来するものであろうか？ とその記事は問うておりました。否、そうではない、と、記事は続くのであります。それは警察が公務の執行を妨害されているせいである、と」

明らかに僕はこの人物の一番のツボを刺激してしまったようだ。まったく、厄介なことだ。

「ええ、面目ありません」僕は言った。

「さようですぞ。また二階に上がられて寝室に入るやいなや夜盗があなたの咽喉《のど》を耳から耳までざっくりと切り裂いてしまったならば、あなたはますます面目なく思われることでありましょうな」

「そういう悲観的なものの見方はやめましょう、親愛なる巡査部長さん」僕は言った。「僕はそんな不慮の出来事は起こらないと思いますよ。僕はいま二階から降りてきたところなんです。夜盗なんていなかったと、請け合いますよ」

「おそらくは潜伏しておるのです」

「好機をうかがいながらですよ」ドブソン巡査が示唆した。

ヴァウルズ巡査部長は深くため息をついた。

「あなたのお身の上に何事もあってもらっては困るのです。あなたは閣下のご親友でいらっしゃるわけですからな。しかしあなたがこう頑迷でおいでなら……」

「でも、チャフネル・レジスみたいなところじゃ、何かが起こるわけがないでしょう」

「まさかとお思いでしょうが、チャフネル・レジスは堕落をしてきておるのです。本官は、よもや交番の目と鼻の先で黒人ミンストレルの一座がコミック・ソングを歌う日が来ようとは、思いもいたしませせなんだ」

「あなたはそのことでご心配をされておいでなのですか?」

「家禽《かきん》が何羽か行方不明なのであります」ヴァウルズ巡査部長は沈鬱《ちんうつ》に言った。「何羽もの家禽でありますす。また本官には不審に思われるところもあるのです。さてと、行こうか、巡査。公務の執行にご協力いただけないとなれば、ここに留まる意味はない。それでは、おやすみなさいであります」

「おやすみなさい」

僕はドアを閉め、寝室に飛んで戻った。ポーリーンはベッドに腰掛け、なんだかワクワクした素振りだった。

「何だったの?」

「警官隊さ」

「何の用?」

「どうやら連中は君が侵入するところを見たんだな」

「あたしあなたにたいへんな迷惑をかけてるんだわ、バーティー」

「いや、そんなことはないさ。嬉しいよ。さてと、僕もそろそろ退散しようかな」

「あなた行っちゃうの？」

「こういう状況じゃあ」僕はいささか冷淡に言った。「僕はこの家の中で眠るわけにはいかない。車庫に失礼させてもらうよ」

「階下にソファはなかった？」

「あるさ。ノアの長椅子だ。アララト山頂にノアが運び上げたやつさ。車の中で寝たほうがよっぽどましだと思う」

「ああ、バーティー。あたしったらあなたにこんなに迷惑をかけたりして」

僕はちょっぴり態度を軟化させた。結局のところ、起こったことについて、この可哀そうな女の子を責めるべきではない。今夜早くにチャッフィーがいみじくも述べたように、愛は、愛である。

「心配しないでいいんだよ。我々ウースター家の者は愛し合うふたつのハートを手助けするためとあらば、艱難辛苦《かんなんしんく》もいとわないんだ。君はそのちっちゃな頭を枕にのっけて、そのちっちゃいピンク色のつま先を丸めてすやすや眠ればいいんだよ。僕は大丈夫だから」

そしてそう言いながら、僕は優しき微笑のコルク栓を抜き、ポンと飛び出すと階段を流れ降り、玄関ドアを開けて香《かぐわ》しき宵の中に歩み出たのだった。それから僕の肩にずっしりと重たい手が置かれて僕の精神と肉体の双方に苦痛を与え、ぼんやりした人影が、「捕まえたぞ！」と言うまでの間に、僕は家から十メートルも移動してはいなかったはずだ。

「痛たた！」僕は応えた。

そのぼんやりした人影は、チャフネル・レジス警官隊のドブソン巡査であることが今や判明した。彼は申し訳なさそうな様子だった。

「これは申し訳ありません。本官はあなたのことを襲撃者だと思ったものであります」

僕はさりげない、愛想のいい態度を無理に装った。若きご領主様が下々の者に楽にせいと呼びかけているような調子でだ。

「大丈夫、巡査君。まったく大丈夫。ちょっと散歩に出ただけなんだよ」

「わかりました。外の空気を吸いにでありますね」

「そのとおり。君が鋭い洞察力で見抜いたとおり、外の空気を吸いにさ。あの家はほら、息が、すぐ詰まりそうじゃないか」

「そうであります。つまりすぐそこでありますね」

「狭苦しいって意味なんだが」

「ああ、そうでありましたか。それでは、どうぞおやすみなさいであります」

「トゥラララ、巡査君」

僕はさらに前進しながらも、いささか動揺していた。車庫のドアは開けっぱなしにされていた。僕は手探りで僕の二人乗り自動車に向かい、ふたたび一人きりになれたことを嬉しく思った。間違いなく、ドブソン巡査のことを陽気で刺激的な話し相手だと思える気分のときだって、いつかはあるにちがいない。だが今夜の僕は彼の不在のほうをいっそう好んだ。僕は車に乗り込み、背もたれに身体を預け、なんとか就寝態勢に持ち込もうと頑張ってみた。

さて、もし状況がうまく運んでいたとしても、僕が夢見ぬ睡眠を貪《むさぼ》れていたものかどうか、僕にはわからない。その点はきわめて疑わしい。二人乗りのスポーツカーというものは、僕がつねづね感じているように、かなり快適にできているものだ。しかし、とはいっても僕はその中で八時間の睡眠をとろうとしたことはなかったのだった。そいつにベッドの役目を果たさせようといっぺん試してご覧になったら、突然飛び出してくる車内装飾中のノブやら出っ張りやらの数の多さに、必ずや驚かれることであろう。

しかし、あいにく僕はそいつをテストに付する公平な機会を与えられなかったものだ。ヒツジ一個連隊と半ぶんこ数えたかどうかといったところだったと思うのだが、僕の顔の上に突然ライトが照らされ、出てこいと指示する声がしたのだった。

僕は身を起こした。

「ああ、巡査部長さん」僕は言った。

またもや気まずい邂逅《かいこう》である。双方ともに、きまりの悪い思いだった。

「あなたでいらっしゃいましたか？」

「はい」

「お邪魔をして失礼いたしました」

「全然オッケーですよ」

「あなたがこんなところにおいでとは、思いもいたしませんでした」

「車の中でちょっと眠ってみようと思ったんですよ、巡査部長さん」

「さようでありますか」

「暑苦しい夜ですからね」

「まったくでありますな」

彼の声は丁重だった。だが彼が僕のことをちょっぴり不審の目で見はじめているとの疑念を、僕は払拭《ふっしょく》できなかった。彼の態度物腰には、彼がバートラムのことを変わり者だと考えていると僕に感じさせる何かがあった。

「家の中は息が詰まるんですよ」

「さようでありますか？」

「夏になると僕はよくこうやって車の中で眠るんです」

「さようでありますか？」

「おやすみなさい、巡査部長さん」

「おやすみなさいであります」

ふむ、麗《うるわ》しき眠りに落ちようとしている、まさしくその時に邪魔に入られるのがどんなふうなものかはご存じだろう。そいつは魔力を冷ますのだ。と言っておわかりいただければだが。僕はもういっぺん身を丸めた。だがすぐさま僕は、現今の状況下で安らぎの一夜を過ごそうとの方向で尽くされたあらゆる努力も、実を結ぶことはあるまいと理解した。僕は中くらいのヒツジの群れ五つ分くらい数えてみたが、やっぱりだめだった。べつの道筋の方策をとらねばなるまいと、僕は理解した。

僕は自分のコテージの庭をたっぷり探索したことがあるというわけではないのだが、ある朝たまたま急な激しい雨に降られ、この土地家屋南西端の物置小屋だか納屋《なや》だかといった類いの小屋で雨宿りをしたことがあった。そこは通いの庭師が庭道具や植木鉢やら何やらを積み重ねておく場所だった。それで、もし僕の記憶に誤りがなければだが、あの物置小屋だか納屋だったかの床には、粗い麻布がうず高く積み重ねられていたはずである。

さて、粗麻布というものは、ベッドとして考えたとき、万人向きとは言えないとお考えになられる向きもあるやもしれない。またそうお考えになられることは完全に正しい。しかし、ウィジョン・セブンの座席で半時間も過ごした後では、粗麻布だってすごく素敵に思われてくるというものである。それは少々身体には硬すぎるかもしれない。それにネズミとか深く掘り下げられた大地の臭いとかが、ものすごくするかもしれない。それでもなお、そいつを持ち上げて言ってやれる点がひとつだけ残るのだ——すなわち、それは人をして四肢を伸ばすことを可能たらしむるという点である。そして四肢を伸ばすことこそ、いま僕が一番したいと熱望していることにほかならない。

ネズミとカビの臭いにかてて加えて、二分ほど後に僕がもたれかかった粗麻布のまさしくその一角は、通いの庭師氏の芳香をいちじるしく帯びてもいた。またそれらが渾然《こんぜん》一体となった香は、いささかちょっぴり豊潤ではありすぎまいかと自問させられた瞬間もあった。しかしながらこういうことは時と共になんとかなるもので、およそ十五分後には、僕はその薫香をむしろ楽しんでいたとすら言えるまでになった。僕は自分が肺をふくらませてそいつを結構呼吸していたことを思い出せる。だいたい三十分ほどの後には、心地よい眠気が僕を襲いはじめていた。

そして三十五分ほど後のこと、ドアがバーンと押し開けられ、またもやおなじみのランタンが光を放っていた。

「ああ！」ヴァウルズ巡査部長が言った。

またドブソン巡査も同じことを言った。

この二人の厄病神に対して、強い態度に出るべき時がとうとう来たと僕は理解した。僕は警察官の公務執行を妨害しないことには大賛成だが、それでも僕が主張したいのは、もし警察が世帯主の庭を一晩中うろついてまわって、彼がもうちょっとで少しだけ休息を得られそうだという、そういうたびに邪魔をしてくるというのであれば、連中は公務の執行を妨害されたって大いに結構だということなのだ。

「はい？」僕は言った。それで僕の態度からは旧き貴族階級の傲慢《ごうまん》さがちょっぴり感じられたはずだ。「今度は何のご用ですか？」

ドブソン巡査はすごく独りよがりな言い方で、自分が夜陰を忍び歩く僕の姿を認めてその後をヒョウみたいに追いかけたことについて何か言っていた。そしてヴァウルズ巡査部長は、甥に分をわきまえさせることの価値を信じている人物であるからして、自分が先に僕を見つけてドブソン巡査と同じくらいヒョウみたいに僕の後を追いかけたのだとの所見を明らかにしていた。しかし、この決然たる一言によって、彼らを突然の沈黙が襲ったものだ。

「またあなたでしたか？」いくぶん恐縮した声で巡査部長が訊いた。

「そうです。まったくなんてこった！　いったいこの執拗な嫌がらせはどういうことかをお訊ねしてもよろしいでしょうか？　こんな状態じゃ、睡眠なんて不可能ですよ」

「まことに申し訳ないことであります。まさかあなただとは思いもせずにおったものでありますから」

「どうして僕じゃあいけないんです？」

「えー、納屋で眠るというようなことは――」

「これが僕の納屋だということについては、ご異論はありませんね？」

「はい。しかし、何と申しますか、おかしな話ではありませんか」

「僕にはぜんぜんおかしいところなんか見つかりませんが」

「テッド叔父さんは、〈ヘンだ〉という意味で言っているんだよ」

「テッド叔父さんはそこまでは言っておらん。それにわしのことをテッド叔父さんと呼ぶのはよすんじゃ。本官には何と申しますか、風変わりなことだと思われるのであります」

「僕はあなた方のご意見には賛成できませんね、巡査部長さん」僕は堅苦しく言った。「僕には自分の寝たいところで寝る完全な権利があるんじゃありませんか？」

「おおせのとおりであります」

「そうでしょう。それは石炭貯蔵庫だったかもしれない。玄関の上り階段だったかもしれない。それがたまたまこの納屋であったわけです。それでは巡査部長さん、お引取りをいただけることに感謝申し上げましょう。このぶんでは夜明けまで一睡もできませんからね」

「あなたはこれから一晩中、ここでお過ごしになられるおつもりでありますか？」

「もちろんですとも。いけませんか？」

彼は痛いところを突かれてぐうの音も出なかった。

「さてさて、あなたがそうなさりたいならそうしてならんという理由はありませんな。しかし、それは一風……」

「ヘンだ」ドブソン巡査が言った。

「風変わりでありますな」ヴァウルズ巡査部長が言った。「ご自分のベッドがありながら、風変わりなことだと思われます。もしかように申してよろしければでありますが……」

もうこんなのはじゅうぶんだった。

「僕はベッドが嫌いなんです」僕はぶっきらぼうに言った。「我慢がならないんですよ。ぜったいにだめなんです」

「わかりました」彼は一瞬言葉を止めた。「今夜は暑い晩でありますからな」

「まったくそのとおりです」

「ここにおります本官の甥はいささか日照を浴びすぎまして、そうだったな、巡査?」

「え、うん」ドブソン巡査が言った。

「それで何やらおかしくなっておるようなのであります」

「本当ですか?」

「そうであります。脳みそがぼんやりしておるようなのですな」

僕はあまり無愛想にならないよう気をつかいながら、午前一時というのは自分の甥っ子のぼんやりした頭の問題を論じ合うにふさわしい時間ではないと僕が考えていることをこの人物に伝えようとした。

「お宅さまの医療関連ゴシップについて伺うのは、別の日にしていただかないといけませんね」僕は言った。「いま僕は、ひとりになりたいんです」

「了解しました。おやすみなさいであります」

「おやすみ、巡査部長」

「質問をお許しいただけますならば、あなたはこめかみにヒリヒリするような感覚をお覚えではありませんか？」

「すみません、どういうことでしょう？」

「頭がズキズキとは痛みませんかな？」

「痛くなってきましたよ」

「ああ！　さてとそれではもういちど、おやすみなさいであります」

「おやすみ、巡査部長」

「おやすみなさいであります」

「おやすみ、巡査」

「おやすみなさいであります」


ドアは静かに閉まった。一瞬かそこら、二人が病室外で検討会中の専門医みたいにささやき合う声が聞こえた。それからどうやら連中は姿を消したようだ。岸辺に打ち寄せる波の音のほかは、すべてが静かになったからだ。それで、なんてこったただ、その波の音というのが実に勤勉に寄せては返し聞こえてきたものだから、次第に眠気が僕を襲いはじめ、この世界で僕が眠りに落ちうる時は金輪際来《こんりんざい》ないものと僕が意を固めてより十分もしないうちに、僕は赤ん坊か乳飲み子みたいに心地よい眠りに落ちたのだった。

もちろんそれは長くは続かなかった――チャフネル・レジスのような、一平方メートルあたりのおせっかい屋含有率がイングランド全土のどの地域よりも高い寒村にあっては、そんなのは無論のことだ。次に僕が思い出せるのは、誰かが僕の腕をゆすっていることだった。

僕は身を起こした。またもやおなじみのランタンが見えた。

「おい、聞くんだ……」僕はたっぷり強い調子で言いかけた。と、僕の口の端で、その言葉は凍りついたのだった。

僕の腕をゆすっている人物は、チャッフィーだった。

9. 巡りあう恋人たち

バートラム・ウースターは友人と会えばいつだって歓喜し、常に陽気な笑みと快活な皮肉とで彼らに挨拶《あいさつ》すると決まっているとは、よく言われるところである。しかしながら、この点はおおむね正当であるものの、僕は一つ但《ただ》し書きがしたい——すなわち、然《しか》るべき状況下にあっては、と。今現在の場合、状況は然るべくない。旧い学友のフィアンセが僕のパジャマ上下を着て僕のベッドをねぐらにしているというとき、その旧い学友が突然間近に現れたとなったらば、その旧い学友と思う存分ふざけまわるのは難しい。

したがって僕は快活な皮肉を言葉にはしなかった。陽気な笑みのほうすらどうにもできなかった。僕はただ座ったまま目を丸くしてこの男を見つめ、どうやって奴がここに来たものか、どれだけここに留まるつもりなのか、そしてポーリーン・ストーカーが突然窓から顔を突き出してこっちにきてネズミを退治してちょうだいと叫ぶ可能性はどれくらいのものか、と、思いめぐらしていただけだった。

チャッフィーは医者が患者に対するみたいな態度で僕の上にかがみ込んでいた。その後景には、熟練を積んだ看護婦みたいな空気を発しながらヴァウルズ巡査部長が行ったり来たりしているのが見えた。ドブソン巡査はどうなったものか、僕にはわからない。死んだと考えるのは楽観的に過ぎようと思えたから、彼は自分の持ち場に帰ったものであろうと僕は解釈した。

「大丈夫だ、バーティー」チャッフィーがなだめるように言った。「俺だ。おい」

「港の側で閣下とお会いしたものでありますから」巡査部長が説明した。

僕は少々じりじりした心持ちになったと言わねばならない。僕には何が起こったのかがわかったのだ。チャッフィーみたいな性格の恋人を、愛する女の子の許から引き離したならば、そいつは就寝前の一杯をこさえたらさっさと眠るというようなことをしはしない——そいつは出かけていって彼女の窓の下に立つのである。それでもし彼女が港の真ん中に停泊中のヨットに乗っているならば、むろん海岸付近に出没することにより同様の目的は達せられる。疑問の余地なく、理に適っている。しかしながら現在の状況下にあっては、とんでもなく不都合である。最も婉曲《えんきょく》な語を用いればだが。それで僕を苛立《いらだ》たせていたのは、奴がもしその場にもうちょっと早いこと着いていたならば、女の子が上陸するのを歓迎できる立場にいたはずであったわけで、そうあってくれていたらば現在の具合の悪い状況は全部未然に回避されていたはずだ、との思いであった。

「巡査部長はお前のことを心配しているんだ、バーティー。彼はお前の様子がおかしいと考えたらしい。それでお前の様子を見るようにって俺を連れてきてくれたんだ。実に賢明だった、ヴァウルズ」

「有難うであります、閣下」

「賢明な判断だった」

「有難うであります、閣下」

「これ以上賢明な判断はありえない」

「有難うであります、閣下」

僕は聞いていてムカムカ気分が悪くなった。

「それでお前は日射病になったんだな、パーティー?」

「僕は日射病になんかなっちゃいない」

「ヴァウルズはそう考えてるんだ」

「ヴァウルズはバカだ」

巡査部長はいささか憤慨した顔をした。

「失礼ながら、あなたは頭がズキズキ痛むとおっしゃられ、それゆえ本官は脳みそが混乱しているものと理解いたしたのであります」

「そのとおりだ。お前ちょっぴり頭がイカレちゃったにちがいないぞ、なあ親友」チャッフィーは優しく言った。「そうなんだろう? こんなところで寝るなんてのはさあ、なあ、どうだ?」

「どうして僕がここで寝ちゃいけないんだ?」

僕はチャッフィーと巡査部長が一瞥《いちべつ》を交し合うのを見た。

「だってお前には寝室があるだろう、なあ。お前のところには快適な寝室があるだろうが、そうじゃないか? お前の気持ちのいい小さな寝室で眠った方が、居心地もいいし気分もいいんじゃないかと俺は思うんだ」

ウースター家の者は皆、頭の回転が速い。僕のこの行動をもっともらしく見えるようにしなければならないということが、僕には理解されてきた。

「寝室にクモがいたんだ」

「クモだって、えっ？　ピンク色のか？」

「うん、ピンク色っぽかったな」

「ながーい脚があるんだな？」

「かなり長い脚があった」

「それでそいつはきっと、毛むくじゃらなんだろう？」

「すごく毛むくじゃらなんだ」

ランタンの光がチャッフィーの顔にかかっていて、それでこの時点で僕は奴の表情にわずかな変化が生じるのを見た。一瞬前まで、奴は往診を頼まれたひどく重病の患者を深刻に心配している心配性のチャフネル医師だった。いまや奴はものすごく不快なふうにニタリと笑い、立ち上がってヴァウルズ巡査部長を脇に呼び、彼に向かって言葉をかけたのだが、それは奴がこの件につき完全に誤った解釈をしていることを僕に告げるものであった。

「大丈夫だ、巡査部長。心配することはない。奴はただへべれけに酔っ払っているだけだ」

奴は機転を利かせて小声で話しているつもりでいたのだと思う。しかし奴の言葉は明瞭に僕の耳に届いた。巡査部長の返答もまた同様である。

「さようでありますか、閣下？」ヴァウルズ巡査部長は言った。それで彼の声というのは、すべての事情を明瞭に理解した巡査部長の声であった。

「問題は全部解決だ。完全に酔っ払ってる。君にはあの目のどんよりした表情が見えるか？」

「はい、閣下」

「こいつがこんなふうになったのを以前見たことがある。一度、オックスフォードで追突レースの日の晩餐《ばんさん》の後、奴は自分のことを人魚だって言い張ってコレッジの噴水に飛び込んで竪琴《たてごと》を奏でたがったんだ」

「若紳士とは全く若紳士でありますなあ」ヴァウルズ巡査部長は寛容かつ寛大な言い方で言った。

「こいつをベッドに運び込まなきゃならないな」

僕はとび上がった。恐怖に打ちのめされ。木の葉のように戦慄《せんりつ》していた。

「僕はベッドになんか行きたくない！」

チャッフィーはなだめるように僕の腕をなでつけた。

「大丈夫だ、バーティー。まったく大丈夫だ。誰だってびっくりするよな。だがもう大丈夫なんだ。ヴァウルズと俺でお前の部屋に行ってそいつをやっつけてやるからな。君はクモはこわくなかったはずだな、ヴァウルズ？」

「はい、閣下」

「聞いたな、バーティー。ヴァウルズがお前の側についていてくれる。ヴァウルズはどんなクモだってへっちゃらなんだ。君が前にインドに行ったときには、何匹のクモと戦ったと言っていたかな、ヴァウルズ？」

「九十六匹であります、閣下」

「俺の記憶が正しければ、でっかい奴だったんだな？」

「殺人グモでありました、閣下」

「ほうら、バーティー。これで何も怖がることはないってわかったろう。君がそっちの腕を持ってくれ、巡査部長。俺がこっちを持つから。いいからリラックスするんだ、バーティー。持ち上げてやるからな」

振り返ってみると、僕がこのとき間違った振舞いをしなかったかどうか、確信はない。選び抜かれた珠玉の言葉のほうが、うまく役目を果たしてくれたかもしれない。だが、とはいっても選び抜かれた珠玉の言葉というのがどういうものかはご存じだろう。それがどうしても必要だ、というときにかぎってなんにも見つからないものなのだ。巡査部長は僕の左腕をしっかりつかもうとしていて、それで僕には一言だってなんにも思いつかなかった。そういうわけで、会話の代りに僕は彼の腹を殴り、広い地平を目指して駆けだしたのだった。

さて、人というものは通いの庭師の持ち物が散乱している暗い納屋《なや》の中を高速で長距離移動ができるものではない。僕がけつまずいてひっくり返って逆落としを食らえるようなシロモノは半ダースはゆうにあったはずだ。僕が実際に放り投げを食らう原因となったのはジョウロだった。僕は、鈍い、嫌などさりという音といっしょに落っこちて、それで理性が玉座に回帰したとき、僕は真夏の夜を抜け、我が家の方向に運ばれている自分に気づいたのだった。チャッフィーが僕の腕の下をもち、ヴァウルズ巡査部長が僕の脚に取りついていた。そして、そういうふうに連結したかたちで、僕らは玄関ドアを通過して階段を上がったのだった。それはおそらく本当の意味でカエルの行進といったようなものではなかったのだろうが、僕のアムール・プロプルというか自尊心を傷つけるにはじゅうぶんであった。

その時僕は僕のアムール・プロプルについてばかりものすごく色々と考えていられたわけではない。いよいよわれわれは寝室のドアの前に到着した。そして僕が自問していたのは、チャッフィーがドアを開けてその中身に気づいたときの結果はいかがあいなるか、ということであった。「チャッフィー」僕は言った。また僕は真剣に言ったものだ。「その部屋に入るんじゃない！」だが頭が仰向けになって舌が奥歯とこんがらがっているというときに、真剣に話そうとしたってどだい無理な話だ。実際に出てきたのは一種のうがいみたいなガラガラ音で、またチャッフィーはそいつを完全に誤解して受け取ったのだった。

「わかった、わかってるさ」奴は言った。「心配するんじゃない。もうじきおねむにバイバイしてやるからな」

僕は奴の態度を侮辱的だと感じたし、またそう言おうとしたものだが、しかしこの瞬間、驚きのあまりに、その言葉は僕の唇から拭《ぬぐ》い去られてしまったものだ。まあ、いわゆるであるが。すばやくえい、やっと、僕の携行所持人らは突如僕をベッド上に放り投げた。それで僕の肉体が巡り会ったものは、毛布と枕だけだった。ヘリオトロープ色のパジャマ姿の女の子といった性格のものは全然、影も形もなかったのだ。

僕は怪訝《けげん》に思いつつそこに横たわっていた。チャッフィーがローソクを見つけてそれに火を点けた。それで僕はいまや自分の周りを見渡せる立場に置かれたわけだ。

ポーリーン・ストーカーは完全に消滅していた。ひとひらの断片も残さずに。と、ジーヴスがかつて僕に言った言葉を用いれば、だが。

ものすごくヘンだ。

チャッフィーは助手の任務を解いていた。

「ありがとう、巡査部長。あとは俺ひとりでできる」

「大丈夫でありますか、閣下？」

「ああ。まったく大丈夫さ。奴はこういうときはすぐに眠っちまうんだ」

「それでは本官は帰宅させていただきます、閣下。いささか遅い時間となりました」

「ああ、帰ってくれ。おやすみ」

「おやすみであります、閣下」

ヴァウルズ巡査部長は重量感ある足取りで階段を降りながら、巡査部長二人ぶんはたっぷりある物音を立てていた。そしてチャッフィーは、母親が眠るいとし子に顔を寄せるみたいな空気を発散させながら、僕のブーツを脱がせてくれた。

「さあ、いい子だ」奴は言った。「さてとバーティー、お前は静かに横になって、ゆっくり休むんだ」

僕はしばしば考えるのだが、僕をいい子呼ばわりした奴の声の我慢ならないほどに庇護者ぶった調子について、このとき僕が所感を明らかにしたか否かは定かでない。僕はそうしたかった。しかし少なからず痛烈なせりふを何か考えつかないかぎり、そんなのは無駄だって僕にはわかっていたし、それに僕が何か気の利いた言い回しを探して頭の中をあれこれやっているときに、室外のつり戸棚の扉が開き、ポーリーン・ストーカーが世界中に何の心配もないみたいにそぞろ歩き入ってきたのだった。じっさい、彼女は明らかに面白がっているように見えた。

「なんて夜かしら、なんて夜なのかしら！」彼女は楽しげに言った。「危ないところだったわ、バーティー。いま出てった人たちは誰だったの？」

そして彼女は突然チャッフィーの存在を認め、口をぽかんと開けて一種のキーキー声を発した。

そうしてあたかも誰かがスウィッチを押したみたいに、彼女の目には愛の光が灯《とも》った。

「マーマデューク！」彼女は叫んだ。そして奴をじいっと見つめたまま、たたずんでいた。

とはいえ、なんてこったただ。文字どおり本当の意味でじいっと見つめるというのをやっていたのは、哀れな学友の奴のほうだった。僕はこれまでじいっと見つめている人というものをずいぶんと見てきたが、このときのチャッフィーのパフォーマンスの半径一・六キロ以内に近づけるようなやつは一度だって見たことがない。眉毛は宙に飛び、あごは落っこち、そして両の目はソケットから五センチくらい突き出していた。奴はどうやら何かを言おうとしていたようだったが、しかしそれにはひどく失敗していた。いささか不快なヒューヒューいう音のほかは、何も発声されることはなかった。それでその音はラジオの音量のひねりをちょっぴり強くひねりすぎたときにラジオが発する轟音《ごうおん》ほどには大きくなかったのだが、その他の点ではきわめてそれと酷似していた。

一方、ポーリーンのほうは魔性の恋人と巡り会った娘の雰囲気を発し始めており、それでウースター胸のそのうちには、この女の子に対する哀れみの思いが激しく湧き上がってきたのだった。つまりだ、僕のように観察力の鋭い部外者なら誰しも、彼女がこの状況をまったく間違った角度からながめていることが見て取れようというものだ。僕にはチャッフィーの心が書物のように読み取れたし、また彼女がこの時の奴の感情を全面的に誤解しているのもわかっていた。奴が発しているヘンな音は、僕の診断するところ、彼女が考えているような愛の呼び声ではなく、愛する人が思いもよらぬ家屋内でヘリオトロープ色のパジャマを着ているのを見つけ、骨の髄まで打ちひしがれ、急所を切りつけられ、歯槽膿漏みたいに痛い思いをした男の、厳しく、査問するがごときしゃがれ声だったのだ。

だがしかし、彼女は、哀れな阿呆《あほう》だ、奴を見てこんなに大喜びしていたのだが、こういう状況で奴が彼女を見ておんなじように喜ばないかもしれないなどと、ちらりとも疑っていないのだ。その結果、この時点で奴が後じさり、苦い冷笑を浮かべながら腕を組んだときには、さながら奴が彼女の目を焼けただれた棒で突き刺したみたいだった。彼女の顔からは光が消え、そしてそれと入れ替わりに、サロメの幻想の場面の途中で錫《すず》めっきの鋲くぎを踏んづけた裸足のダンサーみたいな、傷つき、途方に暮れた表情が現れた。

「マーマデューク！」

チャッフィーはもう一度苦い冷笑を発した。

「そうか！」奴はようやく言葉を見つけてこう言った――もしこれを言葉と呼ぶことが可能であればだが。

「どういうこと？　どうしてあたしをそんなふうに見るの？」

そろそろ僕が言葉を挟むべき時だろうと僕は思った。僕はポーリーンの入場のときにベッドから起き上がっていて、しばらくドアの方向によたよたと歩を進めていた。なんとはなしに広大な地平を希求してとか、そんなようなわけでだと思う。だが一部にはこういう時に逃げ出すのはウースター家の者らしくないとの思いから、また一部には僕がブーツを履いていなかったという理由から、僕はこの場に留まる決心をしたのだった。さてとそれで僕は間に割って入った。時宜を得た言葉を見つけたのだ。

「こういう状況でお前に必要なのは、チャッフィー、なあ心の友よ」僕は言った。「純な信頼だ。詩人のテニスンが言ったことだが……」

「黙れ」チャッフィーは言った。「お前からなんにも聞きたくはない」

「よしきた、ホーだ」僕は言った。「だけどおんなじだ。純な信頼はノルマン人の血よりもよっぽど大事だし［テニスンの詩「レディー・クレア・ヴェール・ド・ヴェール」］、そのことからは逃れようがないんだ」

ポーリーンはちょっぴり困惑しているように見えた。

「純な信頼ですって？　何のこと……まあ！」彼女は言った。で、唐突に言葉を止めた。それで僕は彼女の顔がまっ赤に紅潮しているのに気がついた。

「まあ！」彼女は言った。

頬は相変わらず紅潮していた。だがいまやそれは当初頬を染めていた恥じらいの紅潮ではなかった。最初の「まあ！」は、僕が理解するところ、自分のパジャマに包まれた肢体に気づいたことと、自分の置かれた微妙な立場に突然気がついたことに由来するものであった。二番目の「まあ！」はちがう。それはスズメバチよりも怒り狂った女性の魂の叫びであったのだ。

つまりだ、これがどういうことかはおわかりいただけよう。感性豊かで血気盛んな女の子が途《と》轍《てつ》もない試練を乗り越えて愛する男の許にたどり着こうとし、ヨットから飛び降り、とんでもなく冷たい水中を泳ぎきり、コテージに這《は》い上がり、他人のパジャマを借り、そしてようやく、旅路の果てにたどり着いてみて、まあ、いわゆるだが、それで優しい笑みと愛の言葉のささやきとを期待していたらば、代わりに難しいしかめっ面とねじ曲げられた唇、疑わしげな目、それと――約言すれば――あっかんべーをもらったのである。当然、彼女はいささか狼狽《ろうばい》していた。

「まあ！」彼女は三回目を言った。そして彼女の歯は少しガチガチ言っていた。きわめて不快である。「それじゃあ、あなたはそんなふうに思ってらっしゃるのね？」

チャッフィーは耐えられないといったふうに首を振った。

「もちろん思ってやしない」

「思ってるわ」

「思ってないさ」

「ううん、思ってる」

「そんなこと俺が思うわけがないじゃないか」チャッフィーは言った。「俺にはわかってるんだ。バーティーが――」

「――終始一貫し、周到に適切な行動をとり続けたことを」僕は示唆してやった。

「――園芸小屋で眠って」チャッフィーが続けた。それでそいつは僕が言ったの半分もうまくは聞こえなかったものだと、僕は言わねばならない。「そんなことは問題じゃない。俺と婚約して、それで今日の午後は俺と婚約して有頂天になってるようなふりをしてみせていたくせに、君がまだバーティーを激しく愛していて彼の側にいずにはいられないっていう事実は残るんだ。ニューヨークで君がバーティーと婚約していたことを、俺がまったく知らないと君は思ってるだろうが、俺は知ってるんだ。ああ、俺は文句を言ってるわけじゃない」チャッフィーは言った。十五本目の矢を身に受けた聖セバスチャンみたいな顔をしながらだ。「君には君の好きな男に愛をする完全な権利があるんだから――」

「男を愛する、だ」僕は言わずにはいられなかった。ジーヴスがこういう問題に関しては僕を純粋主義者にしたのだ。

「黙ってろ!」

「もちろんだ、もちろんだとも」

「お前は余計なクチバシを挟んできすぎるんだ――」

「すまない、すまない。もうしない」

チャッフィーは僕のことを鈍器で殴りつけてやりたいと思ってるみたいに見つめていたが、ふたたびポーリーンに目線を向け、彼女のことを鈍器で殴りつけてやりたいと思っているみたいな目で見つめた。

「だが……」奴は言葉を止めた。「お前のせいで俺は何て言いたいのか忘れちまったじゃないか」だいぶイラついた口調で奴は言った。

ポーリーンが発言を始めた。彼女はまだピンク色を帯びており、また彼女の双眸《そうぼう》はキラキラと光り輝いていた。何らかの無作法のことで僕を叱《しか》りつけようとするアガサ伯母《おば》さんの双眸が、ちょうどこんなふうに光り輝くのを僕は見たことがある。愛の光について言うなら、そんなものの痕跡は微塵《みじん》も残っていなかった。

「あら、そう。それじゃあおそらくあなたはあたくしが言うことだったら聞いてくださるんですのね。あたくしが発言することについては、あなたにご異論はないわね」

「ありません」チャッフィーは言った。

「ありません、全然ありません」僕は言った。

ポーリーンは疑問の余地なく、徹底的に心かき乱されていた。僕には彼女のつま先が小刻みに震えるのが見えた。

「まず第一に、あなたってあたしをムカムカさせるの！」

「そうなのか?」

「そうよ。第二に、あたしはあなたと今生《こんじょう》でも来世でもこの世界で二度と会いたくないわ」

「ほんとうか?」

「ほんとうよ。あたしあなたがだいっきらい。あなたになんか会わなきゃよかった。あたしあなたのこと、あなたがあのいやらしい家で飼ってるブタたちのどれよりも最低のブタだって思うわ」

この点に僕は興味を覚えた。

「お前がブタを飼ってるとは知らなかった、チャッフィー」

「ブラック・バークシャー種だ」心ここになく奴は言った。「ああ、もし君がそういうふうに……」

「ブタは金になるんだ」

「ああ、わかった」チャッフィーは言った。「もし君がそう思うなら、だったらそれで構わない」

「構わないに決まってるわ」

「それは僕のせりふだ。それで構わないさ」

「僕のヘンリー伯父《おじ》さんは……」

「バーティー」チャッフィーが言った。

「ハロー?」

「俺はお前のヘンリー伯父さんの話なんか聞きたくない。俺はお前のヘンリー伯父さんに興味なんかない。お前のクソいまいましいヘンリー伯父さんが滑って転んでどうでもいいような首を折ったって、俺は全然構わないんだ」

「いまや遅しだ、なあ心の友。三年前に伯父さんは死んだ。肺炎だった。僕はただ伯父さんもブタを飼ってたって言いたかったんだ。それでずいぶん儲《もう》けてたんだ」

「やめ……」

「そうよ。それであなたのことだけど」ポーリーンが言った。「あなたここで一晩中過ごすおつもり？　おしゃべりはやめてお帰りいただきたいわ」

「帰るとも」チャッフィーは言った。

「そうなさって」ポーリーンが言った。

「おやすみ」チャッフィーは言った。

奴は大股に階段のところまで歩き去った。

「だが、ひとつだけ言っておく……」奴は大げさな、熱を帯びた身振りで言った。

ふむ、僕は奴さんにそういうことはこういう旧世界のカントリー・コテージじゃあやっちゃあいけないよ、と言っておいてやるべきだったのかもしれない。奴のこぶしは突き出していた梁《はり》にぶつかり、奴は苦痛のあまり踊って回ってバランスを崩し、そうして次の瞬間には一袋の石炭みたいに一階に落っこちていった。

ポーリーン・ストーカーは手すりに走りより、下をのぞき込んだ。

「あなた、お怪我なさったの？」彼女は叫んだ。

「ああそうだ」チャッフィーはがなり立てた。

「ああよかった」ポーリーンが叫んだ。

彼女は室内に戻り、それであたかも昂《たか》ぶったハートが破裂するみたいに、部屋のドアがバシンと閉まったのだった。

10. 次なる訪問者

僕は深く息をついた。この寸劇の男性側一方が立ち去ったことで、大気中からいくらか緊張が消えたように思われたものだ。これまで過去において僕は奴のことをいつだって最高の友人と考えてきたが、今さっきの場面でチャッフィーは最高の仲良しぶりを見せてはくれなかった。その結果、しばらくの間、僕はライオンの巣穴に入ったダニエル［『ダニエル書』六］みたいに感じていたものだ。

ポーリーンはいくぶん息を弾《はず》ませていた。鼻をフンと鳴らしてせせら笑っていたのではない。しかしながらもうちょっとで鼻をフンと鳴らす瀬戸際だった。彼女の目は険しい光を放っていた。深く心揺り動かされていた。彼女は水着を拾い上げた。

「でてって、バーティー」彼女は言った。

僕としては静かな話し合いを望んでいた。そうしながらこの状況を再検討し、あの点やらこの点に触れ、そしてどうするのが最善かを究明すべく力を尽くそうと思っていたのだ。

「だけど、聞くんだ……」

「着替えたいの」

「着替えるって、何に？」

「水着に着替えるの」

僕は彼女の話についてゆけなかった。

「どうして？」

「なぜってあたしはこれから泳ぐんだもの」

「泳ぐだって？」

「泳ぐの」

僕は彼女を凝視した。

「まさかヨットに戻る気じゃないだろう？」

「あたしはヨットに戻るつもりよ」

「だけど僕はチャフィーについて話がしたかったんだ」

「あたしはその名前を二度と聞きたくないの」

これは賢明な仲裁人が乗り出すべきときであると思われた。

「おい、待てよ！」

「んまあ！」

「僕が〈おい、待てよ！〉って言ったのは」僕は説明した。「まさか君はあの哀れな男を永久に放り出すつもりじゃないだろ、ってことだ。こんなつまらない恋人同士のけんかのせいでさ」

彼女は僕をなんだか不思議そうに見た。

「よろしかったらもういっぺん繰り返していただけるかしら。最後の三語だけでいいの」

「つまらない恋人同士のけんか？」

彼女は深く息をついた。それで一瞬、僕は先のライオンの巣穴感覚が戻ってくるのを感じたのだった。

「あたし、いまの言葉を正しく聞き取れたかどうか自信がないんだけど」彼女は言った。

「つまり（a）一人の女の子と（b）一人の野郎を連れてきて、二人の寛大な気質をかき乱したらば、双方とも自分では思ってもいないことを言い合っちゃうってことさ」

「あらそうなの？　それじゃあ言わせていただくけど、あたしは自分が言った一語一句すべて思ったとおりを言ったの。あたしは二度とあの人と話をしたくないって言ったわ。したくないんだもの。あたしはあの人がだいきらいだって言ったわ。きらいなのよ。あたしあの人をブタって呼んだわ。あの人ブタなんだから」

「そういやチャッフィーのブタの話は妙だったな。僕は奴がブタを飼ってるだなんて全然知らなかった」

「飼っていけないことがある？　蓼《たで》食う虫も好き好きでしょ」

これ以上ブタについて言えることはあまりありそうになかった。

「君はちょっと厳しすぎたんじゃないかなあ？」

「あたしがですって？」

「それにちょっとチャッフィーにつらくあたりすぎたんじゃないかなあ？」

「あたしがですって？」

「奴の態度には言い訳の余地があるって君は思わないのかい？」

「思わないわ」

「あの哀れな男にはショックだったにちがいないって君は思わないのかい。つまり入り込んできて君をここで見つけるってことだけど」

「パーティー」

「ハロー？」

「頭のてっぺんを椅子で殴られたことってある？」

「ない」

「うーん、もうじき初体験するかもよ」

彼女が難しい気分でいることが僕にはわかり始めてきた。

「おい、よせよ！」

「それって〈おい、待てよ！〉と同じ意味？」

「ちがう。僕が言わんとしていたのはそれは悲しい話じゃないかってことだ。愛し合う二つのハートが永遠に切り離されるんだ——ビンゴ！」

「何よ？」

「とはいえ、もし君がそんなふうに感じるんだったら、ふむ、君はそう感じるんだったよな？」

「そうよ」

「次に我々は、この泳いで帰るという問題について検討することにしよう。キチガイじみた話だと、僕には思われる」

「ここにあたしがいる意味はもうないでしょ、ある？」

「ない。しかし、深夜の水泳というのは……すごく寒いって思うはずだぞ」

「それにすごくびしょぬれだしね。いいの、気にしないわ」

「それに君はどうやって乗船するつもりなんだい？」

「一人で乗船できるわ。碇《いかり》を掛けとくところがあるでしょ、あれをつたってよじ登れるの。前にやったことがあるもの。だからあなた失礼していただいて、あたしに着替えさせてくださらないかしら」

僕は階段の踊り場にいた。そしていま、彼女は水着に着替えて姿を現した。

「見送ってくれなくてもいいのよ」

「君が本当に行くって言うなら、むろん見送るさ」

「行くわ、大丈夫よ」

「じゃあ、どうしても行かなきゃならないなら」

玄関ドアの外に出ると、空気は今までになく冷たく感じられた。港に飛び込むなどと考えただけで僕の身体は震えた。しかし、彼女には何ともないみたいだった。彼女は言葉もなく暗闇の中にするりと消え去り、僕は二階に上がってベッドに入った。


車庫や園芸小屋の後では、ベッドの中にいるという事実により、僕はすみやかに眠りに落ちたものと、あるいはお思いになられるやもしれない。だがちがった。僕は眠れなかった。眠ろうと躍起になればなるほどに、自分がつい最近関わった悲劇に心が向かうことに、ますます気づかされるのだった。僕のハートがチャッフィーのために痛みうずいていたことを認めるに、僕はやぶさかでない。それはまたポーリーンのためにも痛みうずいていた。二人のため、それは痛みうずいていた。

つまりだ、事実を検討しよう。二人の完全にいい奴らが、互いに結ばれる運命にあり、と言ってもかまわないと思うのだが、それが永遠に、全然どうでもいいような理由で、こんなふうにお互いに罵《のの》り合っているというのは、本当に、悲しいことだ。嘆かわしい。人にも獣にもぜんぜんよくない。考えれば考えるほどに、それはますますバカバカしいことだと思われてきた。

とはいえしかし、そういうことだ。口論は終わった。関係は深刻化した。浮かれ騒ぎは全部、決定的におしまいだ。

この状況で同情心に満ちた傍観者にできることは、ただひとつだけあった。ベッドに入る前にそれをやらずに眠ろうとした己《おの》が狂気の沙汰を僕は思い知らされていた。僕はシーツの間からすべりでて、階下に向かった。

ウイスキーのボトルは戸棚の中にあった。サイフォンもだ。グラスもだった。僕は癒《いや》しの一杯を自分でこしらえて腰を下ろした。そうしながら、テーブルの上に一枚の紙片が置かれているのが僕の目にとまった。

それはポーリーン・ストーカーからのメモだった。

親愛なるバーティー

寒いってことについてはあなたが正しかったわ。とても泳ぐ気になれなかったの。だけど浮き桟橋のところに小船があったから、あたしヨットまで漕いで行くことにする。あなたのコートを借りに戻ってきたの。お邪魔はしたくなかったから窓から入ったわ。あなたのコートを犠牲にしなきゃいけなくてごめんなさいね。だってもちろんヨットに着いたら船外に投げ捨てなきゃならないもの。

ごめんなさい。

P・S

この文章がおわかりいただけるだろうか？　素っ気ない。スタッカート付きだ。傷ついたハートと重たい思いの証拠である。僕は前よりもずっと彼女のことを可哀そうに思い、だけどおそらく彼女は頭から風邪を引いたりはすまいと思ってそのことは嬉しかった。コートに関しては、ぞんざいな肩のひとすくめでもっておしまいだ。そんなことで僕は彼女に遺恨を抱いたりなんかしない。とはいえ新調したてで絹の裏地のついたやつではあったのだが。その件に対する僕の態度については、僕のよろこびとするところだ、と言ったらそれで言い尽くせる。

僕はメモをビリビリに引きちぎり、軽い一杯に戻った。

神経系を鎮静させるのに、濃いウイスキー・アンド・ソーダに勝るものはない。それから十五分ほどで、僕はすっかり心安らぎ、ベッドのことをもういっぺん熟慮できるまでになっていた。今度こそ僕が心地よいまどろみをもらう番だと、少なくとも八対三で賭ける自信があった。

そういうわけで僕は立ち上がった。それで階段に足をかけようとした、まさにその時、その晩二度目の、玄関ドアをノックするクソいまいましい音がしてきたのだった。

僕のことを短気な男とお呼びになられるかどうかはわからない。おそらくお呼びにはなられまいと思う。ドローンズで僕のことを訊いてご覧になっていただきたい。おそらくあすこの連中は、バートラム・ウースターは、風雨の許すかぎり、いつだって温厚そのものであると言うことだろう。

しかし、バンジョレレの件でジーヴスに対して露わにすることを余儀なくされたように、堪忍袋の緒が切れるときだってあるのだ。いまや僕はひきつった眉と冷たい目の縛《いまし》めを解き放った。僕はヴァウルズ巡査部長に——つまり僕はそれが彼だと思っていたわけだから——一世一代の叱責《しっせき》を食らわせてやろうとしていた。

「ヴァウルズ」僕は言おうとしていた。「もうじゅうぶんだ。警察の嫌がらせはやめてもらわないといけない。途轍《とてつ》もなくひどい話だし、お呼びじゃないんだ。ここはロシアじゃない、ヴァウルズ。憶《おぼ》えておいてくれ、ヴァウルズ、タイムズ紙に強い手紙を書くことだってできるんだぞ」

とまあ、こんなようなところを何か僕はヴァウルズ巡査部長に言ってやりたかったわけだ。それで僕にこういう発言を思いとどまらせたのは、僕の弱さでも彼への同情でもなく、ノッカーにくっついていた男がヴァウルズではぜんぜんなかったという事実にほかならなかった。それはJ・ウォッシュバーン・ストーカーで、彼は僕を一種のハードボイルドな憤激の目で見つめていた。僕が命の素《もと》をたった今一杯飲み終えたばかりで、また彼の娘のポーリーンが無事にこの土地家屋を離れたことを知っていたという事実がなかったら、間違いなくこの憤激の目は僕を少なからず慌てふためかせていたことだろう。

それで状況はそんなふうだったわけだから、僕は平静でいた。

「はい？」僕は言った。

僕はその言葉にあたうかぎりのひややかな驚きや尊大さをつめ込んでいたから、もっと小人物だったらば銃弾で撃たれたみたいに後ろ向きに卒倒していたはずである。J・W・ストーカーはそいつを瞬《まばた》きもせず受けとめた。彼は僕を押しのけて屋内に入り、それから僕のほうを向いて僕の肩をつかんだ。

「おい！」彼は言った。

僕は冷たく彼の手から身を離した。そのためにはパジャマ上衣から脱け出さねばならなかったが、それでも僕はやり遂げたものだ。

「何とおっしゃいましたか？」

「わしの娘はどこだ？」

「あなたの娘さんのポーリーンのことですか？」

「わしに娘はひとりしかおらん」

「それであなたは僕にその一人娘さんがどこにいるかとお訊ねになられるんですか？」

「どこにおるかはわかっておる」

「それじゃあどうして訊くんです？」

「娘はここにおるのじゃ」

「それじゃあ僕にパジャマ上衣を返していただいた上で、娘さんに入ってくるようにっておっしゃってください」僕は言った。

僕は人が歯ぎしりをするところを、これまで実際に見たことがない。だから、まさにこの時点でJ・ウォッシュバーン・ストーカーがしたことがそれであると明言することを、僕はあえて慎みたいのだ。彼はそうしたかもしれない。しなかったかもしれない。僕が権威をもって言えることはただ、彼の頬には筋肉が浮き出ていて、また彼のあごはあたかもガムでも噛《か》んでるみたいに活動を開始した、ということだけである。それは見ていて気持ちのよい光景ではなかった。しかしながら安眠促進のためさっきのウイスキー・アンド・ソーダを特に濃くこしらえておいたという事実のお陰で、堅忍不抜の精神でもって僕はそいつを耐え抜くことができたのだった。

「娘はこの家の中におる！」彼は言った。もしこれが歯ぎしりであるとするなら、相変わらず歯ぎしりを続けながらだ。

「どうしてそうお考えになられるんですか？」

「どうしてそう考えるかを話してやろう。わしは半時間前に娘の部屋に行った。そこはもぬけの空じゃった」

「だけどいったい全体どうしてあなたは、娘さんがここにいるだなんてお考えになられるんですか？」

「なぜならわしは娘がお前にのぼせ上がっておることを知っているからじゃ」

「全然そんなことはありません。彼女は僕のことを兄弟みたいなものって思ってるんです」

「家内を捜索させてもらう」

「どうぞ突撃してください」

親爺《おやじ》さんは二階に突進し、僕は僕の居場所に戻って一杯を続けた。同じ一杯ではない。別のもう一杯だ。この状況では繰り返しが正当化されるように僕は感じていた。さてと、獅子《しし》のごとく二階に上がっていった僕の訪問者氏は、仔ヒツジのごとく階下に降りてきた。行方知れずの娘を探して深夜に比較的疎遠な他人のコテージに乱入した親というものは、多かれ少なかれ自分のことをバカな間抜けだと感じるものであろう。僕だってきっとそうだと思うし、どうやらこのストーカー氏もそう感じているふうだった。なぜなら彼はちょっと足を引きずっていて、蒸気というか推進力の多くが彼のうちから消え去ってしまっているのが見て取れたからだ。

「貴君に謝罪いたさねばなりませんな、ウースター君」

「とんでもありませんよ」

「ポーリーンがいなくなったからには当然、貴君のところにおるものとわしは……」

「どうぞ全部お忘れになってください。誰にだってあることですよ。どちらにも落ち度はあるんですとかそういうことです。お帰りの前に何かちょっと一杯いかがですか？」

当家屋内に可能な限り長いこと彼を引き留めておいて、ポーリーンに船に戻る時間をたくさん与えてやるのが賢明だろうと僕には思われた。しかし彼はその誘いに乗らなかった。彼の頭は、明らかにちょっと一杯やるにはいっぱいいすぎたようだ。

「いったいどこへ行ったものやら、見当もつかんのですよ」彼は言った。また彼の話し方の温和さと、そこに親しげですらある情感があふれていたことに、おそらく読者諸賢は驚きを覚えられたことと思う。まるでバートラムが賢明な旧友か何かで、小さな悩み事を相談しに持ち込んできたところだ、とでもいうみたいだったのだ。この人物は断然ぺしゃんこにパンクしている様子だった。子供だったらこいつで楽しく遊べたはずだ。

僕は励ましの言葉を投入しようとやってみた。

「彼女は泳ぎに出かけたんじゃないですか？」

「こんな真夜中にですかのう？」

「女の子ってのは、おかしなことをするものですよ」

「娘はまたおかしな子なのです。たとえばこうして貴君にのぼせ上がっておる件もですが」

これは僕には配慮に欠けた発言だと思われた。僕は彼の誤解を解こうとしているのだと、もし誤解を解くという言い方で正しければだが、つまりそういうのぼせ上がっているとかいう事実がそもそも存在している、という観念を追っ払ってもらおうとしているのだということを、思い出さずにいたらば、僕はわずかに眉をひそめていたことだろう。

「ストーカーさんが僕の致命的な魅力の虜になっているだなんてお考えは修正なさってください」僕は彼に言って聞かせた。「彼女は僕を見ると死ぬほど大笑いするんですよ」

「今日の午後の印象では、そうとは思えませんでしたがな」

「えっ、そうですか？　ただの兄弟姉妹の抱擁《ほうよう》ですよ。もうあんなことは起こりません」

「さようになされるがよろしいですな」彼は言った。一瞬、最前の態度物腰に戻りながらだ。「さてと、貴君にいつまでもお寝みいただかずにいるわけには参りませんか、ウースター君。まったく、馬鹿な真似をいたしたことをもう一度謝罪いたします」

僕は彼の背中を本当にポンとひと叩きしたというわけではないのだが、背中をひと叩きするみたいなジェスチャーをちょっぴりして見せたものだ。

「全然かまいませんよ」僕は言った。「全然大丈夫です。僕だって自分が馬鹿な真似をするたびに、一ポンドもらいたいくらいですよ」

それでこういう親善関係のうちに、我々は別れたのだった。彼は庭の小径を行ってしまった。それで僕は、また誰かが社交的訪問をしに現れはせぬかとおよそ十分ほど待ってみた末に、グラスを空け、ベッドにとんで上がっていった。

何事かが試みられ、何事かが成し遂げられ、一夜の安眠が勝ち取られた［ロングフェローの詩「村の鍛冶屋」］、というかストーカーやらポーリーンやらヴァウルズやらチャッフィーやらドブソンやらがあふれ返った場所で、あたうかぎり一夜の安眠に近いものが勝ち取られた。ほどなく疲れきったまぶたは閉じられ、僕は眠りに落ちたのだった。

まるきり信じられないくらいだった。チャフネル・レジスにおけるナイト・ライフがどんなふうかを鑑《かんが》みるに、である。しかし次に僕の目を覚ましたものは、ベッドの下から飛び出してきた女の子でも、その子の父親が目を血走らせて跳び上がって入ってくるのでも、巡査部長がノッカーでラグタイムを演奏しているのでもなく、実に新しき日の到来を告げる窓辺の小鳥の囀《さえず》りであったのだった。

さてと、僕が新しき日の到来を告げる、と言ったとき、僕はよく晴れた夏の日の朝の十時半ごろ、ということを言おうとしていた。そして窓からこぼれ入る陽ざしは僕に目覚めよ、そして卵とベーコンとコーヒーひとポットとを何とかせいと促しているかのごとくであった。

僕は急いで洗面し、ひげをあたり、そして台所にいそいそと駆けつけた。ジョア・ド・ヴィーヴル、すなわち生きる喜びに満ち満ちつつ、である。

11. ヨットオーナーの邪悪な所業

朝食を終え、前庭でバンジョレレを弾き終えた後になってようやく、あれから一夜明けたばかりだというのに、こんなふうに元気一杯でいる権利はないのではないかと何かが僕の耳元に、責めるがごとく囁《ささや》きかけてきたのだった。一晩中、真っ当でない仕事が働かれたのだ。悲劇が家庭内に執拗につきまとったのである。十時間もしない前に僕は、もし僕が自分のことをかく思いたいと思っているような繊細な性質の持ち主であるならば、我が人生から太陽の光をことごとく奪い去って然《しか》るべきシーンの目撃者であったのだ。二つの愛し合うハートが、それでそのうちの一つは僕がいっしょにオックスフォードに行った奴のなのだ、僕の目の前で全力で争い互いを嚙《か》みしだいて穴ぼこをあけ合い、怒りのうちに仲違いし、もはやけっして——いま現在の予定では——二度とふたたびあい見《まみ》えることはないのだ。そして僕はこうしてここにいて、のほほんと平気顔して『アイ・リフト・アップ・マイ・フィンガー・アンド・アイ・セイ・トウィート゠トウィート』をバンジョレレで演奏しているのである。

まったく間違っている。僕は『ボディ・アンド・ソウル』に曲目を替え、すると冷厳な悲しみが僕を襲った。

何事かがなされなければならない、と、僕は感じた。手段が講ぜられ方策が探求されねばならない。

しかし、この状況が複雑であることを、僕は自分に隠し立てはできなかった。いつもだったら、僕の経験上、僕の友達のひとりが女の子との外交関係を破綻《はたん》させたとき、あるいはその逆の場合においてもだが、連中は田舎の邸宅にいっしょに滞在しているか、あるいは少なくともロンドンに住んでいた。その場合出会いの場を設営して慈愛に満ちた笑顔で二人の手と手を結ばせることは、さしてとんでもなく困難というようなことはなかったのだ。しかしながら本件チャッフィーならびにポーリーン・ストーカーの問題においては、事実を考慮せよである。彼女はヨット上にあり、足枷《あしかせ》をはめられたも同様である。彼はチャフネル・ホールにあって、内陸五キロの距離にいる。彼と彼女の手と手を結ばせるなどという仕事をしたいと思う者は、誰であれ僕よりもっと可動性の高い人物でなければならない。確かに、僕とストーカー御大《おんたい》の関係は一夜にしていくらか改善された。しかし、彼の方で僕をヨットに乗せてやろうなどという傾向性はいささかも見られない。ポーリーンと連絡を取って彼女に説いて聞かせられる見込みは、彼女がアメリカからこっちに全然まったく来ていなかったのと同じくらいしかありはしないのだ。

つまりは、実にまったく大変な問題である。それで僕が依然よくよく思案に暮れていると、庭門がかちりと開いて、それで僕はジーヴスが小径をつかつかと歩み入って来る姿を視認したのだった。

「ああ、ジーヴス」僕は言った。

僕の態度は、おそらく彼には少々ひややかであると感じられたことだろう。それで僕としては、まさしくそう意図してそうしたのだ。僕の知性に関する彼の弛緩《しかん》し、思慮を欠いた発言に関してポーリーンが話してくれたことは、少なからず僕を憤慨させていた。彼がこの種のことを述べたのはこれが初めてではない。人には感情というものがあるのだ。

だが仮に彼がこの尊大さを感取していたとしても、彼はそれに気づかぬふりを装った。彼の態度物腰は平静かつ冷静だった。

「おはようございます」

「君はヨットからやって来たのか？」

「さようでございます」

「ストーカー嬢は戻ったのか？」

「はい、お嬢様は朝食のテーブルにお見えであそばされました。わたくしはお嬢様のお姿を拝見し、いささか驚いたものでございます。お嬢様におかれましては、陸上に留まられ、閣下とのご交流を確立されるお心づもりでおいでであると理解をいたしておりましたゆえ」

僕は短く笑った。

「二人はちゃんと交流を確立したぞ！」

「さて？」

僕はバンジョレレを置き、彼を厳しく見つめた。

「君は昨夜、みんなみんなをうまいこと采配してくれたことだなあ！」僕は言った。

「さて？」

「〈さて？〉なんて言ってごまかそうとしたってだめだ。いったいぜんたいどうして君はストーカー嬢が昨晩泳いで上陸しようとするのを止めなかったんだ？」

「わたくしには、お若いご令嬢がかくも一途《いちず》に思い定めておいでのご企図を阻止するがごとき僭越《せんえつ》はいたしかねます」

「彼女は君が言葉と態度でそそのかしたと言っていたぞ」

「さようなことはございません。わたくしはたんにお嬢様のおおせの目的への共感を表明いたしたまででございます」

「君は僕がよろこんで彼女に一夜の宿を貸すだろうと言ったんだ」

「お嬢様はすでにあなた様のお宅にご保護を求められるべくお心を定めておいででございました。わたくしはあなた様がお力のかぎりご助力を惜しまぬであろうとの見解を申し述べる以上のことは、何らいたしておりません」

「ふむ、その結果がどういうことになったか君は知っているのか――つまりその帰結、という言葉を用いてよければだが、そいつはどうなったと思う？　僕は警察の追跡を受けたんだ」

「さようでございますか？」

「そうだ。当然のことだが僕は家屋内で眠るわけにはいかなかった。隅から隅までクソいまいましい女の子で一杯だったわけだからな。したがって僕は車庫に撤収したんだ。僕がそこに行って十分と経たないうちに、ヴァウルズ巡査部長がご到着だ」

「わたくしはヴァウルズ巡査部長には、いまだお目にかかったことがございません」

「彼はドブソン巡査といっしょだった」

「ドブソン巡査のことは存じております。気のいい若者でございます。彼はチャフネル・ホールの小間使いのメアリーと交際をいたしております。赤毛の娘でございます」

「小間使いの頭の毛の色の話をしようなんていう衝動と戦うんだ、ジーヴス」僕は冷たく言った。「そんなことは重要な問題じゃあない。論点に集中しよう。すなわち僕は警察官にあちこち追われて眠れぬ一夜を過ごした、と、そういうことだ」

「さようにお伺いいたしまして、たいそう遺憾と存じます」

「それからチャッフィーがやってきた。本件に関する完全に誤った診断を下した結果、奴は僕に手を貸して部屋に連れてゆくと強弁し、僕の靴を脱がせてベッドに寝かせたんだ。かくして奴はストーカー嬢が僕のヘリオトロープ色のパジャマを着てのこのこ入って来たとき、その場に居合わせる次第となった」

「はなはだ不穏なことでございます」

「そのとおりだ。二人は途轍《とてつ》もない大ゲンカをやっちゃったんだ、ジーヴス」

「さようでございますか？」

「両の眼は閃光《せんこう》を放ち、声は張り上げられた。やがてチャッフィーは階段を落っこち、不興のうちに夜陰に去ったんだ。それで肝心なのは――つまり事の核心はだ――いったい全体こいつをどうしたらいいのかってことだ」

「さような状況は慎重な考慮を要求いたすものと思料いたします」

「つまり君にはまだ何のアイディアもないと、そういうことか？」

「わたくしはたった今、本事態について伺ったばかりでございます」

「確かにそうだ。そのことを忘れていた。君は今朝ストーカー嬢と話はしたのか？」

「いいえ、いたしておりません」

「ふむ、君にホールに行ってチャッフィーと立ち向かってもらったって何ら得るところはないと僕は思う。僕はこの問題に大量の思考を傾注したんだ、ジーヴス。それで説得の言葉、すなわち理路整然たる論証――要するに、うまいとりなしだ――が必要なのはストーカー嬢のほうだってことは僕には明々白々なんだ。昨晩チャッフィーは彼女の感情をひどく深く傷つけた。したがって彼女に丸くなってもらうにはずいぶんな根回しが必要となることだろう。相対的に、チャッフィーの問題は単純だ。いまこの時だって、奴が完全にバカな真似をしたって自分で自分のことを激しくけとばしていたとしたって僕は驚かない。静かなる瞑想《めいそう》の一日、戸外でのだ、それだけであの娘を不当に扱ったって奴が確信するにはじゅうぶんなはずだ。チャッフィーのところに行って説得して聞かせてやるなんてのはたんなる時間の無駄だ。奴のことは放っておけ。さすれば大自然が解決してくれよう。君は今すぐヨットに戻り、他方当事者のほうに何がしてやれるものか見たほうがいい」

「わたくしが下船いたしてまいりましたのは閣下とご会見申し上げようとの意図をもってではございません。ふたたびご想起をいただかねばなりませんが、あなた様よりただいま本件についてお知らせいただくまで、わたくしは何かしら断絶と申しますような性質の事柄が出来《しゅったい》しておりましたことを存じてはおりませんでした。わたくしがこちらに伺いました動機は、ストーカー様よりのご書状をお渡し申し上げるところにございます」

僕は困惑した。

「書状だって？」

「こちらでございます」

僕はそれを開封した。依然当惑しながらだ。そして中身を読んだ。そうした後、状況がいささかなりとも明瞭《めいりょう》になったとは僕には言えない。

「変だなあ、ジーヴス」

「はい？」

「これは招待状だ」

「さようでございますか？」

「断然そうだ。祝宴に僕を招待している。〈親愛なるウースター氏〉とストーカーの親爺《おやじ》は書いている。〈今夜、貴君にお越しいただいて粗餐《そさん》をやっつけてもらえるならば望外の喜びですぞ。正装無用〉要点だけ言おう。ヘンだ、ジーヴス」

「確かに予見いたされぬところでございました」

「君に話すのを忘れてたんだが、昨夜の客人の中にはこのストーカー御大《おんたい》もいたんだ。親爺さんは飛び込んできて、娘はこの家にいる、なんて叫びながら家の中を捜索したんだ」

「さようでございますか？」

「うむ、むろん娘なんてひとりも見つけられやしなかった。なぜならその時彼女はもうヨットに帰る途中だったんだからな。それで御大は自分がバカな真似をしたってことがわかったみたいだった。出立の際の彼の態度は謙虚で慎み深いものだった。実際、親爺さんは僕に礼儀正しく話しかけてきたくらいだ――そんなやり方をあの親爺さんが知らない方に、僕は十一対四で賭けてたくらいなんだぞ。だがそんなことがもてなしの心のこの突然の大噴出の説明になるだろうか？　僕はそうは思わない。昨晩、彼は仲良しっていうよりはどちらかというと恐縮してるって態度に見えた。親爺さんがこれから僕と大いなる友情を育みたいと願ってるだなんて気配はまるきりなかったんだ」

「あるいは当の紳士様と今朝方わたくしがとり交わしました会話のゆえであろうかと、わたくしは拝察いたすものでございます――」

「ああ！　君か、君がこの親《しん》バートラム感情の原因なのか？」

「朝食の直後、ストーカー様はわたくしをお呼びになられまして、わたくしがかつてあなた様の雇用下にあったか否かをお尋ねになられました。ストーカー様はニューヨークのあなた様のアパートメントにてわたくしをご覧あそばされたご記憶がおありだとおおせになられました。わたくしが肯定のご返答を申し上げますと、あの方はさらに過去のいくつかの出来事についてご質問をあそばされたのでございます」

「寝室のねこのことか？」

「さらに湯たんぽの件のことでございます」

「盗まれた帽子のこともか？」

「さらにあなた様が雨どいを滑ってお降りあそばされる件についてもでございます」

「それで君はなんと言ったんだ――？」

「わたくしはサー・ロデリック・グロソップにおかれましては、これらの出来事に対して偏見あるご見解をお持ちあそばされておいでであるとご説明申し上げ、さらに進んでその内幕話をお話し申し上げたものでございます」

「すると御大は――？」

「――ご満足あそばされたご様子でございました。ストーカー様はあなた様のことを誤解しておいでであったとお考えになられた模様でございます。あの方は、サー・ロデリックより発された情報を鵜呑《うの》みに信じ込むよりも、もっと分別をわきまえて然《しか》るべきであったとおおせになられ――またサー・ロデリックにつきましては、さしあたりただいまわたくしの想起いたせませぬ何かしらのハゲ頭の息子である旨おほのめかしあそばされました。あの方があなた様を晩餐にご招待申し上げるお手紙を書かれたのは、それからややあって後のことに相違あるまいと拝察申し上げるところでございます」

僕はこの男に満足を覚えていた。バートラム・ウースターは旧き封建精神の盛大に横溢《おういつ》する様を見るとき、それを是認の目もてうちながめ、その是認の思いを言葉にするのである。

「ありがとう、ジーヴス」

「滅相《めっそう》もないことでございます」

「君はうまいことやってくれた。むろん、この問題をひとつの側面から見るならば、パパストーカーが僕のことをキチガイだと思っているか否かなんてのは取るに足らないことだ。つまりだ、逆立ちして両手で歩くことを常とした人物と血縁の絆で緊密につながっている男は、精神の正常性の問題に関するかぎり、すました顔して自分がなんとかだなんてふりをする立場になんかありやしないんだ――」

「アルビテル・エレガンティアルム、すなわち粋の判定者［皇帝ネロの廷臣ペトロニウスがそう呼ばれた］、でございましょうか？」

「そのとおりだ。したがって、ひとつの見方からするならば、ストーカーの親爺が僕のオツムのことをどう思おうと僕にはどうだっていいことだ。肩をすくめるってだけのことなんだ。とはいえ、その点は措くとしてだ、僕はこの心持ちの変化を歓迎するものだと認めよう。好機到来だ。御大の招待を受けるとしよう。僕はこれをこう見なすものだ、すなわち――」

「アマンド・オノラーブル、すなわち公式の陳謝、でございましょうか？」

「僕はオリーブの枝って言おうとしてたんだ」

「換言いたせばオリーブの枝でございます。両者はほぼ同義の概念でございます。とは申せ、こちらのフランス語表現の方が、本状況におきましておそらくは若干、的確であろうかとわたくしは思料いたすものでございます――この語を用いますとき、呵責《かしゃく》の念、すなわち賠償をいたさんとの欲求が含意されるからでございます。しかしながら、あなた様が〈オリーブの枝〉とのご表現のほうをよりお好みでおいであそばされるならば、もちろんそちらを用いていただいてよろしゅうございましょう」

「ありがとう、ジーヴス」

「滅相もないことでございます」

「思うに君は、僕が何を言おうとしていたか完全に忘れさせちゃったことに気がついているんじゃないかな？」

「ご寛恕《かんじょ》を願います。お話に口を挟むべきではございませんでした。わたくしが記憶をいたしますかぎり、あなた様はストーカー様のご招待をお受けあそばされるご所存とのご見解をご表明の最中でおいであそばされたものと思料いたします」

「ああ、そうだった。それじゃあそういうことだ。僕は彼の招待を受けるとしよう――それがオリーブの枝としてであるか、それともアマンド・オノラーブルとしてであるかはまるきり重要じゃあないし、金輪際まったく、徹頭徹尾ぜんぜんまったく問題ではないんだ、ジーヴス――」

「おおせのとおりでございます」

「それじゃあ僕がどうして彼の招待を受けるかを話すとしようか？　なぜならば、そうすれば僕はポーリーン・ストーカーと会ってチャッフィー擁護の論陣を張ってやれると思うからだ」

「理解いたしましてございます」

「それが容易なこととは思わない。僕はどういう線で話を進めたらいいかだって、まるきり見当がつかないでいるんだ」

「もしわたくしにご提案をお許しいただけますならば、閣下はご体調が思わしくなくおいであそばされるとのご言明に、お嬢様はもっとも良好なご反応をなされようと、拝察申しあげるところでございます」

「彼女は奴が元気でぴんぴんしてるって知ってるんだぞ」

「お嬢様が閣下と仲違いをなされてよりのご心痛の故、もたらされたるご体調の不良でございます」

「ああ、わかった！　悲しみにうちひしがれるのあまりだな？」

「まさしくさようでございます」

「自暴自棄になってるんだな？」

「おおせのとおりでございます」

「彼女の優しき心がそれを聞いて動かされないはずはない、と、君は思うんだな？」

「その蓋然《がいぜん》性はきわめて高かろうかと存じます」

「それじゃあ僕はその方針で活動するとしよう。この招待状によると、晩餐は七時開始だそうだ。

ちょっぴり早めだな、どうだ？」

「さようなご指定はドゥワイト坊ちゃまのご便宜を考慮のうえで取りはからわれたものと拝察いたします。本晩餐は昨日わたくしがお話し申し上げましたバースデー・パーティーとなるものでございましょう」

「もちろんそうだ、そのとおりだ。黒人ミンストレルがお楽しみをやるんだったな。連中はちゃんと来るんだろうな？」

「はい、さようでございます。黒人たちが出演をいたします」

「もしや彼らの中のバンジョレレ奏者と話をする機会がないものかなあ。奏法について何点か助言を求めたいところがあるんだ」

「さような手配は必ずや可能であろうと思料いたします」

彼の話し方には一定の留保が感じられた。また僕には、この会話が都合の悪い方向に向いてきたと彼が感じているのが感じ取れた。つまり、古傷に触れられる、とか、そういうことだ。

ふむ、僕がつねづね見るところだが、そういう時に一番いいのは、あけっぴろげで直截な態度である。

「僕はバンジョレレの腕がすごく上がったんだ、ジーヴス」

「さようでございますか？」

「僕が『恋とは何でしょう』を演奏するのを、君は聴きたくはないか？」

「いいえ」

「あの楽器に関する君の見解に変更はなしか？」

「なしでございます」

「ああそうか！　僕らがその件について見解を異にしているのは、悲しいことだなあ」

「さようでございます」

「とはいえ、どうしようもない。悪くは思わないでくれ」

「はい」

「だが、不幸なことだな」

「たいそう不幸なことでございます」

「うむ。ストーカーの親爺に、七時ちょうどに髪を結い上げてそちらに伺うと伝えてくれ」

「はい」

「それとも短い、礼儀正しい手紙を書くべきかなあ？」

「いいえ、さようなことはございません。口頭にてお返事を伺ってくるようにとのご指示でございました」

「それじゃあ、よしきた、ホーだ」

「かしこまりました」

そういうわけでかっきり七時に、僕はヨットに乗船して帽子と薄いコートを手渡し、晩餐へと出向いたのだった。そうしながらも僕の思いは千々《ちぢ》に乱れていた。相克する感情が胸のうちでせめぎあっていた。一方において、チャフネル・レジスの新鮮な空気は僕に旺盛な食欲をもたらしていた。また、ニューヨークにおける彼の饗応を想起するに、J・ウォッシュバーン・ストーカーは彼の客人をよくもてなす人物である。他方、僕は彼と同席して、いわゆる心安らかでいられたためしがない。また僕は彼と同席することを、今もさして楽しみに心待ちにしてはいない。こう表現されたければこう表現していただいて差し支えない――すなわち、ウースターの肉体ないし身体はこの饗宴を楽しみに待ち構えているが、しかしながら彼の精神はいささか恐れたじろいでいる、と。

　僕の経験上、年配のアメリカ人には二種類ある。一方の、肥満してべっこう縁のメガネを掛けた人種は気さくそのものである。彼はまるであなたが自分のお気に入りの息子であるかのように歓迎してくれ、あなたが何がなんだかわからないでいるうちにシェーカーを振りはじめ、陽気な笑いと共にカクテルを差し出し、背中をぽんぽん叩き、パットとマイクという名の二人のアイルランド人に関する方言小咄《こばなし》を語って聞かせ、要するに、約言すれば、人生を一曲の大いなる賛歌［キングズレイの詩「お別れ」］にしてくれるのである。

　もう一方の、冷たく、灰色のまなざしと四角いあごのほうにだいぶ寄った人種は、イギリス人の従兄弟《いとこ》を憂慮の目もてうちながめる。彼らはお茶目な小妖精ではない。彼らはじっと思案する。彼らはほぼ何も言わない。彼らは不快げに息を吸い込む。それでしばしばあなたと彼らの目と目が合い、そしてそれはあたかも生牡蠣《なまがき》と正面衝突したみたいな気分に人をさせるのである。

　この後者の種族内でＪ・ウォッシュバーン・ストーカーは常に永世副総裁を務めてきたものだ。したがって、今夜彼の態度がちょっぴり和らいだのを見て、はかり知れないほどに僕は安堵《あんど》した。必ずしも愛想がいいというのではなかったのだが、彼は彼において可能なかぎり愛想がいいところまで近づいているという確たる印象を僕は得た。

「静かな家族の夕飯で、ご異論がなければよろしいのですがな、ウースター君？」握手が済むと彼は言った。

「もちろんですとも。ご親切にそうお訊ねくださってありがとうございます」僕は返した。礼儀正しさでは負けないようにだ。

「貴君とドゥワイトとわしだけですのじゃ。娘は臥《ふ》せっておりましてな。頭痛がするそうです」

これはちょっとした衝撃であった。実際、そのことはこの冒険から、いわゆるすべての意義を喪失させるように感じられたものだ。

「あ、そうですか？」僕は言った。

「昨夜の大活躍はあの娘にはいささか荷が重すぎたようですな」パパストーカーは言った。目にさかなみたいに冷淡な表情をたたえながらだ。それでこの行間を読むならば、ポーリーンはしかられて、晩ごはん抜きでベッド送りになったのだと僕は理解したものだ。ストーカー御大は今どきの寛大な親御さんの仲間ではない。これまでもこの点に注目する機会があったように、彼には険しい岩だらけのピルグリム・ファーザー［フェリシア・ヒーマンズの詩「ピルグリム・ファーザーズの上陸」］的なところが顕著にある。換言すれば、彼は家族との関係において、毅然《きぜん》たる態度の持てる価値を信じている人物なのである。

この目に気づき、親切めいた質問をこしらえるのはいささか難しいことだと、僕は感じた。

「すると貴方は……あー……彼女は……あー……？」

「さよう。貴君の申されたとおりでしたぞ、ウースターさん。娘は泳ぎに行っておったのです」

それでまたふたたび、彼が話すほどに、さかなみたいな冷淡な眼光のひらめきを僕はとらえた。本日午後のポーリーンの株価がまるで高値をつけていないことが僕にはわかった。それで僕としては哀れなこの娘のために、何かとりなしの言葉をはさんでやりたいところだった。しかし、女の子ってものはどうしたって女の子ですからとか言うというアイディアの他には、また僕はそのアイディアを放棄したものだが、僕にはなんにも思いつかなかったのだ。

しかしながら、この瞬間、スチュワードだかなんだかがディナーの開始を宣言し、我々は席に着いたのだった。

このディナーの間には、チャフネル・ホールご一行様の不在により結果した看過できない事態が出来した瞬間が幾度もあったものだと僕は言わねばならない。読者諸賢は間違いなくこの言明に異をお唱えになられることであろう。すなわち、ディナーパーティー成功の秘訣《ひけつ》とは、サー・ロデリック・グロソップ、レディー・チャフネル未亡人、そして後者の息子、シーベリーの不在であるとの見解に固執されての上である。しかしながら、それでも僕に自説を撤回する気はない。この雰囲気中には不快な何かしらが存在していて、それは多かれ少なかれ料理を僕の口中で灰に変ぜしめたものだ。もしわざわざ僕を招待してくれたのがこの人物、すなわちこのストーカー氏本人にほかならないという事実がなかったら、僕のせいで彼はイラ立っているのだと僕は言ったことだろう。ほとんどの間、彼はただ座り、ある種どす黒い沈黙のうちに、むしゃむしゃ食べていただけだった。何事かを胸のうちに秘めた男のごとくだ。それで彼が話をするとき、その話し方にはいわゆるなんとかいったなんとかが顕著だった。つまりだ、実際に口の端から発声したというわけではないのだが、かなりそれに近いところまで行っていた。

僕はよどみない会話の流れを促進すべく、最善を尽くした。しかしドゥワイト坊やが食卓を去り、僕らが葉巻に火を点した段になってようやっと、僕は招待主の関心を得、興奮を喚起し心楽しませる話題を思いつくことができたようだった。

「素敵な船ですね、ストーカーさん」僕は言った。

はじめてこのとき、御大の顔にいくらか活気に近いような表情が浮かんだ。

「これほどの船はなかなかありませんな」

「僕はあまりヨット乗りをするほうじゃないんです。ですがある年カウズ〔イギリス海峡のワイト島の港町〕で乗った以外には、これほどの大きさのヨットに乗船したことはありませんね」

彼は葉巻に向けて、煙を吐いた。僕の方向にむけて目がぐるぐる回転した。

「ヨットを所有していると、よいことがありますな」

「ええ、そうでしょうとも」

「友人を泊める部屋がたくさんありますからな」

「どっさりですよね」

「また、いったん乗船させてしまえば、連中がふたたび下船することはなかなかに困難となりますからな」

これはまたおかしな物の見方だと思われた。だが僕は、ストーカー氏のような人物にあっては、当然ながら客人に滞在を続けてもらうことは困難なのであろうと推察した。つまり彼は過去につらい経験があるのだろうと解釈したのだ。それにもちろん、自分の田舎の邸宅に長逗留の予定で到着した客人が、二日目の昼食ごろにはもうこっそり鉄道駅に逃げ出していたという時くらい、招待主が間抜けに見える時もあるまい。

「船内をご案内いたしましょうかな?」彼は訊いた。

「いいですね」僕は言った。

「特別室をご覧に入れましょう」

彼は立ち上がった。それで我々は廊下やら何やらを通り過ぎ、ドアのところに到着した。彼はそれを開け、電灯のスウィッチを入れた。

「これが当船内の特別室のひとつです」

「素晴らしいですね」

「お入りになって中をご覧下さい」

ふむ、敷居のところから見えない箇所はたいしてなかったが、それでもこういうとき、人は礼儀正しくあらねばと考えるものだ。僕はとことこ中に入り、ベッドを突っついた。

それでだ、僕がそうしていると、ドアがバシンと閉まったのだった。それで僕が駆け寄ったとき、親爺さんは姿を消していた。

まったくおかしな話だ、というのが僕の評決だった。実際、ものすごくおかしい。僕はドアに戻って取っ手をひねってみた。

そのクソいまいましいドアは、施錠されていた。

「ホーイ!」僕は呼んだ。

返事はない。

「へーイ!」僕は言った。「ストーカーさーん」

沈黙だけだ。それもたっぷりとである。

僕は戻ってベッドに腰を下ろした。この事態には思考の傾注が必要だと、僕には思われた。

12. 塗っちゃってくれ、ジーヴス！

この事態の様相を僕が好んだとは言えない。途方に暮れてシナリオの進行にまるきりついて行けないでいたのにかてて加えて、僕はまたはなはだ不安になってもいた。『仮面の七人』という本をお読みになられたことがおありかどうか、僕にはわからない。そいつはいわゆるトリ肌立ち本で、そこに出てくる男で私立探偵ドレクスデール・イェイツというのがいて、彼がある晩地下室で手がかりを探していたのだが、それでひとつふたつ集めたかどうかのところで——ビンゴ！——金属質のガチャンという音がし、そしたらば跳ね上げ扉が閉まって彼は閉じ込められ、何者かが扉の向こう側で意地悪くせせら笑っていたのだった。一瞬、彼の心臓は停止した。それで僕のもそうだった。意地悪いせせら笑いを除き（それだってストーカーは発していたが僕に聞こえなかっただけだったってことはじゅうぶんありうる）、これは彼の場合とほぼ同じだと僕には思われた。素敵なドレクスデール兄貴と同じく、僕は危機的状況の存在を知覚していた。

むろん、念のために申し上げるが、この手のことが僕の滞在中の田舎の邸宅で起こり、それで鍵を回したその手が僕の友達の手であったという場合、説明はいたって容易である。僕はそれをちょっとしたユーモアだと判断することだろう。僕の友人の輪には、友達を部屋に押し込んでドアに施錠することを途轍《とてつ》もなく面白おかしいと考えるような連中がひしめき合っている。しかしながら、今回の場合、それが解答だとは思えない。ストーカーの親爺《おやじ》に、悪戯《いたずら》っぽい気配などは皆無《かいむ》だった。このうさんくさい目をした親爺さんを評して何と言うにせよ、茶目っ気があると形容するなどは無理な相談であろう。パパストーカーが客人を冷蔵室に押し込めたならば、そうする彼の動機は邪悪であるに相違ないのだ。

となると、ベッドの端に座って沈痛な面持ちで葉巻を吹かすとき、バートラムの思いが不安であったことは驚くに足らない。ストーカーのまた従兄弟《いとこ》のジョージのことが、しきりに思い起こされてきた。キ印だった。掛け値なしのだ。それでキ印が家系に遺伝しないなどとは誰に言えようか。つまりだ、特別室に人を閉じ込めてまわるストーカーと、あごによだれを垂れ流しながら狂気じみたけだものの目をして戻ってきて、客人に大なたでちょっぴりよくないことをするストーカーとの間に、さほどの懸隔《けんかく》があると僕には思われなかった。

したがってカチリと音がしてドアが開き、我が招待主殿がご尊顔を現したとき、僕はいささか身を引き締め、最悪の事態を覚悟していたと告白するものだ。

しかしながら、彼の態度は心強く感じられるものであった。確かに、膨《ふく》らんだ顔はしていた。だが人間のかたちをした悪魔みたいでは全然なかった。目線は定まっていたし、口から泡が吹かれている様子はなかった。また彼は依然、葉巻を吸ってもいた。そのことは希望ありと思われたものだ。つまりだ、僕はまだ殺人狂のキチガイというものに会ったことはないのだが、これから殺人に取り掛かろうというときに彼らが最初にすることは、くわえていた葉巻を放りつけることであろうと想像される。

「さあて、ウースター君？」

人に「さあて」と言われたときに何と答えたものか、僕に確信はなかったし、今でもまだない。

「だしぬけに貴君を置き去りにしたことを、謝罪いたさねばなりませんな」ストーカーは言葉を進めた。「しかしながらわしはコンサートを始めねばなりませんでしたのでな」

「僕はコンサートを楽しみにしてるんです」僕は言った。

「残念ですなあ」パパストーカーは言った。「貴君はそれを聞き逃されるわけですからな」

彼は物思うように、僕を見た。

「わしがもっと若ければ、貴君の首をへし折ってやっていた時代もあったことでしょうがのう」彼は言った。

僕はこの会話が向かっている方向が好きではなかった。結局のところ、若いかどうかなどは本人がどう感じるかの問題だ。それで突然彼がいわゆる——何と言ったか？——青春の幻影に襲われないものかなどは誰にだって知るよしもないのだ。僕には伯父《おじ》がいて、前に一度、齢《よわい》七十六のみぎり、熟成したポートの古酒に酔った勢いで木登りしたものだ。

「ちょっと待ってください」僕は礼儀正しく言ったが、その口調にはいささか切羽詰まった調子があったものだ。「貴方の時間をお邪魔したくはないんですが、これはいったいぜんたいどういうことなのか、お話しをいただけませんか？」

「おわかりでない、と？」

「ええ、全然まったくわかりません」

「想像もつきませんか？」

「ええ、全然まるきり想像もつきません」

「となると始めからお話しするのがよろしいでしょうかな。おそらく貴君は昨夜のわしの訪問をご記憶でおいででしょう？」

忘れてはいないと僕は言った。

「わしは娘が貴君のコテージ内におると思い、捜索したものの、娘は見つからなかったのでした」

僕は寛大に手を振った。

「僕らは皆、過ちを犯すものですよ」

御大《おんたい》はうなずいた。

「さよう。そしてわしは家路についたのです。それでわしが貴君の許を辞去した後で何が起こったと思われますかな、ウースター君？　わしが庭門を抜けると地元の警官がわしに停止を求めたのです。彼はわしを不審に思っておったようなのですな」

僕は同情するげに葉巻を振りたてた。

「ヴァウルズのことは何とかしなきゃいけませんよ」僕は言った。「あの男は害獣です。貴方が彼に対して毅然《きぜん》たる態度をお取りになられたならよろしいんですが」

「いや、とんでもない。わしは彼が自分の義務を遂行しただけと思いましたからな。自分の名前と住所を述べたものです。わしがこのヨットを下船してきたと知ると、彼は交番までついて来るようわしに言いましたのじゃ」

僕はびっくりした。

「なんてひどいポリ公なんだ！　まさかあいつは貴方をとっ捕まえたんじゃないでしょうねえ？」

「いや、彼はわしを逮捕したわけではない。勾留中《こうりゅう》の誰かしらの身許をわしに確認してもらいたいということじゃったのです」

「ひどいポリ公だ。おんなじですよ。いったいどうして奴はそんな仕事を貴方に押しつけるんです？　それに、いったいどうして貴方に誰かの身許を確認するなんて、そんなことができるんですか？　だって、あなたはこの辺の住人ではないわけだし、だってそうでしょう」

「本件の場合、仕事は簡単じゃったのです。被勾留者はたまたまわしの娘のポーリーンでありましたからの」

「なんと！」

「さよう、ウースター君。このヴァウルズなる男は昨夜遅く自宅の裏庭にいて――ご記憶かどうか、それは貴君の家の庭と隣接しておりますのじゃ――貴君の家の一階の窓をよじ登って抜け出してくる人影を発見したのですな。庭に走りより、この人物を逮捕したところ、それはわしの娘のポーリーンであったわけです。娘は水着と、貴君の所有するコートを着ておりました。したがって、おわかりでしょうな、貴君が娘はおそらく泳ぎに出かけたのだろうとおっしゃったのは正しかったわけです」

彼は注意深く葉巻からトントンと灰を落とした。僕のにはそんなふうにする必要はなかった。

「娘はわしが到着する直前まで貴君といっしょだったに相違ありません。さてと、これでおそらく、わしがもっと若かったら、貴君の首をへし折ってやっていたところだと言ったわけがおわかりいただけましたかな」

僕にはあまり言うことがなかった。そういう時はあるものだ。

「近頃では、もっと分別が働くようになりましてなあ」彼は続けた。「もっと簡単な方法をとるのですよ。ウースター氏はわしが自分の手で選び取るような婿殿ではないとわしは言うものじゃが、しかしそうせざるを得んとなっては致し方がない。いずれにせよ、幸い貴君はわしが一時思っていたようなわけのわからんことを口走る大たわけではないようじゃ。わしはあれから、ニューヨークで貴君とポーリーンの婚約を破棄させる理由となったヨタ話はみな嘘であったと知るに至りました。したがってすべては三カ月前のとおりと考えればよろしいわけです。ポーリーンのあの手紙は、書かれなかったものと思うことにいたしましょう」

ベッドに腰かけているとき、よろめき倒れることなどできはしない。だがそうでなかったら、僕はそうしていただろうし、思う存分そうしたことだろう。僕は見えざる手が僕のみぞおちを強打してきたみたいに感じていた。

「つまり貴方は——?」

彼は僕の瞳を正面から見つめた。けだものみたいな目である。冷たく、しかし熱い、と、こう言っておわかりいただければだが。もしこれがアメリカの雑誌広告でよく見かける「ボスの目」であるならば、どうして野心あふれる若い発送事務員は、そいつを捕らえようと躍起にならないといけないものか、僕には全然まったく見当もつかない。そいつは僕の身体を貫通し、僕は話の筋道を忘れてしまった。

「当然貴君はわしの娘と結婚したいものと理解しておるのじゃが?」

ふむ、無論……つまり、なんてこったただ……つまりだ、そんなふうな見解に対して言えることはあまり多くない。僕はただ弱々しい「あ、ああ!」を投入できただけだった。

「〈あ、ああ！〉なるご表現の厳密な意味を理解できておるものか、わしにはあまり確信はないのじゃが」御大は言った。それで、なんてこったただ、ここでおかしなことにお気づきになられたかどうかと思うのだ。つまり、この人物はジーヴスと共に暮らす幸運を、ほぼ二十四時間享受したのみだが、ところがいまや彼は――ジーヴスだったら「わし」のかわりに「わたくし」と言い、それで「ございます」を一つ二つ投入するだろうという他には――まるで彼みたいな話し方をしている。つまり、どうしたってそういうものなのだ。以前キャッツミート・ポッター＝パーブライトを一週間うちのフラットに住まわせていたときがあって、それでなんと二日目の朝、奴が僕に向かって誰かしらの潜在的可能性を評価するとかなんとか口走ったことを思い出す。それでキャッツミートという男は、英語には一音節以上の言葉があるんだよと言ってやると、人が冗談を言っていると思うような奴なのである。つまり僕が言ったように、どうしたってそうならずにはいられないのだ……。

しかしながら、どこまでお話ししただろうか？

「〈あ、ああ！〉なるご表現の厳密な意味を理解できておるものか、わしにはあまり確信はないのじゃが」このストーカーの親爺が言った。「とはいえ肯定の意と解釈するといたしましょう。嬉しがっておるふりをする気は毛頭ないが、とはいえすべてを手に入れることなどはできない相談ですからな。婚約に関する貴君のご見解を伺いましょうか、ウースター君？」

「婚約ですか？」

「婚約期間は短いほうがよろしいか、それとも長いほうがよろしいですかかな？」

「え――――」

「わしは短い方がよいですな。わしはこの縁談はできるかぎり早く進めるべきじゃと考えております。当方側でどれだけ早くできるものか見ておかねばなりませんな。わしの国でいたすように、最寄りの聖職者のところへ行けばよいというものではありませんな。形式というものがありますからな。そちらの手続きを進めている間は、貴君はもちろんわしの客人ですぞ。残念ながら船内における行動の自由をご提供することはできませんがの。なぜならば貴君ははなはだふらふらした若紳士でおいでじゃから、突然よそでのデートの——いや、何かしら、貴君の下船を必要とするような不運なご約束のことを思い出されんとも限りませんからな。しかしながらこの先数日の間、この部屋内でできるかぎり快適にお過ごしいただけるよう、わしは最善をつくす所存でおります。本棚には本があります——字はお読みになれるのでしたな？——タバコはテーブルの上です。まもなくわしの執事をよこしてパジャマやら何やらを運ばせてまいります。それではどうぞゆっくりとお寝みください、ウースター君。コンサートに戻らねばなりませんでな。息子の誕生パーティーから席をはずしたままではおられませんからのう。いくら貴君と語り合う楽しみのためとはいえ、そうはまいりますまい？」

彼はそっとドアを開け、にじみ去り出ていってしまい、僕はひとりきりになった。

さて、我が人生行路において、独房に座って鍵穴で鍵の回るガチリという音を聞いた経験は二回ある。一回目はチャッフィーが以前言及した、治安判事に向かって、僕がウエスト・ダリッジのプリムゾル家の者だと断言することを余儀なくされたときのことである。二度目は——おかしなことに、この二回ともが実はボートレースの晩に起こっているのだが——僕が旧友のオリヴァー・シッパリーと共同して警官のヘルメットを記念品としてくすね取ろうと画策し、それでまあそのヘルメットの中には警官がいたときのことだ。双方の際とも、僕は鉄格子の内側に入るを余儀なくされたわけで、となれば僕みたいな前科者はそろそろそんなのには慣れっこだろうとお思いになられることだろう。

しかし、今回の騒動は何かしら決定的にちがっていた。以前の際、僕はそこそこの罰金刑を科される見込みに直面していたというだけだ。ところがいまや、終身刑が僕の眼球をじいっと見つめている。

ちょっと見の傍観者であれば、ポーリーンの卓越した容姿端麗さと、彼女が五千万ドル以上の金額の財産の相続人であるとの事実を念頭に置いた上で、僕がこんなふうに、彼女と結婚せねばならない展望に対する精神の苦悩などと書くことを、なんでもないことのためにいらぬ大騒ぎをしていると考えるかもしれない。間違いなくそういう傍観者は、そんな悩みなら半分でも分けてもらいたいと言うことだろう。しかしながらそれでも僕がもだえ苦しんでいた、それもものすごくもだえ苦しんでいたという事実は残るのである。

僕がポーリーン・ストーカーと結婚したくないという事実は別にしても、彼女が僕と結婚したくないことを僕はじゅうじゅう承知しているという深刻な問題が存在する。たしかに彼女はたいへんな勢いで奴のことを罵倒したし、この最近の仲違いにより自由の身となってはいるかもしれない。しかし、彼女のうちの奥深いところでチャッフィーへの愛は依然根づよく生きつづけているし、そいつをふたたび表層に持ってくるにはちょいとポンとコルク栓を抜いてやる仕事が要るだけだと僕は確信している。それにチャッフィーの方だって、階段を転げ落ちて夜のしじまに大股で消え去りはしたものの、まだ彼女を愛している。だからしたがって長短両所を合算するならば、この娘と結婚することで、僕はスープの中に着水するだけでなく、同時に彼女のハートならびに旧い学友のハートを張り裂かしむることになるのだ。それでこれでも人がもだえ苦しむ正当理由として不足だというならば、何なら足りるのかを僕は訊きたい。

この暗黒のうちに、ただひとつ、ほのかな明かりが閃《ひらめ》いていた——すなわち、ストーカー御大は彼の執事に就寝支度の必要品をもたせてよこすと言った。もしやジーヴスが方途を見つけてくれるやもしれない。

とはいえ、いくらジーヴスといえどもどうやったら僕を現今の混乱状況から救出してくれるものかは、僕の想像力を超えている。どんな胴元だって百対一の掛け率を出すにも躊躇《ちゅうちょ》するだろうと感じながら、僕は葉巻を吸い終え、ベッドに身を横たえた。

ベッドカバーをもてあそび過ごすうちに、ドアが開き、うやうやしい咳払いがして、彼が僕の目の前にいることが知れた。彼の両腕はさまざまな種類の衣服で一杯だった。彼はそれを椅子の上に置き、哀れみ、と言うべき表情で僕を見つめた。

「ストーカー様はわたくしに、あなた様にパジャマをお運び申し上げるようにとご指示なされました」

僕はうつろな哄笑《こうしょう》を放った。

「僕に必要なのはパジャマなんかじゃない、ジーヴス。小鳩の翼だ。君は最新の展開には通じているのか?」

「はい」

「誰から聞いた?」

「わたくしの情報提供者はストーカーお嬢様でございます」

「君は彼女と話をしたのか？」

「はい、さようでございます。お嬢様はストーカー様のご考案にかかる計画の概要をお話しくださいました」

この恐ろしい事件が始まって以来、最初の希望の灯が、いま僕の胸のうちに点った。

「なんてこった、ジーヴス、僕にアイディアが沸いた。事態は僕が思ったほど悪くはないようだ」

「さようでございますか？」

「そうなんだ。わからないか？　ストーカーの親爺がなんとかな調子で言ってまわるのは勝手だが——あー、何と言ったか——」

「闊達《かったつ》に、でございましょうか？」

「軽妙に、だ」

「軽妙にであれ、闊達にであれ、お好みのご表現を用いていただければよろしゅうございます」

「ストーカーの親爺が軽妙な闊達さでもって僕らを結婚させるとか言ってまわるのは勝手だが、しかし彼にそんな真似はできないんだ、ジーヴス。ストーカー嬢が耳を後ろ向きにして協力を拒むさ。馬を祭壇の前に連れていくことはできたって、そいつに無理やり水を飲ませることはできやしないんだ」

「お嬢様との先ほどの会談より、わたくしはお嬢様がこのご縁談に敵対的とのご印象は受けてはまいらなかったものでございます」

「なんと！」

「さようでございます。お嬢様は、かように申し上げてよろしければ、諦観され、また挑発的でおいであそばされました」

「同時に両方ってことはあり得ないだろう」

「いいえ、さようなことはございません。ストーカーお嬢様のご態度は、一部には無関心、すなわちもはや何事も問題ではないというがごときご様子でございましたが、しかしながらわたくしは、お嬢様はあなた様とご結婚のお約束をなさいますことで、かように申し上げてよろしければ、閣下に対する挑発のジェスチャーをなされることになる、との思いに影響されておいでのご様子と理解いたしたものでございます。

「挑発のジェスチャーだって？」

「はい、さようでございます」

「奴に対してしてやったりと思うと、そういうことか？」

「まさしくさようでございます」

「なんてバカバカしくてつまらないことを考えてるんだ。あの女の子はカッコーみたいにイカれてるに決まってるな」

「女性の心理が不可解なるものとは広く認められておるところでございます。詩人のポープによりますならば……」

「詩人のポープのことはいい、ジーヴス」

「はい」

「人には詩人のポープについてすべてを聞きたいと思う時もあれば、思わない時もある」

「まことにおおせのとおりでございます」

「つまり肝心なのは、僕はお手上げだってことだ。もし彼女がそんなふうに思っているなら、何ものも僕を救出してはくれない。僕は打ちのめされた男だ」

「おおせのとおりでございます。仮にかくいたさずば……」

「どうしなけりゃだって？」

「さて、わたくしはかように思いをめぐらせておりましたものでございます。すなわちあなた様におかれましては、すべてのご不快とご受難を回避されるためには、本ヨット上よりご辞去あそばされることが最善ではありますまいか、と」

「なんだって！」

「ヨット上より、でございます」

「君が〈ヨット上より〉と言ったのはわかっている。それで僕が〈なんだって！〉と言ったのは」僕は言葉を続けた。また僕の声には震えが認められたものだ。「ここにやって来て、これほどの一大事にありながら、頭に麦わらを挿して完全なヨタ話をしてるなんてのは君らしくないってことだ。いったいぜんたいどうして僕がこのヨットから逃げられるっていうんだ？」

「あなた様にさえご同意いただけますならば、さような手筈《てはず》は容易に整えられるものと思料いたします。むろんいささかの不都合は避け得まいとは存じますが――」

「ジーヴス」僕は言った。「無理な物言いはやめるんだ。できもしないことだ。このクソいまいましい海上地下牢から脱出し、ふたたびテラ・フィルマすなわち磐石の大地に足を置くことを可能ならしめてくれるならば、僕には多少の不都合を甘受する用意がある」僕は言葉を止め、憂慮の表情で彼を見やった。「君は埒《らち》もないことをやみくもに口走っているわけじゃあないんだろう？　君にはほんとうに計画があるのか？」

「はい、ございます。それをご提示申し上げることをわたくしが躊躇しておりました理由は、あなた様がご尊顔に靴墨をお塗りあそばされるとのアイディアをご是認あそばされぬやもしれぬとの思いの故でございます」

「なんと！」

「ただいまは時間が差し迫っておりますから、焼きコルクを用いる間はございますまいと存じます」

僕は壁に顔をそむけた。これでおしまいだ。

「僕をひとりにしてくれないか、ジーヴス」僕は言った。「君は二、三杯飲んできたんだな」

それでナイフのごとく僕を切り苛《さいな》んだのが、己《おの》が恐るべき窮状を前にしての魂の苦悶《くもん》よりも、むしろ僕のそもそもの懐疑の思いが正しくて、幾星霜《いくせいそう》を経た末に、かくも卓越した頭脳がとうとうバラバラに崩壊したのだ、との認識でなかったかどうかは僕にはわからない。つまりだ、僕は焼きコルクやら靴墨やらに関するこのヨタ話を、酒に酔った上のことであるかのごとく巧妙に言い装いはしたものの、胸のうちの深いところではこの男はタマネギ頭がおかしくなったのだと確信していたのだ。

彼は咳払いをした。

「わたくしにご説明をお許しいただけますならば、黒人ミンストレルの芸人一座はただいま演奏終了の間際でございます。まもなく一行は本船を下船いたすことでございましょう」

僕はしゃんと身を起こした。希望の曙光《しょこう》がふたたび輝きだした。そしてこれほどの人物のことをどんなにか不当に評価していたのではあるまいかと思うにつけ、ブルドッグの仔犬がゴム製の骨をかじるみたいに、自責の念が僕を苛んだ。僕はこの巨大な脳みそが何を言わんとしていたかを理解したのである。

「つまり君は――？」

「こちらに靴墨の小缶がございます。かくなる事態を予測した上で、こちらに持参いたしたものでございます。これをあなた様のお顔とお手とに塗布いたしますならば、仮にストーカー様とご遭遇されました折にも、あなた様が黒人ミンストレル芸人一座の一員であるかのごときご錯覚を誘導いたしますことは、簡単容易な仕事でございましょう」

「ジーヴス！」

「わたくしのご提案はかくのごときものでございます。すなわち、わたくしがただいま申し上げましたご修正があなた様におかれましてあい整いました後は、われわれは黒人ミンストレル一行の下船を待ち構えるものでございます。然《しか》る後にわたくしが船長に、一行の一人がたまたまわたくしの友人であり、わたくしとの会話に興ずるのあまり取り残され発動機艇への乗船の機を逃したものであると申し向けることができましょう。船長がわたくしに、あなた様を小型の手漕ぎボートにてご上陸させる許可を与えることはほぼ疑いなしと、思料いたすところでございます」

僕はこの男をじっと見つめた。長年の親密な交際、彼が過去にとった敏速な行動の記憶。彼が主に魚を主食として暮らし、よってその脳みそに人間の脳みそにおいておよそ可能なかぎり最大限多量のリンを含有せしめていることの知識。以上をもってしても、これほど至高の活動が可能だなどと、僕には予測できずにいたのだった。

「ジーヴス」僕は言った。「これまでもきわめて頻繁にこう述べる機会はあったが、君は唯一無類だ」

「ありがとうございます」

「余人はわれらが質問にしたがうのみ。おぬしは放埒《ほうらつ》じゃ［アーノルドの詩「シェークスピア」］」

「ご満足をいただくべく、あい努めております」

「君はこれでうまくいくと思うんだな？」

「さようでございます」

「この計画は君の個人保証つきなわけだな？」

「はい、さようでございます」

「それで君はそのブツをそこに持っているわけだ？」

「はい、さようでございます」

僕は椅子に身を投じ、顔を天井に向けた。

「それじゃあ、塗ってくれ、ジーヴス」僕は言った。「それで訓練を積んだ君の知覚が、これでじゅうぶん塗り終わったと教えてくれるその時まで、存分に塗っちゃってくれ」

13. 執事の権限逸脱行為

一般原則として、僕はつねづね物語の語り手が要所要所をかるがると書きとばしてまわり、合間に何が起こったか想像することを読者の最善の努力にゆだねる物語を嫌うものだ。つまりだ、主人公が地下の魔窟で囚われの身となったところで第十章が終わり、第十一章は同人がスペイン大使館の陽気なパーティーの人気者でいるところで始まる、という、そういう類いの話のことである。それで厳密に言うならば、僕はここで己《おの》が身を安全と自由にいざなってくれた一挙一動を克明に詳述すべきなのだと思う。とまあ、こう言っておわかりいただけるならば、であるが。

しかしジーヴスのごとき策士が采配を振るうというとき、そんなのはまったく不要だと思えるのだ。たんなる時間の無駄である。もしジーヴスがある人物をA地点からB地点に移動させることを企てるならば、例えばヨットの特別室から彼のコテージ前の岸辺に移動させる、という場合には、彼はただそうするのみである。見せ場なし。問題なし。騒動なし。興奮なしだ。報告に足ること皆無《かいむ》である。つまりこうだ。最寄りの靴墨に手を伸ばし、顔を黒く塗り、甲板上をそぞろ歩き、乗船通路にのんびり降りていって脇で身を乗り出して海中に唾を吐いている船員がいれば彼らに朗らかに別れの手を振り、然《しか》る後にボートに乗船し、それからおよそ十分以内にはさてと、本土の夜の涼風を吸い込んでいる、という次第となるわけだ。見事な手並みである。

ボートを横付けして上陸という段になって僕がこの旨をジーヴスに告げると、さようにおおせいただき、たいへんご親切なことでございますと彼は述べた。

「まったくそんなことはない、ジーヴス」僕は言った。「僕は繰り返そう。じつに見事な手並みだった。みな君のお陰だ」

「有難うございます」

「君にこそありがとうだ、ジーヴス。さてと、それでどうする？」

僕らは浮き桟橋を離れ、僕の家の庭門前の路上にたたずんでいた。すべてが静かだった。星々は頭上に瞬《またた》いていた。大自然のほかには、僕たち二人っきりだった。ヴァウルズ巡査部長とドブソン巡査の気配すらなかった。チャフネル・レジスは眠りについていた、という言い方もできよう。しかし僕の時計を見ると時間はまだ九時をまわったばかりだった。それは僕をはなはだびっくり仰天させたものだと、思い起こされる。感情のストレス、まあ、いわゆるだが、それと緊張にさらされていたせいで、夜は深く更けているとの印象を僕は得ていた。夜中の一時になっていたとしたって驚かなかったことだろう。

「さてと、それでどうする、ジーヴス？」僕は言った。

彼の端正に整った顔立ちのうえに柔らかな笑みが遊ぶのを認め、僕はそれに憤慨したものだ。死に勝る運命から救出してくれたことに対し、むろん僕はこの男に感謝している。しかしこういうことは抑制せねばならない。僕は彼にきつい目を向けた。

「何か面白いことでもあるのか、ジーヴス？」僕は言った。冷たくだ。

「ご寛恕《かんじょ》を願います。愉快の念を示す意図はもとよりございません。しかしながら、わたくしはあなた様のお姿により、わずかばかり心楽しまされずにはおられぬものでございます。いささか珍妙なご外見であそばされますゆえ」

「顔じゅう靴墨を塗られたら、誰だっていささか珍妙な外見になるものだ、ジーヴス」

「おおせのとおりでございます」

「一例を挙げるなら、グレタ・ガルボだってそうだ」

「おおせのとおりでございます」

「あるいはインジ首席司祭【作家、聖職者、ケンブリッジ大学ジーザス・コレッジ神学教授。一九一一年にセントポール寺院の首席司祭に任ぜられた。イヴニング・スタンダード紙のコラムニストを長年勤め、陰鬱なものの見方から、「陰気な首席司祭」と呼ばれた】だってだ」

「まことにさようでございます」

「ならばそういう中傷発言はよしてもらおうか、ジーヴス。そして僕の質問に答えてくれ」

「おそれながら、あなた様がいかようなご質問をあそばされたものか、わたくしは失念をいたしてしまいました」

「僕の質問は〈さてと、どうする？〉だったし、いままたそう問うものだ」

「あなた様は次なる行動に関する提案をご要望でおいでであそばされるのでございましょうか？」

「そうだ」

「わたくしはあなた様がご自分のコテージにお引取りあそばされ、手洗いご洗面をあそばされることをお勧め申し上げます」

「そこまではよした。僕もそうしようと思っていた」

「助言を申し上げる僭越《せんえつ》をお許しいただけますならば、然る後に、ロンドン行きの次の列車にご乗車あそばされるがよろしいかと思料いたします」

「それまた妥当な発言だ」

「ロンドンご到着の後には、いずれか大陸の都市、例えばベルリン、パリ、あるいはイタリアといったご遠方をご訪問あそばされることを推奨申し上げます」

「あるいは陽光まぶしきスペインの地はどうだ？」

「はい、さようでございます。スペインもよろしゅうございましょう」

「あるいはエジプトだってどうだ？」

「この季節、エジプトはいささか暑さが過ぎるとお感じあそばされることでございましょう」

「いや、イングランドの半分だって暑すぎやしないさ。もしパパストーカーとの交際が再開したとなればな」

「まことにおおせのとおりでございます」

「あの親爺《おやじ》だ、ジーヴス！　あの手ごわい民間人のことだ！　あいつは割れビンを食い破ってカラーの止め具の代わりに首の後ろに釘を打ち込んでるんだ！」

「ストーカー様のお人柄は、まぎれもなく強烈でございます」

「ありがたいじゃないか、ジーヴス。僕はサー・ロデリック・グロソップのことを人食い男だと思っていた時代を憶《おぼ》えている。僕のアガサ伯母《おば》さんですらだ。連中だってストーカーの親爺と比べたら見劣りがするってもんだ。断然見劣りする。となれば君の立場を考慮する必要が生ずるというものじゃないか。君はヨットに戻ってあの血も凍るような親爺との交際を続けるつもりなのか？」

「いいえ、さようなことはございません。ストーカー様におかれましては、わたくしを心から受け入れては下さることはもはやあるまいと拝察いたすところでございます。あの方ほどの知性を備えた紳士様であれば、あなた様のご逃亡を発見されたあかつきには、わたくしがあなた様のご下船のお手助けをしたに相違ないと容易にお気づきあそばされることでございましょう。わたくしは閣下の雇用下にふたたび戻る所存でおります」

「君が帰ってきたら奴は喜ぶだろうな」

「さようにおおせいただき、たいへんご親切なことでございます」

「全然そんなことはない。誰だってそう言うさ」

「有難うございます」

「それじゃあ君はチャフネル・ホールに戻るんだな？」

「はい、さようでございます」

「それじゃあ心からおやすみなさいを言わせてもらおう。落ち着いたら今どこにいてどうなったか、ことの次第を、一筆啓上するよ」

「有難うございます」

「君にこそありがとうだ、ジーヴス。そのときには僕の感謝のささやかなしるしが、手紙に同封されていることだろう」

「それはまたたいそうご寛大なことでございます」

「寛大だって？　ジーヴス？　もし君がいなかったら僕は今頃あの血まみれのヨットの施錠された扉の向こうにいたはずだってことがわかっているのか？　ああ、だが君には、僕がどう思っているかは、わかっているはずだな」

「はい」

「ところで今晩ロンドン行きの列車はあるのかな？」

「はい、十時二十一分発でございます。今からでしたらばじゅうぶん間に合いましょう。残念ながら急行列車ではございませんが」

僕は手を振った。

「それが動くかぎり、ジーヴス、車輪が回転し要所要所をぼちぼち移動してくれるかぎり、僕にはそれでじゅうぶんだ。それじゃあ、おやすみだ」

「おやすみなさいませ」


高揚した気分で僕はコテージに入った。ブリンクレイがまだ戻っていないとの発見によっても、僕の満足が軽減されることはなかった。雇用者としては、晩方の休暇をもらって一夜と一日の休日を取る輩《やから》を僕はいささか懐疑の目もてながめやるものだが、しかしながら顔に靴墨を塗った一般民間人の資格において言わせていただくならば、僕はそれに大賛成である。そのような状況にあっては、孤独こそが、ジーヴスであれば述べたであろうように、肝要なのである。

僕は可能なかぎり全速力で寝室に向かい、水差しの水を洗面器に空けた。チャッフィーの小さなコテージは浴室付きではなかったのだ。そうした後、僕は顔を濡《ぬ》らしてたっぷりと石鹸をつけた。それからじゅうぶんにすすぎをした後、鏡の前に移動した。それで僕が前と変わらず黒い顔であることを見いだしたときの、失望と驚嘆とをご想像いただきたい。表面をひっかいてすらないみたいにそのままだった。

こういう瞬間に、人はいくらか考えるものだ。それで遠からずして僕は問題がどこにあるかを理解した。こういう危機的状況においてはバターを用いねばならぬものだと、どこかで聞いたか読んだかしたのを思い出したのだ。いくらか取ってこようと階下に降りようとした、そのとき、突然僕は物音を聞いた。

さてと、僕の立場に置かれた人物――つまり狩り立てられた牡鹿に等しい、ということだ――は、家屋内で物音を聞いたとき、次なる行動をどうするかに関して、少なからぬ思考を傾注せねばならない。おそらくそれが僕を追跡してきたJ・ウォッシュバーン・ストーカーである可能性は高い、と、僕は感じた。つまりもし彼がたまたま特別室にひょっこり入っていってそこが空っぽであるのを知ったらば、最初に彼がするのは僕のコテージに急ぎ駆けつけることであろう。したがっていまは僕が寝室を去るその姿に、ねぐらから躍り出る獅子《しし》のごとき勢いはなく、むしろ雷雨の合間に殻の中からひょいと頭をのぞかせるかなり遠慮がちなカタツムリの気味のほうがちょっぴり強めであった。さしあたり、僕は戸口にたたずんだまま、耳をすましていただけだった。

耳をすまして聞くべきことはずいぶんたくさんあったものだ。この騒ぎを誰が起こしているにせよ、そいつは一階の居間にいた。それでそいつは家具を投げてまわっているように僕には聞こえた。パパストーカーのような抜け目のない実利的な人物は、もし僕を追跡してきたのであれば、そんなことをして時間を無駄にはしないものだとの省察が僕を勇気づけ、忍び足で手すりのところまで行って下をのぞき込むという挙にまで出さしめたのだと思う。

申しあげておかねばならないが、僕が居間と形容した部屋は、実を言うとラウンジホールといった性格の小部屋であった。そんなふうな狭い場所にしてはふんだんに家具が置かれており、テーブル、大時計、ソファ、椅子二脚、それと剝製《はくせい》の鳥入りのガラスケースが一個から三個あった。僕が立っているところから手すり越しに見下ろすと、僕は全体の完全な見取り図を得ることができた。階下はかなり薄暗かったが、僕にはすべてがよく見えた。マントルピース上にオイルランプが燃えていたからである。その明かりのお陰で、ソファがひっくり返っているのと、二脚の椅子が窓の外に放りつけられているのと、剝製の鳥のケースが粉々にされているのが見て取れた。そしてまさしくそれと同時に、ぼんやりした人影が部屋の隅で大時計と格闘していたのだった。

この対戦においてどちらが優勢か、しかとは言いがたかった。スポーツマン精神が横溢《おういつ》した気分の時だったら、僕は大時計のほうに賭けたかった。しかし僕はスポーツマン精神の横溢した気分ではなかったのだ。格闘士が突如身をひるがえしたため、ぼんやりした人影の顔が見え、それで少なからぬ感情の奔流のうちに、僕はそれがブリンクレイであることを認めた。ヒツジの群れにさまよい戻るヒツジのごとく、このクソいまいましいボルシェビキは二十四時間の遅刻で家に戻ってきたのであり、明らかに完全に酔っ払っていた。

僕のうちなる家長が目を覚ました。この姿を見られるのは賢明でないということを、僕は忘れていた。僕に考えられたことはただ、このクソいまいましい五カ年計画者の奴が、ウースター家の家庭を粉砕しているというそのことだけだった。

「ブリンクレイ!」僕は咆哮《ほうこう》した。

想像するところ、最初彼はそれを大時計の声だと思ったのだろう。というのは彼は勢いも新たにそいつに飛び掛ったからだ。そして突然、彼の目は僕に向けられ、大時計から手を放すと僕を見つめて立ち尽くしていた。時計は前後に揺れた末、耳障りな音をさせて垂直に安定し、十三回鐘を打ち鳴らすとふたたび沈黙に立ち戻った。

「ブリンクレイ！」僕は繰り返した。そして「なんてこった！」と付け加えようとしたところで、ある種の閃光《せんこう》が彼の目に宿った。すべてを理解した男の閃光である。一瞬彼はそこに立ちすくみ、目をむいていた。それから彼は悲鳴を発した。

「おお！　ああ！　悪魔っ！」

そしていつかこういうものも役に立つかもしれないとでも思ってマントルピース上に置いていたらしき肉切りナイフを素早くつかむと、彼は階上に飛び上がってきた。

うむ、危ういところだった。もし僕が孫を持つようなことがあったら——それは今のところはるか彼方《かなた》先のことだと思えるのだが——そしてある晩孫たちが僕のひざの周りに集まって、お話を聞かせてちょうだいとせがんできたら、僕が幼い子供らに話してやるのはその肉切りナイフに零コンマ何秒かの差で先着して寝室に戻ったときのことだ。その結果彼らが夜中にひきつけを起こし、悲鳴とともに目覚める次第となったならば、この時の、その年老いた親族の感情を彼らはおおよそ理解できたこととなろう。ドアをばたんと閉め、錠《あんど》を掛け、扉に椅子を押しつけ、椅子にベッドを押しつけたときですら、バートラムは完全なる安堵の念を覚えていたと述べたなら意図的な誇張となる。この時の僕の精神的態度を明確にお伝えするには、もしこの瞬間J・ウォッシュバーン・ストーカーが偶々《たまたま》やって来たら、僕は兄弟のごとく彼を歓迎したことだろうと述べる以上の方法はない。

ブリンクレイは鍵穴をのぞき込み、僕に出てきて身体の内側の色を確認させてくれないかと懇願した。そして、なんてこったただ、この不快な事態に点睛《てんせい》の一筆を加えてくれるみたいに思われたことに、奴はいつも使っているのと同じうやうやしい声で話したのだった。ずっと敬語を用い続けてもいて、それは僕にはものすごくバカバカしいことだと感じられた。つまりだ、もしあなたが誰かに部屋を出てくるように、そうしたらば肉切りナイフで手足を切断してやれるから、と頼んでいるとして、そういうときに各文節にいちいち「ございます」をつけるのは馬鹿げている。この二つは相容れない関係なのだ。

この時点で、僕がとるべき最初の一歩は、奴の頭のうちの明らかな誤解を一掃することだと僕には思われた。

僕は扉に唇を寄せた。

「大丈夫だ、ブリンクレイ」

「室外におでましいただければ、大丈夫でございます」奴は礼儀正しく言った。

「つまり、僕は悪魔なんかじゃない」

「いいえ、いいえ、あなた様は悪魔でおいであそばされます」

「ちがう、聞いてくれ」

「はい、どうぞお願い申し上げます」

「僕はウースター氏だ」

奴はつんざくような叫び声を発した。

「あいつはウースター様を捕えたんだ！」

今日び人はめったに古風な独白を耳にするものではない。したがって僕はそれを奴が誰かしら第三者に向けて言ったものと理解した。そして、思ったとおり、ガラガラ、ぜいぜい、扁桃腺に支配された声がこう言ったのだった。
「これはいったい何の騒ぎかね？」
それは僕の眠らぬ隣人、ヴァウルズ巡査部長であった。

法が我々のただ中にあるとの認識を得ての最初の感情は、相当量の安堵であった。この不寝番男には、僕の嫌いなところがいっぱいある――たとえば、人のうちの車庫や園芸小屋に鼻先を突っ込む習性がそれだ――しかし、彼の習性のいくつかに対してどういう感情を抱くにせよ、彼がこういう状況でそばにいてもらうには有用な人物であることに否定の余地はない。気のふれた執事にタックルするなど、誰にもできる仕事ではない。ある種の人間性と存在感が必要である。この標準外特大サイズの平和の守護者は、過不足なくそれを備えていた。そして僕がドアのこちら側から激励の物音をあげて彼を鼓舞しようとした、そのとき、何ものかが僕に囁《ささや》きかけてきて、それは差し控えるのが賢明だと言ったように感じられたのだった。

おわかりいただけよう。こういう眠らぬ巡査部長というものの本領は、身柄を拘束し、尋問するところにある。バートラム・ウースターが顔を黒く塗ってこの界隈をうろついているといういかがわしい身の上にあるのを見たならば、ヴァウルズ巡査部長は肩をすくめて明るくおやすみの挨拶《あいさつ》を言い、それですべてをおしまいにしてはくれまい。僕が言ったように、彼は身柄を拘束し、尋問することだろう。前夜の我々の邂逅《かいこう》を思い起こし、彼は憂慮の目でものを見ることだろう。閣下におこし願って何が最善かご助言いただきたいとチャッフィーを呼びにやっている間、僕にいっしょに交番に来るよう言い張ることだろう。医師たちが召還され、氷嚢《ひょうのう》があてがわれる。その結果、間違いなく僕はこの近在に留まるを余儀なくされる次第となり、そうしたらばストーカーの親爺さんが僕の部屋が空っぽで僕のベッドに寝た形跡がないのを見つけて、それで大あわてで上陸して僕をすくい上げてまたヨットに搬送して連れ戻ってしまう時間はじゅうぶんできることになる。

したがって、考え直した僕は何も言わなかった。ただ鼻から静かに呼吸《いき》をしただけである。

ドアの向こうでは、きびきびした問答が進行中だった。それで正直なところを言うのだが、もし僕が逆を示す権威的な情報を持っていたのでなかったら、僕はこの途方もない男、ブリンクレイが、絶対禁酒主義のガールガイドみたいにしらふだと言い切ったことだろう。この史上最大級の飲み騒ぎが奴にしたことといえば、奴の話に鋭敏な切れ味を与え、水晶のごとく澄み切った明晰《めいせき》さでもって奴をして語らしめただけであった。またその清澄さは、他の何よりも銀の鈴音に似ていたものだ。

「悪魔が中にいて、ウースター様を殺害したのでございます、巡査部長殿」と、奴は言っていた。それでラジオのアナウンサー以外、人がこれほど見事に声色を変えるのを僕は聞いたことがない。

これはかなりセンセーショナルな発言だと言えようと思う。しかしながらこの発言はすぐにはヴァウルズ巡査部長の胸に落ちなかったようだ。この巡査部長は自分なりの適切な手順でことを進め、進みながら整理整頓をしてゆくのが好きな人たちの一人であった。それでさしあたって今のところ、彼はただ肉切りナイフにのみ関心を注いでいるようだった。

「そのナイフでお前は何をしているんだ？」

ブリンクレイの返事くらい丁重で慇懃《いんぎん》なもの言いはあり得ない。

「わたくしはこれを用いて悪魔と戦おうといたしておりましたものでございます、巡査部長殿」

「どんな悪魔だ？」ヴァウルズ巡査部長が訊いた。もって次の論点に進みながらだ。

「黒い悪魔でございます、巡査部長殿」

「黒いだって？」

「はい、巡査部長殿。あやつはこの部屋の中にてウースター様を殺害した模様でございます」

これでようやく得心がいったようで、ヴァウルズ巡査部長は興味を覚えた様子だった。

「この部屋の中でか？」

「さようでございます、巡査部長殿」

「ウースター氏を殺害したのか？」

「さようでございます、巡査部長殿」

「そんなことはあり得ない」ヴァウルズ巡査部長はやや厳格な調子で言った。また僕は彼が舌をチッと鳴らすのを聞いたものだ。

「オーイ！」

僕は賢明なる沈黙を続けた。

「失礼をいたします、巡査部長殿」僕はブリンクレイが言うのを聞いた。階段を下る足音からして、奴が我らがささやかな討論会を辞去したのだと僕は解釈した。おそらくもう一ぺん大時計と戦うためにであろう。

ふたたび拳《て》が扉板を強打した。

「誰かいるか。オーイ！」

僕は何も発言しなかった。

「中においでですか、ウースターさん？」

この会話は少々一方的だと思われてきた。だがそれをどうしたものかはわからなかった。僕は窓のところに行って外を見た。時間をつぶすために何かしようという以上の考えがあってのことではない。そして今このとき――そして僕の言葉をご信用いただけるならば、今このときのみ――この悪趣味なシーンからの遁走《とんそう》が可能かもしれないとの思いが僕の心に去来したのだった。ここから地上までの落下距離は大してない。そしておおいに安堵し、逃走の意図をもって僕はシーツを結わえはじめた。

この瞬間、僕はヴァウルズ巡査部長が突然わめきたてる声を聞いた。

「おいっ！」

そして階下からブリンクレイの声がした。

「何でございましょう？」

「ランプの取り扱いに気をつけろ」

「はい、巡査部長殿」

「倒れるぞ」

「はい、巡査部長殿」

「何でございましょう？」

「おいっ！」

「家に火がつくぞ！」

「はい、巡査部長殿」

それでそれから遠くでガラスの割れる音がして、巡査部長は階段を弾《はず》み降りていった。それに続いておそらくブリンクレイがなすべきほどのことはし終えたと感じて玄関ドアに疾走し、後ろ手にそいつをバタンと閉めた音と思われる音がした。続いてもう一度バタンという、さながら巡査部長も戸外に遁走したかのごとき音がした。そしてそれから、鍵穴を抜け、一筋の煙が流れ入ってきた。

こういう古い田舎のコテージくらいよく燃えるものが他にあろうとは思わない。それにマッチを近づければ――あるいは今回のようにホールのランプを倒してやれば――それでオッケーだ。それから三十秒としないうちに、木のぱちぱちとはぜる快活な音が僕の耳に聞こえ、部屋の隅の床が少々、突然、勢いよく陽気な炎に包まれた。

バートラムにはもうじゅうぶんだった。一瞬前まで僕は、いわゆる華麗な脱出を目指しシーツを結わえて時間を浪費していた。また全般的にのらくらして、何かをするのに時間がかかっていた。いまや僕は大いにスピードを上げたものだ。何であれのんびりした安らぎというような性質のことはすべて終了だと、僕は自覚していた。続く三十秒間にあっては、熱いレンガの上のねこだって何かしら僕から学び得たはずだと僕は思う。

前に新聞で「火災で炎上する家の中にいるとしたら、あなたは何を救出しますか?」に関する興味深い質問とかいうのを読んだことがあるのを思い出す。僕の記憶が正しければ、赤ん坊がリストに入っていた。それと価格のつけようのない名画、それでまたもし僕が間違っていなければ、寝たきりの伯母《おば》さんもあった。選択の幅は広く、それであなたは眉をしかめてありとあらゆる角度から考察することを期待されているのだ。

今回の場面において、僕は躊躇《ちゅうちょ》しなかった。僕はすぐさまバンジョレレを探した。それを居間に置いてきてしまったと思い出したときの、僕の絶望をご想像いただきたい。

たとえ忠実なる頼もしき楽器のためとあっても、僕は居間に降りては行かなかった。すでに僕がカリカリに焼き上げられないものかどうかは答定まらぬ問題となっていたのだ。なぜなら部屋の隅の明朗な輝きは、いまや少なからず拡大していたからである。遺憾のため息と共に、僕は窓のところへあわてて跳んでいった。そして次の瞬間、僕は下の地面に優しき露のごとく滴り落ちたのだった［「それは優しい雨のように大地にふりそそぐ」『ヴェニスの商人』四幕一場］。

それとも露でなくて雨だったろうか？　僕はいつも忘れるのだ。

ジーヴスだったらわかったはずだ。

僕は順調に着地を決め垣根沿いに忍びやかに移動して、うちの裏庭とヴァウルズ巡査部長の小庭との境目に到着した。そしてさらに歩を進め、ある種の森の中に入り込んだ――脈動する事態のただ中より半キロ以上遠ざかったと思われる地点へとだ。空は煌々《こうこう》と明るく、遠き方に地元消防隊が任務遂行する音が聞こえた。

僕は切り株に腰を下ろし、本状況を検討に付すべくひと休みした。

あれはロビンソン・クルーソーだったか誰だったか、事態が自分にとってむやみやたらと厄介な展開となったときに一種の貸借表をこしらえて、自分の置かれた状況が厳密に言ってどんな具合で、まさしくその瞬間にその試合において劣勢なのか優勢なのか確かめようとしたのではなかったか？　誰かであったことはわかっている。またそれは実に健全なアイディアであると僕はつねづね思ってきたものだ。

それでこのとき僕がしたのがそれだった。むろん僕の頭の中でだ。また僕は可能的追跡者に対し、周到な目配りを怠らなかったものだ。

こんな具合だ。

貸し方

さてと僕はここにいる、どうだい？
僕のじゃない。チャッフィーのだ。

たいした値打ちはないさ。
なんてこった！　そのとおりだ。
そんなふうに傷口に塩をなすりこんでくれなくたっていいんだ。

でも焼けたのが僕だったらもっとバカみたいに見えたはずだ。
ふん、いずれにしてもストーカーの親父からは逃げきれたさ。

借り方

そのとおり、でも君の家は焼け落ちた。
わかっている。だが君の私物はみんなあそこにあった。

でもバンジョレレはどうだい？
これで君だって考えざるを得ないだろう
なすりこんでやしないさ。僕はただ君のバンジョレレが灰の固まりになったって言ってるだけだ。

つまらんへ理屈だな。
どうして逃げきれたってわかる？

まだ捕まってないからな。

まだ十時二十一分の列車に間に合うさ。

バターを使えば靴墨は落ちる。

買えばいい。

あ、持ってなかった。

誰かからバターをもらえばいいじゃないか。

もちろんジーヴスさ。僕がしなきゃならないのは、ただチャフネル・ホールに行ってすべての事情をジーヴスに打ち明けて彼に馳せ参じてくれって言って、そうすれば僕は完全に大丈夫だ。何も心配することなんかない。ジーヴスはどこで山ほどバターを手に入れられるか知っている。わかるだろう！　うろたえないでちょっと考えれば、簡単にわかることさ。

確かにまだだが、捕まるかもしれない。

バカ、顔を真っ黒にしたまま列車になんか乗れるもんか。

そのとおり。だがバターは持ってないんだろう。

どうやって？　金は持ってるのか？

あーあ！

誰からさ？

それで、なんてこった。これに対抗する借り方はひとつだって出てこなかった。僕はこの見解を周到に検討し、欠点を探そうと試みたが、五分後に僕は借り方勘定を追い詰めたことを理解した。僕はそいつを打ち砕いたのだ。そいつは何も言えずにいた。

もちろん、僕は思いにふけったものだが、一番の最初から僕はこの解決法を思いついていて然《しか》るべきだった。まるきり明々白々だ。すべてがだ。考えてみればだ。つまり、ジーヴスは今頃チャフネル・ホールに戻っていることだろう。僕はただそこに行って彼を呼び出すだけでいいのだ。そうすれば彼は立派な皿に一ポンドのバターを載せて持ってきてくれることだろう。それだけではない。彼は僕にロンドンまでの汽車賃に必要なだけの金を貸してくれることだろうし、おそらくは駅の自動販売機でミルクチョコレートをひとつ買ってだってくれるかもしれない。それで楽勝だ。

僕は切り株から立ち上がり、大いに元気づいて出発した。こう呼んでいいと思うのだが、この命運を賭したレースにおいて、僕はちょっぴり方向感覚を失ったりもしたのだが、すぐ間もなく幹線道路にたどり着いた。十五分もしないうちに、僕はチャフネル・ホールの裏口でドアをコツコツ叩いていた。

ドアを開けてくれたのは小柄な女性で――下働き女中とか、そんなようなところだろう――彼女は、僕を見ると恐怖の衝撃で一瞬ハッと息を呑《の》み、それからつんざくような悲鳴をあげて卒倒して転げまわり、踵《かかと》をバタバタと床に叩きつけた。また彼女が口から泡を吹いていなかったものか、僕に確信はない。

14・バターをめぐる状況

　これがかなりいやらしいショックであったことを僕は認めねばならない。これまで僕は肌の色が人生においてどれだけ重要かということをまったく理解していなかった。つまりだ、これがたんに褐色に日焼けしたバートラム・ウースターがチャフネル・ホールの裏口ドアで案内を請うていたというだけであれば、尊敬と服従でもって迎え入れられていて然《しか》るべきであったはずである。実際、下働き女中というような社会的地位にある女の子なら、ひざを曲げて深くお辞儀をしたとしたって僕は驚かない。また仮に僕が興味津々《しんしん》たる蒼白の顔や、あるいは吹き出物の持ち主であったとしたって、事情がそれほど本質的に異なったとは思えない。しかしただたまたま僕の顔に少しばかり靴墨が塗られていたばっかりに、ここなる女性は足拭きマット上で驚倒し、ひきつけながら廊下を行ったり来たりしているのである。

　さてと、むろんなすべきことはただひとつしかない。すでに廊下の向こうでは何事かと物問う声が上がっていた。半秒後、僕がこの場に居合わせた使用人たちのささやきの種になるのは確実だと思われた。僕は足を持ち上げその場をとっととおさらばした。それで裏口ドア付近はすぐにも捜索を受けるであろうと了解し、表に回って正面玄関からほど近い低木の植え込みの中にとまり木を見いだしたのだった。

ここで僕はひと休みした。これ以上進む前に、この状況を分析し、次に何をすべきかを解明した方がよいと思われたからだ。

状況がちがっていたら――たとえばもし僕が煙草《たばこ》をくゆらせながらデッキチェアに寝そべっていたのであれば、つまり首筋にコガネムシが落っこちてくる汚らわしいジャングルにうずくまっているのでなくて、ということだが――僕はここの光景と周辺環境全般からおおいに悦楽と心の高揚を得たことだろう。いつだって僕は、晩餐後就寝に至る間における旧世界の英国庭園の平穏を愛してやまないものだ。僕が座っているところからは、天衝《つ》きそびえ立つチャフネル・ホールの威容が見えた。またそれは人に強い印象を与えるものであった。小鳥らは木々の梢に寄り集まっており、近くにはストックとタバコ草の植えられた花壇があるにちがいないと僕は思った。つまり空気はすごく甘やかな芳香を一杯にはらんでいたからだ。そこに夏の夜のまったき静寂をつけ加えたまえ。それで決まりである。

しかしながら、十分ほどした頃、夏の夜の静寂にはいささかほころびが生じだした。部屋のひとつから騒々しい叫び声が聞こえてきたのだ。それはシーベリーの声だと僕にはわかった。それで奴が奴なりの問題を抱えていることをよろこばしく思ったのを記憶している。しばらくすると、奴の声はやんだ――誰かが奴をベッドに寝かそうとし、奴がそれを嫌がったという事実から軋轢《あつれき》が生じたのだろうと僕は想像した。そしてまた全ては再び静まりかえった。

その直後に足音が聞こえてきた。誰かが正面玄関に向かって私設車道を歩いてくる。

最初、僕はそれはヴァウルズ巡査部長だと思った。ご承知のとおり、チャッフィーは地元の治安判事だ。それでコテージの一件があった後でヴァウルズがまず第一にすることのひとつは、上司の許を訪ねて報告をすることだろうと想像したのだ。僕は茂みの中にちょっぴりきつく身を押し込んだ。

だがそれはヴァウルズ巡査部長ではなかった。僕は空を背景にその人物の影をちょっと見ただけだったが、それでもその人物の背はもっと高く、全然あんなに丸くはないのが見て取れた。彼は階段を上がり、ドアをノックし始めた。

それで僕がノックと言ったとき、僕はノックということが言いたかった。前夜のコテージにおけるヴァウルズの仕事ぶりも、きわめて高度なリストワークを披瀝するものであったが、この男は己《おの》が持てるすべてをここで表現していた。全然まったく格がちがう。彼はノッカーに、第一代チャフネル男爵によって、あるいは他の誰の手によるにせよだ、そいつが扉にネジ止めされて以来これほどの力を発揮したことはいまだかつてないというような仕事をさせていた。

ノッカーを激しく叩きつける合間に、彼はまた瞑想《めいそう》的な声で賛美歌を歌いもしていた。それは僕の記憶が正しければ『優しき光よわれらを導け』であり、おかげでそいつが誰かが僕にはわかった。そのかん高いテノールは以前聞いたことがある。コテージ到着の後、僕が毅然《きぜん》たる態度で強く反対せざるを得なかったことのひとつは、僕が居間でバンジョレレを弾いてフォックストロットの練習をしようとしているときに台所で賛美歌を歌うブリンクレイの習慣であった。チャフネル・レジスに同じ声がふたつとあろうはずがない。この夜行性の訪問は僕の泥酔した従者その人にほかならず、それで奴がチャフネル・ホールに何を求めているものかは僕の理解の範囲を超えていた。

家屋内に明かりが瞬いた。そして玄関ドアはギイッとねじ開けられた。声がした。ひどく不機嫌であったが、それはチャッフィーの声だった。むろん、チャフネル・レジスのご領主様におかれては、玄関の案内に応えるなどという仕事は使用人に任せるのが常であるのだが、こんなふうな物凄《すご》い騒音は特例を構成すると奴は考えたのだと思う。いずれにせよ奴はそこにいて、とにかくすごく喜んでいるというふうには見えなかった。

「いったいぜんたいなんだってそんなとんでもない音をたてるんだ？」

「こんばんは、旦那様」

「こんばんはってのはどういう意味だ？　いったい……」

奴はこれから長々とまくし立てるのだろうと僕は思った。明らかにだいぶ心かき乱された様子だったからだ。しかし、このときブリンクレイが話の腰を折った。

「悪魔はこちらにおいでですか？」

それは単純な問いであった。イエスかノーで答えられるような性質の、という意味だ。しかしチャッフィーはいささか意表を衝かれた様子だった。

「えっ、誰がだって？」

「悪魔でございます、旦那様」

僕はチャッフィーが鋭敏な頭脳の持ち主だとは一度も思ったことがない、と言わねばならない。奴はいつだって灰色の脳細胞というよりは筋力と体力の人であったからだ。しかしこのとき奴は鋭い直感のひらめきを見せて面目を施した。

「お前、酔っ払ってるな」

「はい、旦那様」

チャッフィーは紙袋みたいにパンと破裂したみたいだった。僕には奴の心理過程がすごく明瞭に理解できる、と言っておわかりいただければだが。愛する女の子に手袋を渡されて愛想尽かしをされて己《おの》が人生から立ち去られた、コテージでのあの不幸な出来事以来、奴は苦悩する魂みたいにぐつぐつと煮えくり返りくよくよと思案しカンカンに怒ったり何とかして過ごしきたにちがいないと思われ、すなわち抑圧された情動の噴出口を渇望していたのだ。それでいまやそれが見つかったというわけだ。あの痛恨事以来、奴は溜まりに溜まった悪意を誰かしらにぶつけたいとねがってきた。そして、なんてこった、天はこのヨッパライを送りたもうたのである。

ブリンクレイを階段から突き倒して私設車道を追っかけまわし一メートルごとに蹴りを入れるのは、第五代チャフネル男爵にとっては一瞬の早業であった。二人は僕のいた茂みの前を、時速およそ七十キロで通過し、彼方《かなた》へと消えていった。しばらくすると足音が聞こえ、魂からちょっぴり重荷を下ろしたとでもいうみたいに口笛を吹きながら、チャッフィーが戻ってきた。

僕の隠れ場所のすぐ向こうで、奴は立ち止まってタバコに火を点けた。それで僕には奴と繋《つな》ぎをつける時のいまや訪れりと思われたのだった。

念のため申し上げるが、僕はチャッフィーの奴とすごくおしゃべりがしたかったわけではない。なぜなら最後に別れたときの奴の態度は快活というにはほど遠いものであったからだ。僕の顔色がもうちょっとバラ色であったらば、僕は確実に奴をやり過ごしていたことだろう。しかし奴は僕の最後の望みの綱だった。僕が裏口ドアの近くに寄るたびに下働き女中の一個連隊が毎度毎度ヒステリーを起こすのでは、今夜ジーヴスと連絡を取ることは無理だと思われた。近在の家々をまわり、赤の他人を訪なってバターの提供を乞うのも同様に不可能である。つまり、全然まったく会ったこともない男に顔を真っ黒にしてひょっこりやって来られ、バターをちょっぴり融通してくれと言われたらどんな気がするものか、わかろうというものだ。およそ同情する気は起こるまい。

そうだ。すべてがチャッフィーをこの状況の論理必然的な救い主と指名していた。奴はバターを思いのままにできる立場にある。それにたった今ブリンクレイに怨《うら》みのたけを存分にぶつけてきたからには、バターの百グラムかそこらをふるまって旧友の願いをかなえてやる心境に、あるいは至っているのではあるまいか。したがって僕は忍びやかに地表を這《は》い進み、奴のすぐ背後に迫った。

「チャッフィー」僕は言った。

僕の存在についてもうちょっと前から予告しておけばよかったということが、僕には今ならわかる。首の後ろの地面から突然予期せぬ声に話しかけられることを、誰もが好まぬものである。またもっと冷静な心理状態にあったらば、僕だってこの点を認識していたはずだ。それが下働き女中エピソードの再現であったとは僕は必ずしも言わないが、しかし一瞬かなりそれに近いところまでいったと思えたものだ。哀れなこの男はまぎれもなく跳躍した。タバコは奴の手から飛びあがって落っこち、奴の歯はガチリと嚙《か》み合い、また奴の身体は目に見えて戦慄《せんりつ》した。全体的な効果は、あたかも僕が錐《きり》か千枚通しで奴のズボンを刺し貫いたと言わんばかりの有様であった。産卵期のサケがこれと似た動きを見せるのを、僕は見たことがある。

僕はこの怒濤《どとう》の大嵐を心なごませる言葉で鎮めようと最善をつくした。

「僕だ、チャッフィー」

「誰だって？」

「バーティーだ」

「パーティーだって？」

「そうだ」

「そうか！」

僕はこの「そうか！」という言葉の響きがあんまり好きではなかった。歓迎の音色は感じ取れなかったものだ。自分が人気者でいる時とそうでない時が、人にはわかる。この時点で僕が人気者でないことが僕にはわかった。それで主要議題に移る前に、盛大な賛辞を贈って会話の口切りをするのが賢明であろうと僕は考えた。

「あいつを片づける手際は実に見事だった、チャッフィー」僕は言った。「僕はお前の仕事ぶりが気に入った。奴があれほど適切に処理されたのを見ることは、ことのほか痛快だった。僕にもあんなふうにあいつを蹴とばしてやる度胸があったらなあって思ってたんだ」

「あいつは誰だったんだ？」

「僕の執事のブリンクレイだ」

「あいつはここで何をしてたんだ？」

「僕を探してたんだと思う」

「どうしてあいつはコテージにいないんだ？」

最新ニュースを伝える好機の到来を僕は待ち構えていた。

「残念ながらお前はひとつコテージ不足になってる」僕は言った。「ブリンクレイがたった今そいつを全焼させてしまったことを、遺憾ながら僕は伝えねばならない」

「なんと！」

「保険には入ってたんだろう？　そう信じたいが」

「あいつがコテージを燃やしただって？　どうやって？　どうしてだ？」

「ちょっとした気まぐれさ。あのとき奴にはそれがいい考えだと思えたんだろうと僕は思う」

チャッフィーはずいぶんと衝撃を受けていた。奴がじっと考え込んでいるのが僕にはわかった。

それで僕はほんとうなら奴に考え込みたいだけ考え込ませてもやりたかったのだが、十時二十一分の列車に乗るためには急ぐ必要がある。時間が肝心なのだ。

「えー」僕は言った。「悪いんだが、なあ――」

「いったいぜんたいどうしてあいつはコテージを燃やさなきゃならないんだ？」

「ブリンクレイみたいな輩《やから》の心理を推測しようとしたって無理な話だ。連中は不思議なやり方で驚異を実現させてくれるんだな。奴がそうしたって言うだけでじゅうぶんだ」

「お前がやったんじゃないってのは確かなんだな？」

「何てことを言うんだ！」

「いかにもお前がやりそうな、バカで間抜けな話に聞こえるじゃないか」チャッフィーは言った。

また僕は奴の声のうちに積年の怨恨《えんこん》の証左を遺憾ながら認めたものだ。「まあいい、いったいお前はここに何しに来た？　誰がお前に来てもらいたいと頼んだ？　あんなことがあった後でお前にこの界隈をうろちょろ出入りされて俺が構わないでいるともし思ってるなら――」

「わかってる、わかってる。わかってるとも。悲しい誤解だ。冷たい感情だ。バートラムを非難してやまぬ思いだ。だが――」

「それにいったいぜんたいお前は今どこから湧いてきたんだ？　お前の姿なんか俺には見えなかっ

た」

「僕は植え込みの中に座っていたんだ」

「植え込みの中に座ってただって？」

この言葉を発した奴の声の調子で、いつだって旧友をあまりにも誤って判断しがちなこの男が、またしても誤った結論に到達したことが僕にはわかった。奴がマッチをシュッと擦《す》る音が聞こえ、そして次の瞬間奴はその明かりで僕の姿を検分した。明かりは消え、僕は奴が暗闇で深く息を吸い込む音を聞いた。

僕には奴の思考過程が理解できる。奴は明らかに相克する感情と戦っているのだ。昨夜の痛ましい友情の決裂の後、僕とは金輪際《こんりんざい》関係を持ちたくないという思いと、僕らは長年の友達で、それには何かしらの義務が伴うとの省察である。自分は旧い学友と親愛に満ちた関係でいることはやめたかもしれない、と、奴は考えているのだ。しかし僕が今あると奴が考えるような状態で、僕に田舎の野辺をさまよい歩かせることは自分にはできない、と。

「うちに入って眠った方がいいな」奴はうんざりしたふうに言った。「お前、歩けるか？」

「大丈夫だ」僕はあわてて請合った。「お前が考えてるようなことじゃないんだ。聞いてくれ」

そして人をして納得せしめずにおかない流暢《りゅうちょう》さで、僕は『大英帝国憲法』と『かの娘は貝売り娘哉《かな》』、それと『彼はバージェスのフィッシュソース屋の門口に立ち彼を歓喜で歓迎し歓待した』、と、よどみなくすらすらと言ってみせた。

この実演は効果を上げた。

「するとお前は酔っ払っちゃいないんだな？」

「全然まったくだ」

「だがお前は植え込みの中に座っている」

「そうだ。だが――」

「それにお前の顔は真っ黒だ」

「わかってる。そこまでだ、心の友よ。これから全部話すから」

誰かに長々と話を物語り事実を伝え、半ばを過ぎたところで、自分が聴衆の共感を得ていないことに気づいたというご経験はおそらくおありであるまい。たいへん不快な心持ちのするものである。僕は今それを経験していた。奴が何か言ったというのではない。僕が要点から要点へと話を進めるにつれ、一種悪質な動物的磁力とでも言うべきものが奴のうちから発散するように思われた、ということだ。さらに話を進めれば進めるほど、僕は沈黙の冷笑を受けているのだとの確信に襲われた。

しかしながら、僕は気丈にも話を続け、主要な事実を伝え終えた後、脂肪性物質を求めるきわめて雄弁な懇願で締めくくったのだった。

「バターだ、チャフィー、なあ心の友よ」僕は言った。「分厚いバターだ。もしバターを持っているなら、それを今放出してくれないか。僕はこの辺をぶらついているから。お前が台所に飛んでいってそいつを確保してる間は、そうしてるってことでいいだろう？　それで、わかってもらえるかなあ、時間が肝心だってことをさ？　もしかしたら列車に間に合うかもしれないんだ」

しばらくの間、奴は口を利かなかった。奴が口を開いたとき、その声にはものすごくいやらしい響きがあって、それで僕は心沈んだものだと告白しよう。

「この点をはっきりさせてもらいたいんだが」奴は言った。「お前は俺にバターを持ってきてもらいたいというんだな？」

「そういうことだ」

「顔を洗ってロンドン行きの列車に乗れるようにって、そういうことだな」

「そうだ」

「かくしてストーカー氏から逃げ切る、と」

「そのとおりだ。全部わかってくれて、驚いたことだ」僕は祝福するような声で言った。ちょっぴりご機嫌を取って懐柔《かいじゅう》してやるのが一番だと思ってのことである。「僕が知ってる男の中に、このプロットをこれほど的確な正確さで理解できる奴が六人もいるとは思えない。僕はいつだってお前の知性を高く買ってきた、チャッフィー、心の友よ――とっても高くだ」

しかし我が心は依然として沈んだままだった。そして奴が暗闇で感情的に鼻を鳴らすのを聞いたとき、そいつは過去最深記録を更新したのだった。

「わかった」奴は言った。「言い換えればお前は俺にお前の名誉ある義務をばっくれるのに手を貸せと、そう言ってるわけだ、どうだ？」

「なんだって？」

「それはこっちの言うことだ――〈なんだって？〉だ、まったく！」チャッフィーは叫んだ。それで僕はあえて述べるが、奴は頭の先から足の先まで震えていた。とはいえ僕にはよく見えなかった。あたりはとても暗かったからだ。「俺がお前の愚劣なヨタ話の腰を折らなかったのは、その点を明確にしたかったからだ。さてとおそらく、俺にも一言言わせてもらえることだろう」

奴はまたちょっと鼻を鳴らした。

「お前はロンドン行きの汽車に乗りたいだって？　わかった。ふん、お前が自分で自分のことをどう思ってるかは知らないが、ウースター、だが完全に公平な部外者にお前の行動がどう見えるか知りたきゃ教えてやる。俺の意見じゃあお前はイヌかスカンクかイモムシかダニかイボイノシシみたいに振舞ってるってことだ。なんてこった！　この麗《うるわ》しい娘がお前を愛している。彼女の父親はたいそう親切にもすぐさま式を挙げることに同意している。俺……他の誰でもみたいに大喜びして嬉しがって有難がっている代わりに、お前はとんずら逃げ出そうって企ててるんだ」

「だが、チャッフィー――」

「繰り返す。とんずらしようとだ。お前は残忍かつ冷酷にもこっそり逃げ出そうとしてるんだ。そうしてそのかわいらしい女の子の胸を張り裂けさせ――見捨て、見殺しにし、まるで……まるで……クソ、次は自分の名前まで忘れちまいそうだ、まるで泥のついた手袋みたいに放り捨てるんだ」

「だが、チャッフィー――」

「そのことを否定しようたってだめだ――」

「だけど、コン畜生だ、それじゃあまるで彼女が僕を愛してるみたいじゃないか」

「ハッ！　彼女はお前にぞっこんで、お前に会うためならヨットから海を泳ぎ渡ってくるくらいじゃないか？」

「彼女はお前を愛してるんだ」

「ハッ！」

「彼女はお前を愛してる。いいか、彼女が海を泳ぎ渡ってきたのは、お前に会うためだ。それで彼女が僕と結婚するなんてバカを言ってるのは、お前が彼女を疑ったんでお前にぎゃふんと言わせてやるためなんだ」

「ハッ！」

「だから分別をわきまえるんだ、なあ。そうして僕にバターを持ってきてくれ」

「ハッ！」

「頼むから〈ハッ！〉って言い続けるのはやめてもらえないか。そんなことを言ったって問題は改善しないし、それに不快に聞こえるんだ。僕にはバターがいる、チャッフィー。それが肝心な点なんだ。ほんの少しの塊《かたまり》でいい、持ってきてくれ。ウースターが頼んでいるんだ、なあ――お前がいっしょに学校に行った男だ。お前が小さい時分からよく知ってる男だ」

僕は言葉を止めた。一瞬、これで効き目があったかと思ったのだ。僕は奴の腕が僕の肩に置かれ、明らかに捏《こ》ねくるような動きをするのを感じた。その瞬間、奴の心が和らいだほうに僕は全財産賭けたってよかった。

確かに奴の心は和らいでいた。しかし正しい方向にではなかったのだった。

「お前に俺がどう感じているかを聞かせてやろう、バーティー」奴は言った。それで奴の態度には一種忌《い》まわしいまでの優しさがあった。「俺はあの女の子を愛してないなんてふりをしやしない。あんなことがあった後でも、俺は変わらず彼女を愛している。俺はいつまでも彼女を愛するだろう。一目会った瞬間から俺は彼女を愛したんだ。あれはサヴォイ・グリルでだった。思い出すよ。彼女はあそこのロビーの椅子のひとつに腰かけて、ミディアム・ドライ・マティーニを半分飲みかけていたところだった。俺とサー・ロデリックはちょっと遅れて着いたんで、彼女の親爺さんはただ座ってるよりカクテルを飲んでいたほうがいいって考えたんだな。目が合ったとき、俺は世界でたった一人の俺のための女の子を見つけたってわかったんだ。彼女がお前に夢中だなんて、知りもしないでさ」

「彼女は僕に夢中なんかじゃない！」

「今なら俺にはわかっている。それで無論、俺が彼女の愛を決して勝ち得ないこともわかってる。だが俺にはこれならできるんだ、バーティー。彼女に対して大いなる愛情を抱けばこそ、彼女の幸福が奪われぬよう計らってやることが俺にはできる。彼女が幸福でいてくれる、ただそのことだけが重要なんだ。何らかの理由で彼女はお前の妻になりたいって固く思い定めている。なぜかは誰にも言えない。またその点に立ち入る必要もない。だが何らかの説明できない理由の故、彼女はお前を欲している。だったら彼女にお前を手に入れさせてやろう。おかしいじゃないか、なあ。お前がよりによって俺のところにやって来て、彼女の娘らしい夢を打ち砕き、彼女が持つ人間善意に対する可愛らしくて子供っぽい信頼を奪い去る手伝いをしてくれって頼むだなんてさ！　俺がお前のそんな汚らわしい計画に手を貸すと思うのか？　俺は左足みたいに動かん！　お前は俺からバターを手に入れられやしない。お前は今そのままの姿でいるんだ。そうして考え直したあかつきには、お前の中の善良な部分が道を指し示してくれ、英国紳士らしく義務を遂行する用意をしてヨットに戻るであろうことを、俺は疑わない」

「だが、チャッフィー」

「それで、もしお前がそう願うなら、俺はお前の新郎介添え人になってやる。つらいさ、もちろん。だがお前がそう望むならやってやる」

僕は奴の腕を握りしめた。

「バターだ、チャッフィー！」

奴は首を横に振った。

「バターはなしだ、ウースター。そんなもんはないほうがいい」

そして、僕の腕を泥のついた手袋みたいに放り捨てると、奴は僕を置いて夜のしじまへと大股に歩み去った。


どれほど長いことそこに立ち尽くし、地面に根を生やしていたものか、僕にはわからない。短い間だったかもしれない。結構な長い間だったのかもしれない。絶望が僕を支配していた。それでそういう時、人は時計などは見ないものだ。

そうして、ある時点で——五分、十分、十五分、あるいは二十分後だったかもしれない——僕は誰かが僕の横で、礼儀正しいヒツジが羊飼いの注意をとらえようとしているみたいにもの柔らかい咳払いをするのに気がついた。それで僕がどれほどの感謝と驚きをもってジーヴスを見いだしたものかを、どうしたら言い表せよう。

15. バターをめぐる状況の展開

その瞬間、それはとんでもない奇跡だと僕には思われた。しかし、むろん説明は単純だった。

「あなた様がお庭を離れておいでてでなければよろしいと願っておりました」彼は言った。「しばらくお探し申し上げておりました。下働き女中が裏口を開けて黒い男を見た結果ヒステリーの犠牲となりましたことを知るに及び、わたくしはすぐさまそれはあなた様がこちらをお訪ねあそばされたものと、それも疑いなくわたくしと会わんとの意図をもって、との結論に到達いたしたものでございます。何か不都合がございましたのでしょうか？」

僕はひたいを拭《ぬぐ》った。

「ジーヴス」僕は言った。「僕は迷子の子供が母親を見つけたみたいな気分だ」

「さようでございますか？」

「母親呼ばわりしたりして君の気に障らなければいいんだが？」

「まったくさようなことはございません」

「ありがとう、ジーヴス」

「と申しますと何事か不都合が生じたのでございましょうか？」

「不都合だって！　そのとおりだ。人々が巻き込まれる悲しいことどものことを何と言ったかな？」

「窮境、でございます」

「僕は悲しすぎる窮境にあるんだ、ジーヴス。まず第一に、僕にはせっけんと水ではこのシロモノは落とせないことがわかった」

「さようでございます。バターがシネ・クゥア・ノン、すなわち必要不可欠であることをお知らせ申し上げておくべきでございました」

「うむ、僕はもうちょっとでバターを手にする瀬戸際だったんだ。と、そこにブリンクレイが――僕の執事だ、知っているな――突然やってきて家を燃やしちゃったんだ」

「それは遺憾なことでございます」

「〈遺憾〉との表現は、まったく言い過ぎじゃあないぞ、ジーヴス。お陰で僕はたいした穴ぼこに墜落だ。僕はここに来た。君と連絡を取ろうと思ってだ。だがあの下働き女中がその企てをだいなしにしたんだ」

「神経過敏な娘でございます。また不幸にも偶然、あなた様ご到着の折、あの娘とコックはウィジャ盤［霊界との交信を行うボードゲーム］に熱中しておりました最中でございまして――いささか興味深い結果が表れておりました由と存じます。あの娘はあなた様を有形化した霊であると考えた様子でございます」

　僕はちょっぴり震えた。

「コックたちがローストとハッシュのことだけに専念してくれたなら」いくらか厳しい調子で僕は言った。「それで心霊力研究なんかで時間を浪費しないでいてくれたら、人生はまったく違ったものとなっていたことだろうに」

「まことにおおせのとおりでございます」

「うむ、それから僕はチャッフィーに出くわした。奴は頑強に僕にバターを貸すことを拒んだんだ」

「さようでございますか？」

「奴はものすごく不機嫌だった」

「閣下はただいまたいそうな精神的苦痛にご遭遇あそばされておいでなのでございます」

「それはわかってる。奴は僕を置いてどうやら田舎の道を散歩に出かけてしまったようだ。夜のこんな時間にだぞ！」

「身体的運動は心が苦痛にうずいておりますときの緩和薬であるとは、ひろく認められておりますところでございます」

「うん、僕はチャッフィーのことをあんまり厳しく非難しちゃあいけないと思う。奴がブリンクレイを適切にもけとばしたことを、僕はいつだって憶《おぼ》えていなければならない。あの姿を見て胸がすっきりした。それでもういまや君が来てくれたわけだから、すべてよしだ。ハッピー・エンディングだな、どうだ？」

「まさしくさようでございます。よろこんでバターをお持ちいたしましょう」

「でも僕は十時二十一分の汽車に間に合うかなあ？」

「残念ながら間に合いません。しかしながらわたくしは、十一時五十分にもう一本列車がございますことを確認いたしてまいりました」

「じゃあもう大丈夫だ」

「さようでございます」

僕は深く息を吸い込んだ。安堵《あんど》の思いは大きかった。

「もしかして君は長旅用にサンドイッチをひと包み、持ってきてはくれないかなあ、どうだ？」

「かしこまりました」

「それと飲み物もちょっぴり？」

「必ずやお持ちいたします」

「それじゃあ今もし君がタバコといったようなものをたまたま携行してくれているようなら、すべてはおおよそ完璧ということになるな」

「ターキッシュでございましょうか、ヴァージニアンでございましょうか？」

「両方だ」

神経系統を鎮静化させるのに、心安らかな一服の煙草《たばこ》にしくはない。しばらくの間、僕は盛大にスパスパやり、おかげで僕の頭のてっぺんから二センチ半飛び出して先っぽがくるんと丸まっていた神経は、次第に元の位置にするりと納まっていってくれた。僕は肉体と精神の回復を実感し、元気いっぱいでおしゃべりしたい気分になった。

「あのわめき声は何だったんだ、ジーヴス？」

「さて？」

「僕がチャッフィーに会う直前に、けだものじみた叫び声が館のどこかから聞こえてきたんだ。シーベリーの声みたいだった」

「それはシーベリーお坊ちゃまでございます。今宵のお坊ちゃまはいささかお気難しくおいであそばされました」

「何が気に入らないんだ？」

「ヨット上にての黒人ミンストレルの演奏を見逃されたことにつき、お坊ちゃまは激しくご落胆されておいでなのでございます」

「完全に奴の自業自得だ。あの馬鹿のチビ助の変わりもんが。ドゥワイトの誕生パーティーに行きたかったら、奴とけんかなんかしなきゃよかったじゃないか」

「おおせのとおりでございます」

「誕生日の前夜に招待主に一シリング六ペンスの用心棒代をせびろうなんてのは、大とんまのすることだ」

「まことにさようでございます」

「それでみんなはどうしたんだ？　あいつはわめき立てるのをやめたようだが、クロロフォルムを嗅がせたのか？」

「いいえ、お子様のための余興といった性格の別の何ごとかを提供すべく、何かしらの措置がとられた模様と理解いたしております」

「どういう意味だ、ジーヴス？　連中は黒人一座をここに連れてきたってことか？」

「さようなことはございません。必要経費が同計画を現実的政策領域より駆逐いたしたものでございます。しかしながら、奥方様がサー・ロデリック・グロソップにご奉仕の提供を申し出るよう説いて促されたものと、理解いたすところでございます」

僕には何のことやらわからなかった。

「グロソップの親爺《おやじ》にか？」

「さようでございます」

「だけどあの親爺に何ができるんだ？」

「承りますれば、あの方はお若い時分には魅力的なバリトンのお声の持ち主であられ――あの方が医学生でおいでの時分のことでございます――しばしば紳士様方の気のおけぬ音楽会の席や同様の娯楽の座にて歌をご披露されておいでであられた由にございます」

「グロソップの親爺がか！」

「さようでございます。あの方が奥方様にさようにお話しあそばされるのを、たまたま漏《も》れ伺ったものでございます」

「うーむ、そんなこと僕は思ってもみなかった」

「まことに、あの方の当今のお姿からは、思いもよらぬことでございます。テムポラ・ムタントゥル・ノス・エト・ムタムル・イン・イリス、すなわち、時はうつろい、人またうつろう、でございます」

「すると君は、御大《おんたい》が歌ってシーベリーのガキのご機嫌をとったと、そう言うんだな？」

「さようでございます。奥方様のピアノ伴奏によりまして、でございます」

僕は潜在的問題点を指摘した。

「うまくいくわけがない、ジーヴス。まともに考えてみるんだ」

「さて」

「うーん、ここにいるこのガキは黒人ミンストレル一座の演奏を楽しみに待ち構えていたんだぞ。そいつが母親のピアノ伴奏つきの白い顔したキチガイ医者を適当な代替物として受け入れるだなんて、およそありそうにないことじゃないか?」

「白いお顔ではございません」

「なんと!」

「さようでございます。その点については議論がございました。また奥方様のご見解によりますれば、何かしら黒人演奏風の趣きが必要不可欠との由にございました。お若い紳士様は、現在のようなお心もちにおかれましては、はなはだ過酷なご要求をなされるのが常でございます」

僕は興奮のあまりタバコの煙を気道のほうに飲み込んでしまった。

「グロソップの親爺は顔を黒く塗りたくったんじゃないだろう?」

「いいえ、さようでございます」

「ジーヴス、しっかりしてくれ。そんなことがあるはずがないじゃないか。御大は顔を黒く塗りたくったのか?」

「はい、さようでございます」

「そんなことはありえない」

「サー・ロデリックは目下、奥方様より発されるご提案に対してはきわめてご従順でおいであそばされるということを、ご想起いただかねばなりません」

「つまり彼は恋をしている、ということか?」

「さようでございます」

「それで愛はすべてを克服するんだな？」

「さようでございます」

「だが、だとしてもだ……もし君が恋をしたとして、君なら愛する人の息子をよろこばせるために顔を黒く塗りたくるか？」

「いいえ、さようなことはございません。しかしながら人はみな一様に成り立っておりますわけではございません」

「それはそうだ」

「サー・ロデリックは抗議せんと敢えて試みはなされましたものの、奥方様が異議を却下あそばされたものでございます。また、実際のところ、総体的に考えますならば、奥方様がさようにあそばされたことはご賢明であったと思料いたすところでございます。サー・ロデリックのご親切な行為は、いずれお坊ちゃまとあの方とのご不和を癒《いや》すに与かって力あることでございましょう。わたくしがたまたま存じておりますところでは、若紳士様はサー・ロデリックよりの用心棒代獲得の試みにご失敗あそばされ、その事実に深く遺恨を抱いておいでの由に存じます」

「あいつはあの親爺をゆすろうとしたのか？」

「さようでございます。一〇シリングにてでございました。わたくしは若紳士様ご本人よりの情報を得ております」

「みんなみんな君には何でも打ち明けるんだなあ、ジーヴス」

「はい、さようでございます」

「それでグロソップの親爺は金を出さなかったわけだな？」

「さようでございます。かわってあの方はご説諭のお言葉をお説き聞かせになられました。〈お小言〉と、若紳士様がおおせのことどもでございます。その結果、後者の側に悪感情が存在しておりますことをたまたまわたくしは存じておるわけでございます。実際それゆえに、お坊ちゃまにおかれましては何ごとか報復というべき性質の計画を企てておいでとの印象を得ております」

「あいつにだって未来の父親に卑劣なまねをする神経はないだろう、なあ？」

「若紳士様は意志堅固なお方でございます」

「確かにそうだ。アガサ伯母《おば》さんの息子のトーマスと大臣閣下の事件を思い出すな」

「さようでございます」

「悪意をもって、あいつは大臣閣下を湖上の孤島に白鳥といっしょに置き去りにしたんだった」

「さようでございました」

「当地の白鳥事情はどんな具合だ？　告白するが、グロソップの親爺がおこりんぼの白鳥に追っかけられて大奮闘するザマを、僕は見たいものだ」

「シーベリーお坊ちゃまのお考えは、ブービー爆弾の系統により近いものであろうと拝察申し上げます」

「そうか。想像力がないな、あのガキには。構想力というものがない。僕は何度か気がついてたんだ。奴の想像力ってのは――何と言ったか？」

「散文的、でございましょうか？」

「そのとおりだ。巨大な田舎の邸宅を好き放題にできる無限の可能性に満ちたこの好機にあって、奴は煤《すす》と水をドアの上に置くことで満足している。そのくらいのことなら郊外住宅でだってできそうなもんじゃないか。僕はいまだかつてシーベリーのことを高く評価したことはないが、この件で僕の低評価はますます確たる論拠を得たというものだ」

「煤と水ではございません。若紳士様がご念頭に置いておいでなのは、古式ゆかしきバターすべりでございます。昨日お坊ちゃまは、バターはどこにしまってあるのかとわたくしにお訊ねになられ、また遠からぬ以前、ブリストルにてご覧になられた滑稽《こっけい》な映画にご用心深げにご言及あそばされました。同映画におきましては、さような性質の事柄が何かしら出来《しゅったい》いたしておりました由にございます」

僕は胸がむかむかした。サー・ロデリック・グロソップみたいな親爺の人身に対して働かれた非道であれば何であれ、バーティー・ウースターの心の琴線《きんせん》を打ち鳴らさずにおかれぬことは神も知ろしめすところである。しかし、バターすべりとは……あまりにも底が浅い、と言わねばなるまい。ブービー爆弾芸術の最初歩のＡＢＣにすぎない。そこまで身を貶《おとし》めようなんて奴はドローンズには一人だっていやしない。

僕は軽蔑に満ちた笑いを放ち始め、そして止めた。その言葉が僕に、人生は厳しい、人生は真面目だ［ロングフェローの詩「人生賛歌」］、それに光陰は矢のごとしであるということを思い起こさせたのだ。

「バターだ、ジーヴス！　我々はここにあり、安閑と立ち尽くすのみにて、バターの話をしてなんかいる。それでそんなことをしている間があったらとっくの昔に食料庫にひた走って、僕に少しバターを取ってきてくれてなきゃいけなかったんだ」

「ただちに行ってまいります」

「どこに行けば入手できるかはちゃんとわかっているな？」

「はい、承知いたしております」

「それでうまくいくのは確かなんだな」

「絶対の確信がございます」

「それじゃあ、方位を変えろ、ホーだ、ジーヴス。道草を食うんじゃないぞ」

僕はふせて置かれた植木鉢の上に腰を掛け、不寝番を再開した。いまや僕の感情は、かつてこの好ましき土地に最初にとまり木を求めきた時とは、だいぶちがったものになっていた。あの頃、僕は文無しの追放者で、まあ、いわゆるだが、僕の前には何の未来もないみたいだった。いまでは僕には日の光が見える。やがてジーヴスは必要な材料をもって戻ってきてくれることだろう。そうしたらばすぐにもう一度、僕は桃色頬っぺの陽気なクラブマンに戻れるのだ。そしてまた、しかるべき時がきたら、僕は無事十一時五十分の汽車に乗り、ロンドンへ、そして安住の地へと帰路につけるのである。

僕はものすごく高揚した気分だった。僕は心も軽く夜の空気を吸い込んだ。それで僕がそいつを存分に吸い込んでいる最中に、突如、わめき声がホールから発されたのだった。

その発生に主として貢献しているのはシーベリーであるようだった。奴はあのクソ頭をふっ飛ばしかねないほどの勢いでがなりたてていた。その合間合間にチャフネル未亡人のか細い、しかし貫通性のある声が聞こえるのだ。彼女は誰かを非難し、叱責《しっせき》しているようだった。そこに渾然《こんぜん》一体と調和して、より低く深みのある声、まごうかたなきサー・ロデリック・グロソップのバリトンの響きが聴き取れた。これらすべて、みな居間から発されているようだった。それで一度ハイドパークをのんびり歩いていたら、突然全員合唱の一団中に混ざり込んでしまっているのに気がついた時を除いて、僕はこんなのは一度だって聞いたことがない。

正面玄関のドアが突如バンと開け放たれたのは、それからそう遠からぬ後のことであったろう。何者かが姿を現した。ドアが荒っぽく閉められた。そして現れた人物は門の方向に向かってとぼとぼと足早に歩き出した。

ほんの一度だけ、館から発された光がこの人物の顔に当たった瞬間があった。この人物が誰であるかを同定するには、その一瞬で十分であった。

犬歯の先まで打ちのめされた風情《ふぜい》をかくもありありと全身に表しつつ今ここに夜陰に歩み去らんとするこの突然の退出者は、サー・ロデリック・グロソップその人にほかならなかった。そして彼の顔がスペードのエースみたいに真っ黒であることに、僕は気づいた。

それからしばらくして、いったいぜんたい何が起こったのだろうかと怪訝《けげん》に思い、あれこれ思いを巡らせていたところで、僕はジーヴスが右手に姿を現すのに気がついた。

僕は彼を見てうれしかった。僕は啓蒙を欲していたのだ。

「いったい何の騒ぎだ、ジーヴス?」

「この騒擾《そうじょう》でございましょうか?」

「まるでシーベリーのガキが殺されたみたいな騒ぎに聞こえたぞ。そんな幸運が降ってわいたわけじゃあないとは思うが?」

「当の若紳士様が身体的暴行の犠牲者となられたものでございます。お手を下されたのはサー・ロデリック・グロソップでございました。わたくしは本件の直接の目撃証人ではございません。本情報はその場に直接居合わせました小間使いのメアリーより得たものでございます」

「居合わせただって？」

「扉の隙間《すきま》よりのぞき見ておりましたものでございます。階段にてたまたま遭遇した折のサー・ロデリックのお姿に、同女は強烈な感銘を受けた模様にて、爾来《じらい》ずっとあのお方の背後にひそやかにつき従い、次に何をなされるものかをその目で見んと待ち構えていたものだと話してくれました。あのお方のご外見に興味をかき立てられた由にございます。今日びの若い娘の多くと同様、同女にはその精神態度におきましていささか軽佻浮薄な傾向がございます」

「それで何が起こったんだ？」

「本件の発端は、サー・ロデリックが館内をご通行中に、若紳士様ご作成にかかるバターすべりにすべって転ばれたところに始まると、申すことも可能でございましょう」

「ああ！　それじゃあ奴の計画は成功したわけだ、そうだな？」

「さようでございます」

「それでサー・ロデリックは間抜けなザマを見せたってわけだ？」

「なかなかに重量感のある転びようであった由に存じます。メアリーがそれをたいそう鮮明に活写しつつ話してくれたものでございます。同女はあの方の落下の様を、一トンの石炭の搬入に喩《たと》えたものでございました。告白申しますが、わたくしはかような比喩的描写にはいささか驚愕《きょうがく》いたしたところでございます。と申しますのは、同女はさして想像力の豊かな娘ではございませぬゆえ」

僕は満足げに微笑んだ。今宵は、出だしは波乱万丈であったものの、確かに終わりよしであるようだ。

「これに激昂され、サー・ロデリックは居間に急行された由にございます。そこであの方はすみやかにシーベリーお坊ちゃまに厳しいご折檻《せっかん》をお加えあそばされました。奥方様がそれをお止めになるべくご尽力なされましたもののそのお試みもむなしく、あの方の拒絶は断固たるものでございました。その結果、奥方様とサー・ロデリックとの決定的な断絶が招来されたものでございます。前者はあの方に二度とお目にかかりたくはなき旨ご発言なされ、後者はもしこの疫病の館を無事に脱出できたあかつきには、二度と当家の敷居はまたがぬ旨、ご断言なされたものでございます」

「正真正銘のゴタゴタだな」

「さようでございます」

「それで婚約は破棄、ということだな？」

「さようでございます。奥方様がサー・ロデリックに対して抱いておいでのご愛情は、傷受けし母性愛の大津波により、たちどころに一掃し押し流されたものでございます」

「うまい表現だなあ、ジーヴス」

「有難うございます」

「するとサー・ロデリックは未来永劫お別れ済みということだな？」

「さようと存じます」

「近頃チャフネル・ホールはえらいことひどい目に遭い続けだというものだ。まるでこの地に呪《のろ》いでもかかっているみたいじゃないか」

「迷信を信ずる者ならば、必ずやさように思いいたすことでございましょう」

「ふむ、もし前はひとつも呪いがかかってなかったとするならば、今ではだいたい五十七はかかってるって、賭けたっていいんじゃないかな。グロソップの親爺が呪詛《じゅそ》を放ちながら行き過ぎるのを、僕は耳にしたぞ」

「あの方はたいそうご動転あそばされておいでであったと、拝察いたしますが？」

「ものすごく心揺すぶられていた、ジーヴス」

「さようと存じます。さもなくばあのようなご状態にてホールをお立ち去りにはなられぬものでございましょう」

「どういう意味だ？」

「さてと、ご想起をいただきたく存じます。現状のままホテルにお戻りあそばされることは、あの方におかれましてはおよそ実行不可能でございましょう。あの方のご外貌が周囲の注目を喚起いたそうものでございます。また、かく出来いたしましたことの後なれば、チャフネル・ホールお戻りはよもやかないますまい」

僕は彼が言わんとするところを理解した。

「なんてこった、ジーヴス！　君のおかげで新たな線の思考が開けてきたというものだ。ちょっとこの点を確認させてもらおう。奴さんはホテルには戻れない——だめだ、僕にはわかる。それにレディー・チャフネル未亡人にへつらって一夜の宿を求めることだってできやしない——だめだ、それも僕にはわかる。万事休すだ。あの親爺がどうするものか僕には想像もつかない」

「これはなかなかに問題でございますな」

僕はしばし沈黙した。愁《うれ》いを含んで、だ。それで、実に不思議なことなのだが、つまり僕の思いは純粋な歓喜であろうとご想像されておいでのところなのに、ということだが、僕のハートはむしろちょっぴり血を流していた。

「わかるかなあ、ジーヴス。あの男は過去において僕を卑劣なやり方でいたぶってきた。だのに僕は彼のことを気の毒に思わずにはいられないんだ。黒顔の彷徨《さまよ》い人になることは、僕にしたってじゅうぶん悪い。だが僕の立場は彼ほどにはひどくはない。つまりだ、世間というやつは、僕がこんなふうな状態でいるのを見たら、肩をすくめて〈若い血ってもんは！〉とか何とかそんなようなことを言ってくれそうなもんじゃないか、どうだ？」

「おおせのとおりと存じます」

「だが彼みたいな立場の男に対してはそうじゃない」

「まことにさようと存じます」

「さてさてさてと、だ！　あれあれあれ、ってことだ！　つまるところ、これは天の報復だ」

「おそらくさようでございましょう」

僕はめったに教訓じみた指摘をするものではない。しかし、今はそうせずにはいられなかった。

「いつも親切でいなきゃいけない、どんなに卑しい者にだって、ってことがこれでわかろうというものだ、ジーヴス。長年このグロソップの親爺は僕の顔をスパイクシューズでどすどす踏んづけてきた。それでどういう最期に至ったかをご覧ぜよだ。いまこの時に僕らが大の仲良しだったらどういうことになる？　奴さんはビロードの上にのっかってご安泰というものだ。たった今、僕のそばを勢いよく通り過ぎてゆくのを見かけたら、僕は奴さんを呼び止めたことだろう。僕は彼にこう声をかけたにちがいないんだ。〈おーい、サー・ロデリックー。ちょっと待ってくださいよーう。そんな特殊メーク姿でほっつき歩いちゃいけませんよ。ここで待っていれば、すぐにジーヴスがバターを持ってきてくれますからね。それでぜんぶ大丈夫ですよ〉僕はそう言ったはずだとは思わないか、ジーヴス？」

「全般的にさような趣旨の何事かをおおせられたであろうとは、疑いを容れぬところでございます」

「それで奴さんはこの恐るべき状況から救われたにちがいないんだ。彼が今あるこの悲しむべき難局からだ。あえて言うが、あの男は朝になるまでバターを手に入れられやしない。その時になったって、もし現金を持ち合わせていなかったらだめだ。それもこれもみんな奴さんが過去に僕をちゃんと扱ってこなかったせいなんだ。人をしてちょっぴり考えさせずにはおかないというものじゃないか、ジーヴス、どうだ？」

「おおせのとおりでございます」

「無論そんな話をあれこれ言ってたってだめだ。済んだことは済んだことだ」

「まことにさようでございます。動ける指は書きしるし、記し終わるやまた次に進みてゆけば、如何ならむ、智慧、祈、はたや涙も、その一語、半句をだにも消さしむる力は有たじ、でございます［オマル・カイヤーム『ルバイヤート』第七十一歌、矢野峰人訳］」

「まさしく然《しか》りだ。それではさてと、ジーヴス、バターだ。僕は自分の仕事に取り掛からなきゃならない」

彼は礼儀正しくため息をついた。

「あなた様にかようにお知らせいたさねばならぬことを、衷心《ちゅうしん》より遺憾と存ずるものでございます。シーベリーお坊ちゃまがバターすべり設営にすべて使い果たされたがため、当家にバターはございません」

16. ダウアー・ハウスの惨劇

僕はその場で手をさしのべたまま、凍りついて立ち尽くしていた。肉体と精神機能が感覚を喪失した。以前ニューヨークにいた頃、ワシントン・スクゥエア界隈をローラースケートでビュンビュン飛ばしている悲しい目をしたイタリア移民の子供らの一人が、そこいらを行ったり来たりそぞろ歩いて散策していた僕のチョッキ目がけ、にわかに猛烈な暴力でもって突撃を加えてきた時のことを僕は思い出した。そいつは第三ボタンの上の旅路の果てに見事命中したのだった。それで僕はいま、そのときと同じ感慨を覚えていた。一種打ちのめされた感覚である。愕然《がくぜん》。息呑《の》む思い。あたかも何者かが予期せず魂に砂袋で強打を仕掛けてきたかのごとしであった。

「なんと！」

「さようでございます」

「バターがないだって？」

「バターはなしでございます」

「だけどジーヴス、これは恐ろしいことだぞ」

「きわめて不快でございます」

もしジーヴスに欠点があるとするなら、それはこういう事態に際して彼の態度物腰があまりにしばしば、僕が期待するよりも冷静かつ非感情的である点である。常においてはそれに異議を申し立てるものではない。なぜなら彼はいつだって事態を掌握しており、時間を無駄にせず委員会の席上に素晴らしい解決策をもって登場するのがならわしだからだ。だが僕はしばしば、もし僕が彼だったらばもうちょっと跳びあがったり目玉をグルグル回したりとかできるものを、と思ったりもする。それでいま僕はそういうふうに感じていた。今現在のような瞬間にあっては、「不快な」という形容詞では、事実の核心から十パラサング［古代ペルシアの距離単位］はかけ離れていると、僕には思えた。

「だけど僕はどうしたらいいんだ？」

「大変遺憾ながらあなた様のお顔のクレンジングは、後日に順延いたす必要がございましょう。明日にはあなた様にバターをお渡しできる立場に立てるものと存じます」

「だけど今夜は？」

「今夜のところは遺憾ながら、あなた様におかれましてはイン・スタトゥ・クオに甘んじていただかねばなりません」

「へぇ？」

「ラテン語の表現でございます」

「つまり明日になるまでは何もできないと、そう言うんだな？」

「遺憾ながら、さようでございます。悩ましき問題でございます」

「君はこの状況をそこまで言ってくれるわけか？」

「はい、さようでございます。きわめて悩ましき問題でございます」

僕はちょっぴり厳しい調子で息を吸った。

「ああそうか、君の言うとおりだ、ジーヴス」

僕は沈思した。

「それで僕はこれからどうするんだ？」

「あなた様におかれましてはいささか過酷な宵をお過ごしあそばされておいでゆえ、ぐっすりとお寝みあそばされることが最善であろうと思料いたします」

「芝生の上でか？」

「ご提案をお許しいただけますれば、ダウアー・ハウス内におきましてならばよりご快適にお過ごしいただけるものと拝察申し上げます。庭園の向こうのごく近距離にございますし、ただいまは無人でございます」

「そんなはずはない。空き家にして放っておくわけがないだろう」

「奥方様とシーベリーお坊ちゃまがチャフネル・ホールにご逗留の間は、庭師が一人、管理人として住まっております。しかしながらただいまこの時間には、その者は村の『チャフネル・アームズ』におりますのが決まりでございます。あなた様におかれましては、かの者に認知されぬまま家屋内に進入し、階上の一室に御身を落ち着かれることは簡単容易な所為でございましょう。明朝になりましたらば、必要な資材を持参の上、そちらにてお目にかかれるものと存じます」

告白するが、それが僕の考えるものすごく素晴らしい一夜であるとは僕には言えない。

「それよりもっと気の利いた提案はないんだな？」

「ございません」

「君は僕に自分のベッドを一晩譲ってやろうとは思わないんだな？」

「さようでございます」

「それじゃあ僕は行くしかないんだ」

「さようでございます」

「おやすみ、ジーヴス」むっつりして僕は言った。

「おやすみなさいませ」


ダウアー・ハウスに着くまでに、長くはかからなかった。またその道行きは実際よりも短く感じられたものだ。というのは移動中の僕の心は、ジーヴスが悩ましき状況と呼ぶところのことどものうちに寄ってたかって僕を着地せしめたさまざまな連中に向けた、一種一連の音なき憎悪の賛美歌で占められていたからだ――その主役はシーベリーのガキであった。

この青二才のことを考えれば考えるほどに、僕の魂のうちには鉄が入り込んできた。奴に関する僕の黙想のひとつの結果は、優しさの精神にきわめて近い感情がサー・ロデリックに対して喚起される――喚起、でよかったはずだ――ということであった。

どういうものかはご理解いただけよう。長年ある人物のことをイボ野郎で公共の福祉に対する脅威であるとみなし続けて過ごしきて、ある日突然、彼が成し遂げたすごく立派な事のことを聞き及び、そのため結局そいつのうちにはいいところもあるにちがいない、というふうに思われてくる、ということだ。このグロソップの件がそういう具合だった。我々の人生行路がはじめて交差したそのときより、彼の手によって僕は多大なる苦しみを被《こうむ》ってきた。宿命がバートラム・ウースターを囚われの人としたこの人間動物園において、彼はきわめて獰猛《どうもう》な生物標本中、常に上位を占めてきた。実際、数多くの審査員らが彼のことを、かの偉大なる現代の天災、僕のアガサ伯母《おば》さんと最高《ブルー》栄誉賞《リボン》を争うとまで考えている。しかし今、その最近の功績を精査するにつけ、彼に対する感情が断然軟化してゆくのを僕は意識していた。

僕はこう結論を下した。すなわち、シーベリーのガキをぶっとばせるような人物が、心の底から悪者であり得るはずがない。クズ鉱石のあわいのどこかには、玉が姿をひそめているにちがいないのである。それで実際僕は、一時の激情の奔流のままに、もし物事がうまく運んでそれで僕がいまふたたび自由にいろんなことができるようになったそのときには、僕はあの男を見つめて、勇気を出して彼となかよしになろう、と、自分に言い聞かせすらしたのだった。彼といっしょの素敵な昼食のことを心のうちに思いもてあそぶ境涯にすら、僕は達していた。テーブルの片側には彼が座り、もう片側には僕がいる。二人して上等な辛口のヴィンテージワインを啜《すす》って旧友のように語りあい、と、思いを馳せるうちに、気がつけば僕はダウアー・ハウスの周辺に到着していた。

今は亡き先代チャフネル卿の未亡人の貯蔵庫というかこの保管倉庫は、不動産広告にゆったり広々とした敷地、と形容される土地に立つ、中型の掘っ立て小屋のようなものである。ツゲの生垣の間の五本柵の門から入り、短い砂利小径を伝って近づきゆく――一階の窓から忍び入ろうと計画しているのでなければ、の話だが。後者の場合だと、芝生の縁をこっそり歩き、木から木へと音なく飛び進むことになる。

僕がやったのは後者のほうだった。とはいえチラリと一見したところでは、そんな必要はほとんどないように思われた。この地は人けがあるようには見えなかったからだ。といっても、無論それまでのところ、僕はこの建物の正面を見ただけに過ぎない。それで管理人をやっている庭師がこの時間に爽《さわ》やかな飲み物を求めて地元のパブにでかけてゆくいつもの方針を変更してこの家屋内にまだ留まっているとしたら、彼の部屋は裏側のどこかであろう。したがって、その反対側に僕は歩を向け、可能な限りヘビみたいにこっそりと歩き進んだのであった。

わが眼前の展望を好ましく思ったとは、僕には言えない。家屋内に入り込んで一夜の宿りをすることを、ジーヴスは軽妙に――あるいは闊達《かったつ》にだ――いとも容易げに語った。しかし僕の経験からすると、僕がほんのちょっぴり夜盗の真似をしようとすると、いつだって何かしらおかしな具合になるのがきまりなのだ。ビンゴ・リトルが、奴の家に侵入してその妻、著名な女流作家、旧姓ロージー・M・バンクスが僕のダリア叔母《おば》さんの雑誌『ミレディス・ブドワール』のために書いたベトした原稿の口述録音機の記録用蠟管をくすね取るよう、僕を説き伏せたときのことを僕はまだ忘れてはいない。ペキネーズ犬、小間使い、警察官がその事件にかかずらわり、ご記憶でおいでかどうか、僕に落胆と警戒とをもたらしたのだった。それで僕としては金輪際《こんりんざい》二度とそういう種類のことには起こってもらいたくない。

そういうわけだから、いま家の裏手にそっと身をすべらせる僕は、ものすごい量の注意を傾注しながらそうしていたわけだった。それで最初に目に留まったのが台所のドアが少し開きっぱなしになっていることであった、というとき、僕は一年かそこら前だったら――すなわち、人生が僕を今日あるような陰気で疑りぶかい男にする以前であれば、ということだ――示したであろうような活力をもってそこに突入したりはしなかった。そうではなく、そこに警戒のまなざしを投じつつ、その場にたたずんでいた。大丈夫かもしれない。しかしまた、大丈夫でないかもしれない。時のみぞ知るだ。

次の瞬間、僕は行動を手控えておいてすごくよかったと思った。というのは、突然誰かが家内で口笛を吹く音を僕は聴いたからだ。それでそれがどういう意味かが僕にはわかった。つまりそれは庭師の奴が、『チャフネル・アームズ』に一杯やりに行く代わりに、家に留まって本に囲まれて静かな宵を過ごそうと決めた、ということだ。ジーヴスの権威ある内部情報など、所詮そんなものである。

僕はヒョウのように夜陰に後じさり、すごくおこっていた。連中が出かけてもいないときに、誰それはこれこれの時間に村に一杯やりに行くなどと述べる権利はジーヴスにはないと、僕は思ったのだ。

すると突然、この状況にまったく新たな光を投げかける出来事が起こった。それで僕はあの正直な男を不当に評価していたことに気がついたのだった。口笛の音はやんだ。一回だけ、短いしゃっくりがあって、それから屋内からは誰かが『優しき光よわれを導け』を歌う声が聞こえてきたのだった。

ダウアー・ハウスの占拠者はただの庭師などではない。そこに潜むのは、モスクワの誇り、口にするだに恐ろしきブリンクレイ、その人であった。

この状況は慎重で用心深い思考を必要とすると、僕には思われた。

ブリンクレイみたいな男の問題というのは、対処する際、予想紙に頼るわけにいかないということだ。内にササり外にヨレる癖馬なのである。たとえば今夜、一時間かそこらの間に、この男が肉切りナイフを持って行ったり来たり辺りを荒しまわる姿と、正当にもチャッフィーによってチャフネル・ホールの私設車道のほぼ端から端までけとばされ飛来する姿とを僕は見た。すべてはそのときたまたま奴がどういう気分でいるか次第なのである。したがって、僕は自問せずにはいられなかったのだが、もし僕が大胆にもダウアー・ハウスの中にいま入っていったなら、多面的人格の持ち主たるこの男のどの側面が僕を出迎えてくれることであろうか？　僕が見いだすのはうやうやしい平和愛好家で、そいつのズボンのたるみをつかんで外に放り投げるのは簡単かつ快適、というふうになるのだろうか？　あるいは今宵の残る間を、僕は階段を上へ下へと行きつ戻りつ、奴にクビ差で追われながら時を過ごすのであろうか？

それで、そこで逃げ切ったとしても、奴の肉切りナイフはどうなったのだろう？　僕に断言できる限り、チャッフィーとの会談の際、奴はそれを所持していなかった。だが、とはいえ、奴はそいつをどこかに置いていただけで、元どおりまたそれを回収しているかもしれないのである。

あらゆる角度から本問題を精査した結果、僕は今いる場所にこのまま留まろうと決心した。そして次の瞬間、ことの展開がこの決断の賢明さを証明したのだった。奴はちょうど「夜は暗し」とかいう辺りに差し掛かったところで、力強く歌い進めているようだった。とはいえ低音域に差しかかるとやや心もとない箇所もあったのだが。と、突然、歌声がやんだ。そして次の瞬間僕が聞いたのは、ものすごく恐ろしい怒号とどしんガシャンという轟音《ごうおん》の勃発であった。何が奴を暴発させたものか、むろん僕にはわからなかった。しかしその音から、奴がいわゆる肉切りナイフ段階に唐突に回帰したことに疑問の余地はないことが理解された。

もしあなたがブリンクレイのような攻撃性の高いキチガイの仲間に属するとして、田舎に住まいすることの利点の一つは、移動の自由を大いに享受できるところにある。奴が今起こしているような大騒ぎは、たとえばもしグロヴナー・スクゥエアとかカドーガン・テラスで起こされたならば、間違いなく二秒以内に警官隊の出動を結果していたことだろう。窓々は引き上げられ、警笛が吹き鳴らされる。しかし、この人里離れたチャフネル・レジス、ダウアー・ハウスの安穏にあっては、奴は最大限に広範な自己表現の機会を与えられるのだ。チャフネル・ホールを別とすれば、半径一キロ半以内に他の家はない。またチャフネル・ホールにしたって、奴がいま発している恐ろしげな咆哮《ほうこう》が、弱々しいつぶやきにしか聞こえないほどのはるか彼方《かなた》にある。

自分が何を追いかけていると奴が思っているものか、その点についてもはっきり断言はできない。あるいは管理人をやっている庭師が結局村にはでかけていなくて、それで今、でかけていたらよかったのになあと思っているところだ、ということであるのかもしれない。あるいは、もちろん、酩《めい》酊《てい》状態のブリンクレイであれば、追いかける確たる対象などもはや必要ではなく、健康のため、ただたんに虹を追いかけているだけさ、とかまあそういうことであるのかもしれない。

僕の思いは後者の見解に傾きはじめており、また奴が階段を落っこちて首を折ってはくれないものかとちょっぴり切なく願ってもいた。が、その時、この見解の誤りが判明したのだった。しばらくの間この騒音はいくぶん鳴りをひそめ、諸々の活動はこの家のどこか遠くの場所に移動したかに思われた。しかし今や突然、ふたたび事態は加熱した。階下にどたどたと降りてくる足音が聞こえ、そうして恐ろしい衝突音が聞こえた。そしてその直後、裏口のドアがバンと開き、人間のかたちをしたモノが排出されてきたのだった。それは僕の方向にビュンとうなりを立てて向かってきて、何かにけつまずいて転び、僕のほぼすぐ足許に真っ逆さまに着地した。それで僕は今にもわが魂を神に託し、最善を願いつつそいつの腹の上に跳び乗ってやろうとしたところだったのだが、と、そいつが何かしら所感めいた言葉を発し――教養人の悪罵の言葉というか、ブリンクレイなんかにはぜったい無理な、お育ちのよさを証明するようなやつだ――それで僕は一旦停止したのだった。僕はひざを曲げてかがみ込んだ。僕の診断は正しかった。それはサー・ロデリック・グロソップであった。

僕は自己紹介をして質問を開始しようとしたところだったのだが、その時裏口のドアがまたもや大きく開け放たれ、別の人物が姿を現した。

「動くな！」そいつは見解を表明した。かなりたっぷりと敵意を込めながらだ。

それはブリンクレイの声だった。奴が左脚の向うずねをさすっているのに気づいたことは、こんなふうな全然まったくお祭り気分でない時にあって、僕にとってはささやかな喜びであった。

ドアがバシンと閉められ、僕にはかんぬきのはじけ飛ぶ音が聞こえた。次の瞬間、『千歳の岩』を歌うテノールの声がして、ブリンクレイに関する限り、この挿話はこれでおしまい、となったことがわかった。

サー・ロデリックはやっと起き上がると、盛大に息を切らしつつ立っていた。風に打たれて心揺すぶられたみたいにだ。僕は驚いてはいなかった。ことの展開が急速だったからだ。

対話開始にはいい頃合いと思われた。

「ヤッホー！　ヤッホホー！」僕は言った。

仲間の人間を驚かすことがこの晩の僕の宿命であったようだ。下働き女中は言うまでもない。しかし、結果から判断するに、僕の人間性の磁力はちょっぴり下降気味であったようだ。つまりだ、下働き女中はヒステリー発作を起こし、チャッフィーは跳び上がったが、このグロソップは皿の上で揺すぶられたゼリー寄せの何かみたいに震えただけだった。とはいえもちろん、身体的に可能なのがそれですべてだったからということは十分ありうる。ブリンクレイとのこういうひとときは、人を消耗し尽くすのだ。

「大丈夫です」僕は続けた。彼の心を安らがせ、彼の耳にささやきかけているのが、何か暗夜の恐るべき生き物であるとの印象を払いのけるためにだ。「ただのB・ウースターですよ――」

「ウースター君ですと！」

「そうですとも」

「何たること！」彼は言った。すこしだけ平静を取り戻しながらだ。とはいってもパーティーの人気者なんぞとは依然かけ離れた姿ではあったが。「ウォー！」

そこで事態は静止した。生存に必要な空気を摂取する間だ。僕は黙ったままでいた。我々ウースター家の者は、そういうときに邪魔はしない。

さてといまや息切れは収まり、もの柔らかな呼吸音に変わっていた。彼はまたおよそ一分半の休憩をとった。そうして話しだしてみると、彼の声にはすごく抑制された何かが、いわゆるわなわなとした震えが感じられて、それでもう少しで僕は彼の肩にやさしく腕を回し、元気を出すんだよと言ってしまいそうになったほどだ。

「ウースター君、間違いなく貴君は、これは一体どういうことかといぶかしんでおられることでありましょうな？」

僕はまだ優しく腕をさしのべるまではいかなかったものの、それでも力づけるように肩をぽんとひと叩きはした。

「ちっともそんなことはありませんよ」僕は言った。「ちっともいぶかしんでなんかいません。全部わかってます。僕はすべての事情を承知しているんです。ホールで何があったかは聞きました。その直後にあなたがあそこのドアから飛び出すのを見て、ここで何が起こったかはすべてわかりました。あなたはダウアー・ハウスで一夜を過ごされるおつもりだったんですね、そうでしょう？」

「さよう。もし本当にチャフネル・ホールで起こったことをご存じであるなら、ウースター君、貴君はわしが不幸な立場に置かれていることにお気づきでおいででしょう、つまり――」

「顔が黒塗りだってことですね。知ってます。僕もそうなんです」

「貴君もですと！」

「そうなんです。長い話になりますし全部は説明できません。つまり、秘められた過去に属する話なものですから。でも僕たちが同じ境遇に置かれてるってことは信じていただいて結構です」

「しかし驚いたことじゃ！」

「あなたはホテルに帰れない。僕はロンドンに戻れない。このメーキャップを落とすまでは、ということです」

「何ともはや！」

「なんだかすごく親近感を覚えてきますね、どうです？」

彼は深く息を吸い込んだ。

「ウースター君、過去に我々には見解の相違がありました。間違っておったのはわしの方だったかもしれん。それはわかりません。しかしこの難局にあって我々は過去を忘れ、そして……あー……」

「団結する、ですか？」

「まさしくさようです」

「そうしましょう」僕は真心こめて言った。「僕について言えば、あなたが当該地点においてシーベリーのガキを一、二発殴りつけたとうかがった時に、死に去りし過去は死んだまま埋めようと決心したものです」

僕は彼が鼻を鳴らすのを聞いた。

「あの極悪非道の息子がわしに何をしたかを、貴君はご存じですか、ウースター君？」

「知っていますとも。それであなたが奴に何をしたかもです。僕はあなたがチャフネル・ホールを立ち去られるまでのことは完璧に承知しています。その後、何が起こったんです？」

「ホールを立ち去ったほぼ直後に、自分の置かれた恐ろしい状況が認識されてきたのです」

「ひどい衝撃だったことでしょうねえ？」

「最大限に激しいショックでありました。わしは途方に暮れたものです。唯一可能な道は、一夜を過ごす隠れ家をどこぞに探すことでありました。そして、ダウアー・ハウスが無人であると承知しておりましたから、そこへと向かった次第です」彼は身震いした。「ウースター君、あの家は――わしはまったくの正気でこう言うものでありますが――地獄ですぞ」

彼はしばらく息を切らしていた。

「わしは、わしには危険な狂気であると思われる事物を前提して、その存在をほのめかしておるのではありませんぞ。わしが申しておりますのは、あの家には生命体が充満し、ひしめきあっておるということです。ネズミです、ウースター君！　それと小型犬じゃ。それにサルの姿をも認めたとわしは考えるものです」

「へぇ？」

「あの息子がそうした生き物の施設を運営し始めたとレディー・チャフネルが話してくれたことを、今となれば思い起こせるのじゃが、あの瞬間はそれを失念しておりました。そのためその経験は、事前の警告も準備もなく、突如訪れたわけです」

「もちろんそうですとも。シーベリーは動物の交配をやってるんでした。そう話してよこしたのを思い出しましたよ。するとあなたはバケモノ動物に襲撃されたんですか？」

彼は暗闇でうごめいた。ひたいを拭《ふ》いたのだと思う。

「あの屋根の下でのわしの体験をお話ししても構いませんかな、ウースター君？」

「そうなさってください」僕は心から言った。「夜道に日は暮れませんよ」

彼はもういっぺんひたいをハンカチで拭《ぬぐ》った。

「あれは悪夢でありました。あの家に入るやいなや、まず最初に入った台所の暗い隅からわしに呼びかける声がしたものです。〈みーつけた、このとんま〉がその科白《せりふ》でありました」

「すごく馴れ馴れしいですね」

「如何《いか》なる驚愕《きょうがく》がそれによってもたらされたものかは、言うまでもないことでありましょう。わしは舌を強く嚙《か》んでしまったものです。それからその話し手がただのオウムだと判明すると、わしは急いでその部屋を出ました。と、階段にたどり着くか着かぬかのうちに、わしは見るもおぞましき物体を目にいたしたのです。小型で、背は低く、横幅の広い、がに股の、長い腕と浅黒くしわくちゃの顔をした個体でありました。そいつは何らかの種類の衣服を身に着け、端から端によろよろと、キャッキャと叫びながらすばやく歩行しておったのです。今現在の冷静な心理状態からすれば、あれはサルであったにちがいないと理解いたせるのですが、しかしあの時には——」

「なんて家だ！」僕は同情して言った。「そこにシーベリーのガキを加え入れよ、ですよ。なんて家だ！　それでネズミのほうはどうしたんです？」

「ネズミはもっと後です。すまんがわしの災難については発生順の説明にこだわることをお許し願えますかな。さもなくば理路整然とした話ができませんのじゃ。次にわしが入り込んだ部屋は、小型犬で完全に満杯でありました。連中はわしに跳びかかってきましてな、くんくんにおいを嗅いでは噛みついてきたものです。わしは逃げ出して別室に入りました。そこでこうひとりごちたものです。やれやれようやく、邪悪で不吉なこの家にあってすら、平和があるにちがいない、と。ところがウースター君、さように思ったかどうかのところで、何ものかがわしのズボンの右足に駆け上ってきましたのじゃ。わしが飛び上がって片側に着地すると、そのため何らかの箱というかケージのようなものをひっくり返しましてな、あたりは一面ネズミの大海原《おおうなばら》となったものです。わしはこの動物を激しく嫌悪いたしております。連中を払い落とそうとわしは躍起になったものです。ところがますますまとわりついてまいるのです。わしはその部屋を退散し、そして階段にたどり着くか着かぬかで、あのキチガイが現れてわしを追いかけましたのじゃ。あやつは階段を上へ下へとわしを追いかけたのですぞ、ウースター君！」

僕はよくわかるというふうにうなずいた。

「僕たちは二人ともそれを通り過ぎてきたんです」僕は言った。「僕も同じ体験をしました」

「貴君がですか？」

「そうなんですよ。奴はもうちょっとで僕を肉切りナイフで仕留めるところだったんです」

「わしに識別できた限りでは、あやつの持っておった武器はもっと斧《おの》の系統に近いものであったようでしたぞ」

「彼は刻々と変化するんですよ」僕は説明した。「今は肉切りナイフ、今度は斧、とね。汎用性の高い男なんです。芸術家気質っていうんですかね、思うんですが」

「あの男をご存じのような話しぶりですな」

「知ってるどころじゃありません。雇ってるんです。奴は僕の執事なんです」

「貴君の執事ですと？」

「ブリンクレイという名の男です。念のため言っておきますが、すぐに僕の執事じゃなくなりますから。もし僕が近寄ってクビにできるくらいにあいつが鎮静化してくれたらの話ですが。皮肉ですよね、そう考えてみると」僕は言った。哲学的な気分になっていたからだ。「つまりこういうことです。僕はこの間ずっとあの男に給料を支払ってたってことなんですよ？　言い換えれば、奴は肉切りナイフで僕を追い回して給料をもらってるってことです。もしこれが人生でないなら」感慨深げに僕は言った。「何が人生でしょうか？」

こいつを理解するには親爺さんには少しばかり時間が要ったようだ。

「貴君の執事ですと？　ではあやつはダウアー・ハウスでいったい何をしておるのですか？」

「ああ、奴は可動性の高い男なんですよ、おわかりでしょう。今はここ、今度はそこ。せわしなく動き回るんですね。遠からぬ前、奴はホールにいたんですよ」

「そんな話は聞いたことがない」

「僕もです。告白しなきゃなりません。さてと、あなたは実に強烈な夜を過ごしてらっしゃったんですね。これは長いこと効きますよ、どうです？　つまり、この先何カ月も何カ月も、これ以上の刺激は要らないってことなんですが」

「ウースター君、わしの切実な希望は、残るわが生涯がすべて静穏な単調の繰り返しで終わってくれることです。今宵、わしは人生の底にひそむ恐怖というものに気づいてしまったようです。わしの身体に、よもやもうネズミが取りついておるとは思われますまいな？」

「全部払い落としてらしたに相違ありませんよ。あなたはたいへん活発に動かれましたからね。もちろん僕は音を聞いただけですが。けれどあなたは険しい岩山を跳び渡ってたみたいでしたよ」

「確かにわしは、あのブリンクレイなる男から逃れるためには努力は惜しみませなんだ。ただ左の肩甲骨の上を何かが齧《かじ》ったような気がいささかいたしただけのことです」

「たいへんな夜でしたね、どうです？」

「実に恐ろしい夜でありました。平常の心の落ち着きを取り戻すのは容易ではありますまい。わしの脈拍はまだ高いですし、心臓の動悸《どうき》の具合も気に入らないことです。しかしながら、すべては終わりよしとなったるは何と慈悲深き幸運でありましょうか。貴君はわしが切実に必要としておった避難所を提供してくれることでありましょう。そして少々の石鹸と水の助けを得るならば、この不快な焼きコルクを洗い落とすことができようというものです」

「そいつは石鹸と水じゃあ落とせませんよ。やってみたんです。バターを使わなきゃだめです」

「さような相違は重要でないと思われますぞ。もちろんバターはお持ちでしょうな？」

「すみません。バターはないんです」

「貴君のコテージにバターはあるはずでしょうが」

「ないんです。なぜでしょう？　実はコテージがないんですね」

「おっしゃることがわかりませんな」

「燃えてなくなっちゃったんです」

「なんですと？」

「そうなんです。ブリンクレイがやったんですよ」

「なんともはや！」

「いろんな意味で、厄介ですよね。告白しますが」

彼はしばしの間、無言だった。胸のうちであれこれ考えているのだ。こっちの角度から見て、そっちの角度からも見て、とかそんなふうにだ。

「貴君のコテージが燃え落ちたというのは本当ですかな？」

「灰の山ですね」

「それでは何としたものでしょうか？」

希望の曙光《しょこう》を指摘してやる時だと思われた。

「元気を出してください」僕は言った。「コテージの件では僕らは恵まれていません。ですがバターをめぐる状況はかなり明るいと、嬉しいことに言うことができます。今夜は手に入りません。でもそれは朝に訪れるんです［『詩編』三〇・六］。いわゆるですが。牛乳配達がやってき次第、ジーヴスがそれを持ってきてくれるんですよ」

「しかしわしはこんな状態で朝まではおられん」

「それが唯一の方策なんです、残念ですが」

彼はじっと考え込んだ。暗闇の中では見えにくかったが、おそらくは不満げにだと思う。彼の傲《ごう》慢《まん》な精神がいささか苛立《いらだ》ったみたいにだ。有用で堅実な思考も働かせていたにちがいない。なぜなら突然、彼はアイディアを得て生気を取り戻したからだ。

「貴君のコテージには——車庫がありましたかな？」

「ええ、ありますよ」

「それも焼け落ちたのですかな？」

「いいえ、ホロコーストは逃れたものと思いますよ。大火事の現場からはだいぶ離れてましたからね」

「そこに石油はありますかな？」

「ええ、ありますとも。石油ならどっさり」

「ああ、それならばすべてよろしい、ウースター君。石油はバターと同様に有効なクレンジング剤となるものと、わしは確信しておりますのじゃ」

「でもだめです。僕の車庫には行かれませんよ」

「どうしてですかな、どうか頼みますぞ」

「あー、わかりました。結構です。そうなさりたければ、どうぞ。でも僕はご免です。僕にはお話しする覚悟ができていないある理由のため、僕は今夜の残りはホールの大芝生のサマーハウスで過ごそうと思います」

「貴君はわしといっしょには来られんのですか？」

「すみませんが、行きません」

「それではおやすみなさいじゃ、ウースター君。お休みになられたいところを、いつまでも邪魔するわけにはいかんですからな。過酷な状況にあって貴君がさしのべてくれた助力には多大の感謝を捧げるものですぞ。これから我々はもっとお互いを知り合わねばなりませんな。後日いっしょに昼食をいたしましょう。それで貴君の車庫への接近方法はいかがしたものですかな？」

「窓を壊さないといけませんね」

「ではさようにいたしますぞ」

彼は行ってしまった。気力と決意をみなぎらせつつだ。そうして僕は、オツムをおぼつかなげに一振りすると、サマーハウスに向かってぼちぼちと歩き出した。

17. チャフネル・ホールの朝食時

サマーハウスで一夜を過ごされたことがおありかどうかはわからない。もしおありでないようだったら、実験はお避けになられるべきである。友達に勧められるようなことではない。サマーハウスで眠るという件に関しては、僕は何ものも恐れることなく意見を述べたい。僕に究明し得た限りでは、そんな真似のどこにもひとつだって魅力的なところはない。肉質部位に必然的に生じる不快は別にしても、寒さがあるし、また寒さを別にしたって精神的苦痛というものがある。今までに読んだ怪談がぜんぶ寄ってたかってかろやかに行き過ぎてゆくのだ。とりわけ翌朝になったらその男は完全に死んで見つかった、死体には何の痕跡もなく、しかしその目には恐怖と戦慄《せんりつ》がたたえられていた、それで探索隊はちょっぴり息を吸い込んで顔を見合わせ、「なんてこった、ホー！」と言ったのだった、とかいうので知ってるやつはぜんぶだ。いろんな物がキーキーときしみ音をたてる。忍びやかな足音が聞こえたような気がする。骨と皮ばかりに痩《や》せこけた手が、闇の中から相当数あなたに向けてさしのべられている。それで、すでに述べたように寒さはものすごく厳しくて肉質部位はとっても不快なのだ。これらみなすべてきわめて不愉快な体験であるし、分別ある者ならば避けるべきである。

それで僕の場合、このことを痛恨きわまりなくさせたのは、恐れ知らずのグロソップの奴について車庫に行くだけの度胸がもし僕にあったなら、変なにおいのするこんな建物にひとりぼっちにされて壁の隙間《すきま》を風がヒューヒューうなって吹き過ぎる音を聞いてなんかいる必要はなかったのだ、との思いであった。つまりだ、車庫に着きさえすれば、僕は顔の汚れを落とせるだけでなく、そこに止めてあるお気に入りのツーシーターに飛び乗って、ロンドン目指して道路をひた走り、ジプシーの歌なんぞを口ずさんでいることだってできたはずなのである。

それで僕にはただ勇気を奮ってそいつに飛びつくことができなかったのだ。車庫は危険地帯のど真ん中だと僕は思った。ヴァウルズ＝ドブソン線の内側である。それで僕はヴァウルズ巡査部長に出くわして勾留《こうりゅう》され尋問を受ける可能性にどうしたって絶対に立ち向かえなかったのだ。昨夜の彼との会見は僕の意気を粉々に打ち砕き、その結果僕はこの法の地獄の番犬を、とめどなくうろつきまわる眠らぬ徘徊《はいかい》者で、彼がいなければいないほどいいという、まさしくそういう瞬間に必ずや跳んで姿を現す人物である、と、そうみなすに至ったのだった。

そういうわけで僕は今いる場所に留まった。僕は身体をグイっと引き起こして四十六番目のポーズに移った。四十五番目までのポーズに比べて肉質部位が楽になるようにとの希望を抱きつつだ。そうして夢見ぬまどろみを得ようともういっぺんやってみた。

いつも僕には驚きなのだが、人というのはそもそもどうやってこんな状況で眠ったりができるものなのであろうか。僕としては、初期の段階でそんな希望は捨ててしまっていたし、したがってズボンのお尻にまんまと嚙《か》みついたヒョウを追い払おうと躍起になっていたところで突然目が覚めてそれがただの夢にすぎず、現実に僕の周りにご参集の皆様方の間にヒョウはいないようで、太陽は高く昇り新しき一日が始まっていて辺りの芝生ではもう早起き鳥が朝ごはんを食べていてとんでもなく騒ぎ立ててもいたということに気づくに及び、誰より驚いたのはほかならぬこの僕であった。

僕はドアのところに行って外を見た。本当に朝が来ただなんてまったく信じられなかった。空気は冷たくすがすがしく、芝生を渡って長い影が伸びていて、それで一切合財すべてがいっしょになって魂を素敵に刺激して、僕の立場に置かれた男の多くが靴下を脱ぎ捨てて朝露の中でリズムダンスを踊らずにいられないような、そんなふうだったのだ。僕は実際にそうしたわけではないが、しかし気分は少なからず高揚しており、それで読者諸賢におかれては、結局僕の精神はすごく純粋で、世俗的な部分をぜんぜんもたないのだとおっしゃりたくなるかもしれないが、その時あたかもおなかのやつが一気に昏睡《こんすい》状態から目覚めたみたいで、次の瞬間僕は、今生《こんじょう》においても来世においても、この世界で大切なのは一リットルのコーヒーと皿の上に積み重ねられるだけ積み重ねたエッグス・アンド・ベーコンだけだ、というふうに感じていたのだった。

朝食というのは不思議なものだ。ベルを押すだけで家内奉公人が駆けつけて、メニューにあるものはオートミールからジャム、マーマレード、ポッテット・ミートにいたるまで何でも差し出してくれるというときには、コップ一杯の炭酸水と一枚のラスクしか目に留まらない。で、それが手に入らないとなると、動物園の職員が昼ごはんの銅鑼《どら》を打ち鳴らしだした時のニシキヘビみたいな心持ちになるのだ。僕について言えば、概して饗宴には無関心できたほうだ。つまりだ、朝の紅茶をいただいて、いろんなことどものことをちょっぴり考え終えてからでないと、僕はいわゆる朝食コンシャスな男にはなれないのである。それで僕の見解に生じた途方もないまでの変化をご説明するには、さほど遠からぬところに若い家禽《かきん》の類いが一羽いてピンク色のミミズを引きずりだしていたのだが、僕はその食卓によろこんで列なりたいくらいだったと述べるのが一番よろしかろう。実際、この時だったら僕はハゲタカといっしょの持ちよりパーティーにだってでかけられたと思うのだ。

僕の時計は止まっていたから、今が何時かはわからなかった。また、ジーヴスがいつ僕との逢瀬《おうせ》の約束を果たしにダウアー・ハウスに向かうつもりでいるのかもわからなかった。彼が今まさにその地に向かう途中で、それで僕が見つからなかったら、今日はツイてないなんて思ってそれで電光石火の早業で、チャフネル・ホールの裏側のどこかに隠遁《いんとん》してしまうやもしれないとの思いは、僕はすごくひどく大あわてさせた。僕はサマーハウスを出、一目散に灌木《かんぼく》の茂みに向かい、レッドインディアンみたいに小径を蹂躙《じゅうりん》しながら、終始うまく姿は隠しとおして前進した。

それから僕はホール脇をぐるりと航行し、広々とした場所に突撃を加えるべく身構えた。と、朝食室のフランス窓越しに、大いに心動かす光景を見たのだった。実際、それは僕の魂の深淵に直接呼ばわってよこしたといってもあながち過言ではない。

その部屋の中では、小間使いがテーブルに大型のトレイを置いているところだった。陽光が射し込み、小間使いの髪を明るく照らしていた。そのとび色の色合いから推《お》して察するに、この娘はメアリーにちがいないと僕は結論した。ドブソン巡査の婚約者だ。いつか別の時であればこの事実は関心を惹《ひ》いたことであろう。だが僕はこの娘を批判的検討に曝《さら》し、巡査の引いたくじが当たりかはずれかを確かめてやろうという気分に今はなれなかった。僕の注目はすべてそのトレイに振り向けられていたのだ。

それは満載のトレイだった。コーヒーポットがあったし、かなり大量のトーストもあった。そしてさらにまた蓋《ふた》のかぶさった皿も載っていた。僕の心の琴線に触れたのはこの最後の皿であった。

その蓋の下には、卵があるかもしれないし、ベーコンがあるかもしれないし、ソーセージがあるかもしれないし、キドニーがあるかもしれないし、あるいはキッパー［キッパード・ヘリング の略称。燻製ニシン］があるかもしれない。僕にはわからない。だがそこにあるのが何であれ、バートラムには結構である。

僕は計画を立案し、作戦を策定し終えた。娘はそろそろ部屋を出る頃合だ。この困難な任務遂行のための時間はおそらく五十秒ほどであろうと僕は見積もった。さっと入り込むのに二十秒は取りたい。ブツをかっさらうのに三秒。茂みに戻るのにもう二十五秒だ。これで作戦成功間違いなしだ。

ドアが閉まった瞬間、僕は一目散に疾走した。誰かに見られるかどうかなどほとんど気にしなかった。また、思うのだが、もし目撃証人がいたとしても、彼らが目にできたのは何かぼんやりかすんだような影でしかなかったことだろう。第一の行程はゆうに想定時間内に収め、まさにトレイに手を掛け、そいつを持ち上げて運び出そうとしたところで、ドアの向こうから足音が聞こえてきた。

敏速な思考が必要な時であった。そしてそういうときこそ、バートラム・ウースターはその真価を発揮するのである。

この朝食室は、述べておくべきだったが、ドゥワイトとシーベリーのガキが画期的ないさかいを起こした小さな朝食室ではない。実際、僕はそれを朝食室呼ばわりすることで、読者をミスリードしていたとすら言える。それは本当のところ書斎とか執務室とか言うべき場所で、チャッフィーが領地の管理とか請求書を合計したりとか、農器具の費用がかさんでいる件についてよくよ考えたとか、賃借人が家賃をもうちょっと安くしてもらえないかとか頼んできた時に断るとか、そういうことをしている部屋だ。それでそういう仕事はかなり大型の机がないとできないわけだから、チャッフィーは実に幸運にもそういうのをひとつ置いている。そいつは部屋の片側の壁に横付けされていて、さながら僕を差し招いているように見えた。

二秒半後、僕はその後ろに回り、敷物に腹ばいになって皮膚呼吸だけで息をしようと躍起になっていた。

次の瞬間、ドアが開き、誰かが入ってきた。脚が床を横切り、机に近づいて、それから僕は見えざる手が電話の受話器を外すカチリという音を聞いた。

「チャフネル・レジス、二—九—四」その声は言った。その声がかつて過去において何度も手を握り交わした人物——要するに、困ったときの友の——ものであることを認めたときの、突然怒濤《どとう》のごとく沸き起こった安堵《あんど》の念をご想像いただきたい。

「おーい、ジーヴス」僕は言った。びっくり箱みたいに飛び出しながらだ。

ジーヴスを動揺させることなどは不可能だ。下働き女中がヒステリーを起こし、貴族の一員が跳び上がって震えたというときに、彼はただ僕をうやうやしく心静かに見やっただけで、礼儀正しいおはようございますの挨拶《あいさつ》の後は、目下の仕事を続けただけだった。彼はきまり正しくことを進めるのが好きな人間なのだ。

「チャフネル・レジス、二—九—四？　シーヴュー・ホテルでしょうか？　サー・ロデリック・グロソップがご在室かどうかをお知らせ願えましょうか？……いまだお戻りではない、と……有難う存じます」

彼は受話器を置いた。そしていまや、思う存分元若主人様に注目できる態勢となった。

「おはようございます」彼はもう一度言った。「こちらでお目にかかろうとは予期いたしておりませんでした」

「わかっている、だけど……」

「ダウアー・ハウスにてお逢いするお約束と存じておりました」

僕はちょっぴり身震いした。

「ジーヴス」僕は言った。「ダウアー・ハウスについて一言だけ話したら、その件は永久にお蔵入りにしよう。君がよき意図でいてくれたことはわかっている。僕をあそこに送りつけたときの君の動機が最後の一滴まで清らかなものであったことが、僕にはわかっている。それでも君が僕を、激しい戦闘の最前線に派遣したという事実は残るんだ。あの恐怖の館に誰が潜んでいたと思う？　ブリンクレイだ。斧《おの》で完全武装してな」

「さようにお伺いいたしましてたいそう遺憾と存じます。といたしますと、昨夜はそちらではお寝みになられなかったのでございましょうか？」

「そうだ、ジーヴス。あそこで寝てはいない。僕が眠ったのは——あれを眠ったと呼ぶならばだが——サマーハウスの中でだ。そうして君を探そうと、植え込みの中をそっと這《は》い進んでいたところなんだ。そしたらメイドがここのテーブルの上に食べ物を載せているのが見えた」

「閣下のご朝食でございます」

「奴はどこだ？」

「まもなくおいであそばされることでございましょう。奥方様がシーヴュー・ホテルに電話するようわたくしにお命じあそばされましたことは、はなはだ幸運でございました。さもなくばご連絡にいささかの困難を伴ったやもしれません」

「そうだ。ところでさっきの件はいったい何だ？　シーヴュー・ホテルのことだが」

「奥方様はサー・ロデリックのことをいささかご心配あそばされておいでなのでございます。振り返ってみれば昨晩あの方に対し適切な態度をおとりあそばされなかったとの結論に、ご到達されたものと拝察申し上げます」

「今朝は母性愛のほうはそんなに激しくないんだな」

「さようでございます」

「それで〈スグ帰レ、スベテ許ス〉ってわけなんだな？」

「まさしくさようでございます。しかしながら残念なことに、サー・ロデリックの行方は知れません。また我々にはあの方に何が起こったかに関する何らの情報を得るすべもないのでございます」

　無論、僕は説明し、ことをつまびらかにできる立場にあった。それで僕は遅滞なくそうしたのだった。

「彼なら大丈夫だ。ブリンクレイとの血沸き肉躍る会見の後、石油を入手すべく僕のうちの車庫に向かった。それでバターと同じようにきれいにできるって彼は言うんだが、それは正しいかな？」

「さようでございます」

「とすれば今頃はもうロンドンに向う途中だろう。帝都到着はまだとしてもだが」

「ただちに奥方様にさようにお伝え申し上げます。当該情報は奥方様のご心配を顕著に軽減いたすことでございましょう」

「彼女はまだ彼を愛していて、アマンド・オノラーブル、すなわち公式の謝罪をしたがっていると君はほんとうに思うのか？」

「あるいはオリーブの枝でございましょうか？　さようでございます。少なくとも、奥方様のご態度より、さようにに拝察をいたしております。すべての愛と尊敬がふたたび活動を開始したとの印象を、わたくしは得ておりますものでございます」

「そう聞いて僕はとっても嬉しいぞ」僕は心の底からそう言った。「というのは、ジーヴス、君と最後に会ってから、グロソップに対する僕の感情は完全に変わったんだ。彼にはずいぶんといいところがあるってことが、いまや僕にはわかっている。静かなる夜の帳《とばり》のうちで、僕らは美しき友情と言って決して過言でないものをはぐくんだ。僕らはお互いの隠れた美点を発見した。そうして彼は昼食の招待を僕に降り注ぎつつ去っていったんだ」

「さようでございますか?」

「断然そのとおりだ。これから先、グロソップの巣穴《すあな》には、いつだってバートラムのためのナイフとフォークが備え置かれることだろう。ロディのため、バートラムの家でもおんなじだ」

「まことに喜ばしきことでございます」

「まったくだ。そういうわけだから、近い将来レディー・チャフネルと話をするときには、お二人のご縁組を僕は完全に是認し、賛成するものだと伝えてもらってかまわない。しかし、ジーヴス」僕はさらに続けた。現実的な語調に立ち戻りつつだ。「そんなのはみんな重要じゃない。主たる問題は、僕は切実に滋養物を必要としているということだ。そして僕はそのトレイが欲しい。だからそれをこっちにさっさと渡してくれないか」

「あなた様は閣下のご朝食を召し上がろうとご提案されておいでなのでございましょうか?」

「ジーヴス」僕は感情的になって言った。それでもう少しでこう付け加えるところだった。すなわち、もし僕があの朝食に何をしようと提案しているかに関して何か疑問があるというなら、片側に退いて僕が行為に及ぶ様を観察し、その疑問を払拭《ふっしょく》すればいいじゃないか、と。そのとき僕はまたもや外の廊下で足音がするのを聞いた。

したがって、この線で話をする代わりに、僕は青ざめた。顔じゅうが靴墨で覆われているときに青ざめうる限りでだ。そして短い心からの叫びはそれで中断したのだった。ふたたび僕は、このシーンからの消滅が緊急課題となったことを理解した。

申し上げておかねばならないが、その足音は、堅固かつ頑丈で靴サイズ十一号タイプの足音であった。したがって向こうに立っているのはチャッフィーであると想定するのが自然である。そして言うまでもないが、チャッフィーとの対面は僕の方針とはなじまない。すでにじゅうぶん明瞭に示唆したと思うのだが、奴は僕の目的と目標に共感を抱いてくれてはいない。昨夜の会見から、奴のことを本質的に対抗勢力、すなわち敵対分子で危険人物であると考えるべきだということが僕にははっきりわかった。もし奴が僕をここで発見したら、奴は騎士道的熱情でもって僕をどこかに幽閉し、ストーカーの親爺《おやじ》にちょっとうちに寄って持ち帰ってくれと連絡するであろうことが僕にはわかっている。

したがって、ドアの取っ手が回るずっと前に、僕は深淵の底にアヒルみたいに飛び込んだのだった。

ドアが開いた。女性の声がした。間違いなく未来のドブソン巡査夫人の声である。

「ストーカー様」その声は宣言した。

大きく、扁平な足が室内にどすどす歩き入ってきた。

18. 書斎における黒い仕事

僕は防御柵の後ろにちょっぴり窮屈に身を押し込んだ。あまりよくない、よくないな、と僕の耳元で声がささやいているみたいだった。起こりうる不快な偶発事態中、これが最大のシロモノだと思われた。チャフネル・ホールを批判してどれだけ言うとしても——また近時の出来事は僕の目に映るその魅力を少なからず減じるものであったが——この館を擁護して少なくともひとつは言ってやることができる。すなわち、その家屋内でＪ・ウォッシュバーン・ストーカーと出くわす可能性は皆無《かいむ》である、と。それで、終始ゼリーになったみたいな気分で過ごしきたにもかかわらず、まったく正当化の余地なき侵入と僕が考える行為に対し、なおも僕には相当量の真正直な義憤を感じることが可能であった。

つまりだ、英国の大邸宅で威張り散らしたあげくに、そこの住人をしかりつけ、そのうちの敷居は二度とまたぐものではないと断固として宣言したならば、二日もしないうちにそこがまるで足ふきマットに〈いらっしゃいませ〉と書かれたホテルか何かみたいにぶらぶらやってくる権利は彼にはない。僕はこのこと全体に憤慨した。

僕はまた、ジーヴスがこの事態にどう対処するものかとも思っていた。ストーカーみたいに抜け目のない人物であれば、もうそろそろ僕の逃走の背後にはブレインがいることに気づいていようし、それでそのブレインを暖炉の前の敷物上に飛び散らせるための暫定措置をひとまず取ろうとしているということも十分にありそうである。御大《おんたい》が話した時、その声は疑問の余地なく何かそういうような思いがその念頭に去来していることを示唆していた。それは厳しく熱狂のこもった声で、それで会話の口切りに彼が実際に言ったのは「ああ！」だけであったのだが、断固たる決意にあふれる人物というものは、ただの「ああ！」にだってたくさんの意味が込められるものなのだ。

「おはようございます」ジーヴスが言った。

机の後ろに身を丸めて横たわることには、二つの側面がある。それには利点があり、欠点がある。人目を忍ぶ逃亡者の観点のみからするならば、無論、結構である。しかし、これに対して、それが観衆としての能力を疑問の余地なく阻害するという事実を比較考量しなければならない。いまやその印象は無線で寸劇を聴くのとおんなじような具合だった。声は聞こえる。しかし演技表現はわからない。それを見るためなら多くを投げ出したってかまわないと僕は思った。もちろんジーヴスの演技表現ではない。ジーヴスはそんなのは絶対にやりはしないからだ。だがストーカーの演技表現のほうは、さりげない一瞥《いちべつ》で済ますより、はるかに価値がありそうだ。

「そうか、お前はここにいたのか」

「さようでございます」

次の演目は訪問者によるものすごくいやったらしい笑いだった。強くて、短くて、鋭いやつだ。

「わしがここに来たのはウースター氏の所在に関する情報を得たかったからじゃ。チャフネル卿がおそらく彼に出会っているやもしれんと思ったのでの。ここでお前に会おうとは予想してはおらなかった。いいか、聞くんじゃ」ストーカー病が言った。突如温度を上げながらだ。「わしがお前にどうするつもりか、わかるか？」

「いいえ」

「お前の素っ首をへし折ってやる」

「さようでございますか？」

「そうじゃ」

僕はジーヴスが咳払いするのを聞いた。

「いささか極端ななされようではございますまいか？　わたくしが——いささか唐突に、その点は認めるものでございますが——あなた様の雇用下を離れ、閣下の雇用下へと戻るべく決断いたしたという事実があなた様のご不興を惹《ひ》き起こそうとは理解いたしておりましたところでございます。しかしながら——」

「わしが何の話をしているかはわかっているはずじゃ。それともお前はわしのヨットからウースターの野郎を密輸し去ったのは自分だということを否定する気か？」

「いいえ、さようなことはございません。わたくしはウースター様の自由の回復に助力いたしたことを、認めるものでございます。あの方とのご会談の過程で、ウースター様は権限なく当該船舶内に監禁されておいでとの情報を伺いましたからでございます。したがいまして、あなた様の最善の利益がため、わたくしはあの方を解放申し上げたのでございます。ご想起をいただけましょうか。あの折、わたくしはあなた様の雇用下にありましたゆえ、あなた様をきわめて重大な難事よりお救い申し上げることがわたくしの義務であると思いいたしたものでございます」

無論僕には何も見えなかった。だがこの発言の最中に御大が発した一定量のゴボゴボ音やら鼻を鳴らす音やら何やらから、もっと早くに彼が発言したがっているとの印象を僕は得ていた。僕は彼にそんなのはやったって無駄だよと言ってやりたかった。ジーヴスが重要だと感じている事柄に関して何か言いたいというとき、彼のスウィッチを切るなどは不可能である。スタンバイして彼が話しきるのを待つしかないのだ。

しかし、彼が話しきった今となっても、すぐさま第二当事者が反論というようなことを何かしら開始するというふうにはならなかった。思うに、ジーヴスの短いトークの内容が彼に思考の糧を提供したものであろう。

このとき、僕の考えが正しかったことがわかった。ストーカーの親爺《おやじ》はしばらくの間ちょっぴり緊張した面持ちで息を吸い込み、それから畏《おそ》れかしこまんばかりの口調で話し出した。ジーヴスに盾つく者はしばしば皆そんなふうになる。彼はいつだって新たな視点を提示してみせてしまうのだ。

「気が違っておるのは君か、それともわしなのか？」

「さて？」

「わしを救う、と君は言ったのではないかな、何からじゃ――？」

「ご難事のことでございましょうか？　さようでございます。わたくしは権威をもって断言はいたしかねますが、と申しますのはウースター様がご自分の意思にてヨットにご乗船あそばされたという事実が、どの程度陪審に考慮されるものかわたくしにはしかとは判断いたしかねるからでございますが――」

「陪審じゃと？」

「――しかしながら、下船なさろうとのあの方の明示的意思にもかかわらず当該船舶内に監禁したる行為は、誘拐罪を構成いたすものと拝察されるところでございます。無論お気づきとは存じますが、当該行為はたいそう重く処罰されるものでございます」

「だが待った、聞いてくれ――！」

「英国は厳格なる法治国家でございます。あなた様の母国においてはお咎《とが》めなく看過されうる行為が、当地にては最大限の峻厳さをもって処断されるのでございます。法の詳細に関するわたくしの知識は遺憾ながらごくわずかでございますゆえ、ウースター様のお身柄の監禁が刑法上の犯罪を構成し、したがって懲役刑を科されるか否かに関しましては、完全なる確信をもって断言申し上げることはいたしかねます。しかしながら、もしわたくしの介入のなかりせば、当の若紳士様が民事上の訴訟を提起して莫大額の損害賠償金の支払いを要求なされるは必定でございましょう。したがいまして、あなた様の最善の利益を考慮し、わたくしはウースター様を解放申し上げたものでございます」

沈黙があった。

「かたじけない」ストーカーの親爺は穏やかに言った。

「滅相《めっそう》もないことでございます」

「たいそうかたじけない」

「わたくしは最悪の事態を回避しうる唯一の方策と考えた行為をいたしたまででございます」

「まことにもって有難いことじゃった」

どうしてジーヴスが伝説や歌に留められていないのかがわからないと、僕は言わねばならない。

ダニエルは伝説になった。ライオンの巣穴に半時間かそこら入って物言わぬお仲間と友好と親善のうちに別れたところを買われたせいでだ。それでもしジーヴスがたった今やったことが、そういう偉業より上位に格付けされるべきでないと言うなら、僕に判定者たる資格はない。五秒もしないうちに、彼はストーカーの親爺を飢えた人間ヤマネコから、好ましい家庭内ペットに変貌させた。自分でこの場にいてじかに耳にしたのでなければ、そんなことが可能だなんて僕には信じられなかったことだろう。

「その点を考慮しておるべきじゃった」ストーカーの親爺は言った。さらに穏やかさを増しながらだ。

「さようでございました」

「わしはその件についてそういう見方はしておらなかった。そうじゃの。わしはこの件について考えねばならん。散歩に出て、自分の頭でじっくり考えてみねばならん。チャフネル卿はウースター氏に会われてはおらんのじゃな、どうかな？」

「昨夜以降、お目にかかられておいでではあそばされません」

「ああ、昨夜は会われたのか、そういうことじゃな？　ウースター氏はどちらの方向に向かわれたかの？」

「ウースター様におかれましては、ダウアー・ハウスにて一夜を明かされ、本日ロンドンにお発ちのご所存と拝察いたします」

「ダウアー・ハウスじゃと？　庭園の向こうの家じゃな？」

「さようでございます」

「ちょっとのぞいてみよう。わしが第一にすべきは、ウースター氏と話し合いをすることだと思われるのじゃ」

「おおせのとおりでございます」

僕は彼がフランス窓を通り抜けて外に出てゆく音を聞いた。しかしそれからひとしきり間が過ぎるまで、もう水面に浮上してよしとは思われなかった。そろそろ警戒警報解除と考えて適当な頃合になって、僕は机の上に頭を突き出した。

「ジーヴス」僕は言った。それでそのとき僕の目に涙がたたえられていたとして、それが何であろう？　我々ウースター家の者は率直な感情を吐露することを恐れない。「君みたいな男はいない、いるもんか」

「さようにおおせいただき、まことにご親切至極なことでございます」

「それが外に飛び出していって君の手を握らずにいるために、僕に唯一できることなんだ」

「現状況におきましては、さようにあそばされぬが賢明と思料いたします」

「僕もそう思った。君の父上はヘビ使いだったりはしなかったかな、どうだ、ジーヴス？」

「さようなことはございません」

「ふとそうじゃないかって思っただけだ。ストーカーの親爺がダウアー・ハウスに行ったら、どういうことになると君は思う？」

「我々にはただ憶測しうるのみでございます」

「僕が恐れてるのは、ブリンクレイが寝て起きたら、もう酔いが冷めてるんじゃないかってことだ」

「さような可能性もございましょう」

「それでもだ、あそこにあいつを送りつけてくれたのは親切なことだった。我々としては最善を願うのみだ。結局のところ、ブリンクレイはまだあの斧《おの》を持ってるんだしな。さてと、君はチャッフィーが確かにやってくると思うんだな?」

「いまこの時にもと、拝察いたします」

「それじゃあ僕が奴の朝食を食べることを、君は勧めてはくれないんだな?」

「さようでございます」

「だけど、僕は飢え死にしそうなんだ、ジーヴス」

「はなはだ遺憾と存じます。ただいまの状況はいささか困難でございます。疑問の余地なく、後ほどにはあなた様のご苦境を緩和申し上げることができようかと存じます」

「君は朝食は済ませたのか、ジーヴス?」

「はい」

「何を食べたんだ?」

「最初はオレンジジュースでございました。続きまして『キュート・クリスピーズ』なるアメリカ製のシリアル。それからベーコンを添えたスクランブルド・エッグスと、さらにトーストとマーマレードでございます」

「いいなあ! それでもちろん、それらを全部、力の出る一杯のコーヒーと共に流し込んだんだな?」

「さようでございます」

「なんてこった！　君は本当に、ソーセージを一本失敬するのもだめだって思うのか？」

「さようなことはけっしてご推奨申し上げるところではございません。なお、些細《ささい》な点ではございますが、閣下がご朝食にお召し上がりになられるのはキッパーでございます」

「キッパーだって！」

「さてと、ただいま閣下がお越しになられたものと存じます」

そういうわけでバートラムはふたたび下層に身を沈める次第となった。それで僕が窪みに身体を押し込みきれずにいるうちに、ドアが開いた。

声がした。

「あら、ハロー、ジーヴス」

「おはようございます、お嬢様」

それはポーリーン・ストーカーだった。

僕はいささか気分を害したと言わねばならない。チャフネル・ホールは、その他の欠点はともかくも、すでに指摘したように完全にストーカー家の人々からは解放されているはずである。だのに連中ときたらここにいて、ネズミみたいに家じゅうを席捲《せっけん》している。何かが僕の耳元で呼吸していて、それで振り返ってみたらドゥワイトのガキがいた、というふうになることを僕は覚悟した。つまりだ、僕は——苦々しい思いでだ、その点は認めるものだ——これからストーカー家のオールド・ホーム・ウィークが始まるというなら、それはそれで完璧なものであって欲しいと思った、と、そういうことだ。

ポーリーンは元気はつらつと鼻をくんくんさせた。

「この匂いは何、ジーヴス？」

「キッパード・ヘリングでございます、お嬢様」

「誰のなの？」

「閣下のでございます、お嬢様」

「まあ。あたし、まだ朝ごはんを食べてないの、ジーヴス」

「さようでございますか、お嬢様？」

「そうなの。お父様ったらあたしのことをベッドから引きずりだして、道中ぜんぜん目も覚めないっていうのにここまで引っぱってきたの。お父様、ものすごく興奮してらっしゃるのよ、ねえジーヴス」

「はい、お嬢様。ただいまわたくしはストーカー様とご面談をいたしたところでございます。あの方はいささかお気の昂《たか》ぶったご様子でおいであそばされました」

「ここへくる途中ずっと、お父様ったらあなたを今度見つけ出したらどうしてくれようって話してらしたのよ。それであなた、いまお父様と会ったって言ったわね。何が起こった？　お父様、あなたを食べちゃったりはしなかったの？」

「いいえ、お嬢様」

「それじゃあきっとダイエット中なんだわね。さあてと、それじゃあお父様はどこへ行ったのかしら？　ここにいるって聞いてきたんだけど」

「ストーカー様はつい先ほど、ダウアー・ハウスご訪問の意図をもってこちらをご出立あそばされたところでございます。彼《か》の地にウースター様がおいでと期待されてのことと拝察いたします」

「誰かあの可哀そうなおバカさんに警告してあげなきゃいけないわね」

「ウースター様のことをご心配されるには及びません、お嬢様。あの方はダウアー・ハウスにはおいであそばされませぬゆえ」

「彼、どこにいるの？」

「別所でございます、お嬢様」

「彼がどこにいるか気にしてるってことじゃないのよ。あなた、あたしが昨日の晩、あたしはバートラム・W夫人になるつもりだって話したの憶《おぼ》えてる？」

「はい、お嬢様」

「ところが、ならないの。だから結局のところ結婚祝い品を買うお金を寄せといてもらう必要はなくなったってことね。あたし、考えを変えたの」

「さようにお伺いいたしまして、深甚に存じます」

僕もだ。彼女の言葉は僕の耳には音楽に聴こえた。

「うれしいですって？」

「さようでございます、お嬢様。果たしてこのご縁組がご成功かどうか、わたくしは疑問に思いいたしておりました。ウースター様は好ましい紳士でおいであそばされますものの、わたくしはあの方を、本質的に、生まれついての独身者と評するものでございます」

「精神的にとるに足らないのは別にしてってこと？」

「ウースター様におかれましては、時折きわめて抜かりないお振舞いがおできであそばされます、お嬢様」

「あたしだってそうよ。だからあたしは、お父様がどんなに怒って頭を破裂させようと、あの可哀そうな迫害された仔ヒツジちゃんとは結婚しないって言うんだわ。どうしてあたしがそんな仕打ちをしなくちゃいけないことがあって？　あたしあの人になんにも悪意を抱いてるわけじゃないのよ」

一呼吸休止があった。

「あたし、たったいまレディー・チャフネルとお話ししてきたの、ジーヴス」

「はい、お嬢様」

「あの人も家庭の問題をちょっぴり抱えてるみたいだわね」

「さようでございます、お嬢様。奥方様とサー・ロデリック・グロソップとの間に、昨夜いさかいがございました。ただいまはかように申し上げられますことを大変よろこばしく存ずるものでございますが、奥様におかれましては同問題に再考を加えられ、当の紳士様とのご関係を険悪ならしめたことは誤りであったとご判断あそばされた由にございます」

「人は物事を考え直すものよね、そうじゃなくて？」

「ほぼ常に変わらず、さようでございます、お嬢様」

「それに関係の悪化が、その再考を促さないんだったら、そんなことに何の意味があるのかしらってことよ。あなた、チャフネル卿とは今朝会ってないの、ジーヴス？」

「お目にかかっております、お嬢様」

「あの人、どんなふうだった？」

「いささかご心痛のご様子と、拝見いたしました」

「そうなの？」

「はい、お嬢様」

「ふーん、そう。さてと、あたしあなたの職業上の義務を邪魔しちゃいけないわね、ジーヴス。さあ、お仕事の真ん中に戻ってちょうだいな、あたしのことは構わないから」

「有難うございます、お嬢様。それでは失礼をいたします」

ドアが閉まってもしばらく僕は微動だにせずにいた。僕は本件事態の状況を思慮深き検討に付していた。ある程度、安堵《あんど》の念は稀少なワインのごとく血管をジンジンさせ、満足と精神的高揚とをもたらしてくれていたと言えよう。彼女の言葉を考量し、曖昧《あいまい》さや不分明さを伴わぬ、可能な限りに平明な言葉でもって語るなら、ポーリーンというこの娘は、父親の最大限に激烈な措置をもってしても、無理やりブライダル・ベールをかぶらされて僕と並んで祭壇に向かわされたりなんかはしないと述べたところなのだ。ここまではこれでよしである。

しかし彼女は自分の父親の説得能力を十全に評価しているだろうか。その点を僕は自問したものだ。本当に絶好調のときの彼の姿を彼女は見たことがあるのだろうか？　シーズン真っ只中の絶好調にある時、彼にどれほどの破壊力が持てるものかを彼女は理解しているのだろうか？　換言すれば、彼女は自分が何に立ち向かっているのかを理解しているのであろうか。そして、威勢ほとばしる時のJ・ウォッシュバーン・ストーカーの策謀を挫《くじ》かんとすることは、ジャングルに分け入り、最初に出遭ったヤマネコのつがいに飛びかかるに等しいということを、彼女は承知しているのであろうか？

僕の歓喜の思いを完璧たらしめることを阻止したのは、この考察であった。彼女の父親みたいなこんなクソいまいましい退職海賊親爺に盾つこうとは、このか弱い女の子は頭がイカレちゃったんだと僕には思われたし、結婚計画への抵抗はむなしく終わろうとも思ったのだった。

そういうわけだから僕はそんなふうに思いにふけっていた。と、突然、コーヒーがカップに注がれる音を聞いたのだった。一瞬後、ドレクスデール・イェイツであれば金属質の響きと呼ぶであろうような音がして、そして深く心動かされつつ、僕は、ポーリーンが、そのトレイを見ているのにもはや耐えきれず、湯気立つコーヒーを自分で注ぎ、キッパーに取りかかったのだと理解した。ジーヴスの情報の正しさには、もはやいかなる疑問の余地もなかった。祝禱《しゅくとう》のごとく僕の許に漂いきたのは、キッパード・ヘリングの薫香《くんこう》であった。そして僕は緊張のあまり指関節が白くなるまでこぶしを握り締めた。僕には一口一口ほおばる音が聴き取れたし、その一音一音が僕をナイフのごとく刺し貫いた。

飢餓が人に及ぼす影響とははかり知れないものだ。その圧力の下では、自分が何をしでかすものかわからない。ものすごく分別のある男のおなかを本当にぺこぺこにしてみよう。そいつは賢慮の徳を宙に放つことだろう。この時の僕がそうした。明らかに僕にとって堅実な計画とは、隠れたままでいてこういうストーカー家の人たちやら何やらがどこぞへ行ってしまうのを待つことであろうし、またこれが、もっと意識清明な状態であれば僕がとったであろう方針であった。しかしながらこのキッパーの匂いと、いまこの時にもそれらは山頂の雪のごとく解け去ってしまうだろうし、またトーストだって全部消えうせてしまうことだろうとの思いは、あまりにも僕には強烈すぎた。僕は机の背後から釣り針にかかった小魚みたいに飛び上がった。

「やあ！」僕は言った。懇願の響きを強く込めた声でだ。

いかに経験が我々に何ものをも教えぬものかは、奇妙なことである。僕の突然の登場を見た際の下働き女中の反応を僕は目にしている。チャッフィーに対するその効果についてもすでに言及した。そして衝撃の瞬間のサー・ロデリック・グロソップも僕は見ている。しかしここなる僕は、前とまったく変わらぬ唐突なやり方で、ひょいと飛び上がったのだった。

そしてまったく同じことがふたたび起こった。どちらかというと、もっとすごかった。その瞬間、ポーリーン・ストーカーは口一杯のキッパーで大忙しだった。それでこいつがさしあたり彼女の表現の自由を阻害した。その結果、次の一秒半ほどの間に起こったのは、恐怖に襲われた双眸《そうぼう》が僕の顔に見いったというだけだった。それからキッパーの障害が道を譲り、僕が今まで聞いた中で一番破壊的な恐怖の叫び声が辺りの空気をつんざいたのだった。

それと時同じくしてドアが開き、敷居に姿を現したのは第五代チャフネル男爵であった。そして次の瞬間、彼は彼女の許に駆け寄り、その腕に彼女をかき抱き、また彼女は彼の許に駆け寄り、その腕にかき抱かれた。

何週間リハーサルを重ねたって、これをこれ以上素敵にうまくやるのは無理だったことだろう。

19. 父親丸め込み作戦

僕はいつも言うのだが、こういう場面に際してどういう行動をとるかで、その男を天秤にかけ、彼が正しい騎士道精神の持ち主か否かを本当の意味で判定することができるのである。こういう時がリトマス試験紙となる。僕のところへ来て、「ウースター、お前は俺のことをよく知っている。答えてくれないか。賭けの決着をつけたいんだ。お前は俺のことをプリュウ・シュヴァリエでよかったんだと思うが、勇ましき騎士だと思うか?」と言ったとしよう。すると僕はこう答える。「なあ、ベイツ、あるいはカスバートソン、あるいは名前は何であれだ、もしたまたま二人の愛し合うハートが、つらい誤解の後、ふたたび仲よく相互尊敬ってことで結ばれる過程にある部屋の中にたまたま居合わせたとして、そのとき君がどうするかを教えてくれたら、僕はその質問にちゃんと答えられるんだ。君は机の後ろにかがみ込むかい? それともそこに立ったまま、目を飛び出させてその一部始終に見とれているのか?」と。

僕自身の見解にはいささかも揺るぎはない。恋人たちの和解が進行中だというとき、僕は目をぎょろつかせて見つめていたりはしない。事情の許す限り、僕はその場を退散し、彼らを二人きりにしてやるものだ。

しかし、とはいえ、我々の間には机があったから、僕にはこの二人の声は聞こえても姿は見えなかった。それでそいつはものすごく不快だった。僕はチャッフィーのことを、ほぼ子供時代から知っている。そして長年の間に、奴がさまざまな状況で、さまざまな気分でいるところを見てきている。それでこいつの唇から毎分二百五十語の速さで現在繰り出されているような、こんな胸糞が悪くなるようなおセンチなせりふがこいつに吐けようとは、僕はこれまで一度だって思いもしなかったものだ。「よしよし、いい子ちゃんだよ!」との所見が僕が何とか引用できる唯一のせりふであったと述べるならば、僕が直面したこの厳しい試練のことを何がしかはご理解いただけよう。それでお聞きいただきたい。もっと悪いことに、空っ腹の上にであったのだ。

一方、ポーリーンはその対話にほとんどあるいはまったく貢献しなかった。この瞬間まで、僕の外見に対する感情的反応という問題に関して、あの下働き女中が確立した高い水準は、僕に突然会ったほかの人たちには太刀打ちしようのないものだと僕は考えていた。しかし、ポーリーンは彼女を完全に凌駕《りょうが》していた。ポーリーンはチャッフィーの腕の中で、漏《も》れのする冷却器みたいにゴボゴボ音を立てていて、それでだいぶ経ってからようやっと、精神機能中に何かしら制御力といったものを回復し始めたのだった。この娘はとんまに見えた。

思うに、事実は、僕が現れた瞬間に彼女は相当の精神的緊張に曝《さら》されたのであり、また僕の外見がそれに、言わばとどめを刺したということなのだろう。いずれにせよ、彼女はこの冷却器の物真似をすごく長く続けていたから、とうとうチャッフィーも、そろそろいい加減愛のささやきをやめ、第一原因に取り掛かるべき時だと思い当たったようだった。

「だけど、ダーリン」僕は奴が言うのを聞いた。「どうしたんだい、エンジェル?　君を怖がらせたのは何なの、愛する人？　話しておくれよ、かわい子ちゃん。何か見たのかい、いい子ちゃん？」

　この会合に僕が加わるべき時がきたようだと僕には思われた。僕は机のてっぺんに立ち上がった。するとポーリーンがおびえた馬みたいに飛び上がった。それは僕の心を傷つけたものだと僕は告白する。バートラム・ウースターは手弱女《たおやめ》らにひきつけを起こさせることに慣れてはいない。実際どちらかというと、いつも女の子が僕を見るときは、面白そうにほほ笑むか、あるいは時として、うんざりしたため息と絶望の「あら、あなたまたいらしたの、バーティー？」を発する傾向がある。それだってこんな激しい恐怖よりはまだましというものだ。

「ハロー、チャッフィー」僕は言った。「ごきげんよう」

　パニックの原因がただの旧友だとわかったら、ポーリーン・ストーカーの胸のうちに一番に起こる感情は安堵《あんど》であろうとご想像されよう。だがちがった。彼女は断然僕をにらみつけたのだ。

「この哀れな馬鹿オロカったら」彼女は叫んだ。「いったい何考えてるのよ？　かくれんぼして人をこんなに驚かしたりして。それにあなたご自分でお気づきかどうか知らないけど、顔に煤《すす》がついてるわよ」

　チャッフィーも容赦なく非難を繰り出してきた。

「バーティー！」奴は言った。うめくみたいな声でだ。「なんてこった！　お前の仕業だってわかってなきゃいけないところだった。お前はこの世に野放しでいるキチガイ中で、本当に例外なしに最大最高の大キチガイだ」

　こういうことはすごくきっぱりと抑制すべき時だと僕は感じた。

「こちらの若いおバカさんを驚かしたのは残念なことだ」冷たい尊大さをもって、僕は言った。

「しかし、その机の後ろに身を隠していたことに関する僕の動機は、分別と合理的理由に基づいていたんだ。それに、キチガイというならば、チャフネル、僕は過去五分間、お前が言ったことを耳にするを余儀なくされていたということを忘れずにいてもらいたい」

奴の頬が恥じらいの紅潮で覆われるのを、僕は嬉しく見たものだ。奴は居心地悪げに身をもぞもぞさせた。

「お前は立ち聞きすべきじゃなかった」

「まさかお前は、僕がそんなのを聞きたくて聞いたと思ってやしないよな？」

反抗というか開き直りといったようなものが、奴の態度に入り込んできた。

「それでいったいぜんたいどうして俺がそんな言い方をしちゃいけないっていうんだ？　俺は彼女を愛してる。コン畜生め。そいつを誰に知られようと、俺はかまいやしない」

「ああ、そのとおりだな」僕は言った。軽蔑を少しも隠すことなくだ。

「彼女はこの世で一番素晴らしい人だ」

「ちがうわ、それはあなたよ、ダーリン」ポーリーンが言った。

「ちがう、君だ、エンジェル」チャッフィーが言った。

「ちがうわ、あなたよ、素敵な人」

「ちがう、君だよ、大事な人」

「頼む」僕は言った。「頼むぜ！」

チャッフィーは僕をいやらしい目つきで見た。

「何か言ったか、ウースター？」

「いや、何も」

「何か発言があったように思ったが」

「いや、ない」

「よろしい。ないほうがいいな」

当初の胸糞の悪さはもういくぶん収まっていた。それで、ただいまのバートラムはもっと親切味のあるバートラムとなっていた。僕は心の広い男である。それでチャッフィーのような状況にある男につらく当たるのは間違いだと反省したのだ。結局のところ、特殊事情下にあっては、良識を維持せよと期待するほうが無理である。僕は和解の口ぶりになった。

「チャッフィー、なあ」僕は言った。「我々は騒々しくけんかなんかしてる場合じゃない。和やかな瞳とものの柔らかな笑顔が必要なときだ。お前と僕の旧友が死に去りし過去は死んだことにして埋めて全部をチャラにしたと聞いて、僕ほどよろこぶ者はいない。君のことを旧友と呼んでも、君はかまわないかなあ、どうだい？」

彼女は心からにっこりとほほ笑んだ。

「そうね、そうだといいと思うわ、かわいそうなオロオロ屋さん。そうよね、あたしあなたのこと、マーマデュークと知り合う前から知ってるんだもの」

僕はチャッフィーのほうに向いた。

「このマーマデュークの件だ。この件についちゃあ、いつか言ってやらなけりゃって思ってたんだ。今までずっと、隠し通してきたとはな」

「マーマデュークって洗礼名のどこが悪いっていうんだ」チャッフィーは言った。ちょっぴり興奮しながらだ。

「なんにも悪かないさ。だけどドローンズのみんなは、そいつを聞いたらずいぶんと笑わせてもらえることだろうな」

「バーティー」チャッフィーは切羽詰ったふうに言った。「もしこのことをドローンズの連中に一言だって漏《も》らしでもしたら、俺は世界の果てまでお前を追っかけて、素手でお前を絞め殺してやる」

「さてさてさて、と。まあまあまあ、だ。だが言ったように、僕はこの和解の成立を心から喜ぶものだ。僕は、なんと言っても、ポーリーンの一番のなかよしの一人だからな。僕たちは昔はいっしょに楽しいときを過ごしたものだったよね。ねえそうじゃない?」

「そのとおりよ」

「パイピング・ロックでのあの日」

「ああ!」

「そうそう、車が故障しちゃってウェストチェスター・カウンティーの荒野のどこかで雨の中、何時間も立ち往生した晩のことを、君は憶《おぼ》えているかい?」

「憶えているわ」

「君の足が濡《ぬ》れちゃって、それできわめて賢明にも僕は君のストッキングを脱がせたんだった」

「そこまでだ!」チャッフィーが言った。

「ああ、でも大丈夫なんだ。終始僕は最大限の礼節をもって振舞った。僕が言おうとしてたのは、僕がポーリーンの旧友で、したがって現在の状況を寿《ことほ》ぐ権利があるってことだ。このP・ストーカーほどチャーミングな女の子はそうはいるもんじゃない。だからこの女性を勝ち取れてお前は幸運だってことだ。なあ。彼女には黙示録から飛び出してきたシロモノと恐ろしいまでの類似性を備えた父親がいるという、ハンデを負っているにもかかわらずだ」

「お父様はうまくご機嫌をとってあげればじゅうぶんにいい人だわ」

「聞いたか、チャッフィー？　あのクソいまいましい悪党のご機嫌を取ってやるだってさ。うまくやるよう気をつけるんだぞ」

「お父様はクソいまいましい悪党なんかじゃないわ」

「失礼。僕はチャッフィーに言ってたんだ」

チャッフィーはあごをさすった。いささかきまり悪げにだ。

「ねえエンジェル。時々君のお父上はちょっぴり期待以上にやってくれてると思える時があると、僕は言わなきゃならないんだ」

「そのとおりだ」僕は言った。「そして彼がポーリーンが僕と結婚すべきだって思いを固めてることを、けっして忘れちゃあならない」

「なんと！」

「あなたそのことご存じなかったの？　そうなのよ」

ポーリーンはジャンヌ・ダルクみたいな表情をたたえていた。

「あたしあなたと結婚するなんてことになったら死んじゃうわ、バーティー」

「正しい心掛けだ」是認するげに僕は言った。「だけど、パパが鼻孔から炎を吹き上げてワレ瓶を食い破るのを目の前で見たら、君はそんな勇敢な態度を維持できるかい？　君は、こういう言葉を用いるのを許してもらえるなら、大きな悪いオオカミが怖くはないのかい？［ディズニー映画『三匹の子豚』（一九三三）の挿入歌「オオカミなんか怖くない」］」

彼女はちょっぴり動揺した。

「もちろんお父様のことでは、あたしたち、苦労しなきゃならないとは思うわよ。そのことはわかってるわ。パパってあなたのこととっても怒ってらっしゃるもの、ねえ、エンジェル、おわかりでしょ？」

チャッフィーは胸を膨らませた。

「彼のことは僕が何とかするさ！」

「だめだ」きっぱりと僕が言った。「彼のことは僕が何とかする。この件は一切合財僕に任せてもらいたい」

ポーリーンが笑った。僕はそれが気に入らなかった。軽蔑的な響きを帯びているように感じられたからだ。

「あなたがですって！　だって可哀そうな仔ヒツジちゃん、あなたなんてお父様に〈バアッ！〉って言われたらとっとと逃げ出すんでしょ」

僕は眉を上げた。

「僕はそんな偶発事態はまったく予想するものじゃない。どうして君の父上が僕に〈バアッ！〉なんて言わなきゃならないわけがあるんだ？　つまりさ、そんなバカなことを誰かに向かって言うなんてのは馬鹿げてるってことだ。それにもし彼がそんな馬鹿げた所見を表明したとしたって、その効果は君があらまし述べたみたいなのとはちがう。僕がかつて君のお父上の前で、ちょっぴり神経質になっていたことは認めよう。だけどもはやちがう。もはやそんなことはないんだ。僕の目からはウロコが落ちたものだ。最近僕は彼がジーヴスに、ものの三分間で、うなりをあげる暴風から、やさしきそよ風に変えられるのを見た。それで呪《のろ》いは打ち破られたんだ。彼が来たら、最大限の信頼を置いて僕に任せてもらってかまわない。僕は手荒な真似はしないつもりだが、きっぱりした態度を貫かせてもらうさ」

チャッフィーはちょっと思慮深げな顔をした。

「彼が来たのか?」

外の庭から、足音が聞こえてきた。荒い息遣いもだ。僕は窓に親指をひょいと向けた。

「さてと、もし僕に誤りがなければ、ワトソン君」僕は言った。「我々の依頼人がお越しのようだ」

20. ジーヴス報せをもたらす

それでそのとおりだった。実質的な体つきのモノが夏の蒼天《そうてん》を背に現れた。それは入ってきた。それは席に着いた。そして、席につくと、そいつはハンカチを引っぱり出してひたいを拭き始めた。何かで頭がいっぱいなようだと僕は思った。それで訓練を積んだ僕の知覚力にはその症状の識別が可能だった。それはたった今ブリンクレイとお付き合いをしてきたばかりの男の症状であった。

この診断の正しさは一瞬後に彼がハンカチをちょっと降ろした時に証明された。彼は目のまわりにとっても素敵な黒あざができているのを披露してくれたのだ。

ポーリーンはこいつを見て、娘らしいキンキン声を発した。

「いったいぜんたい何が起こったの、お父様?」

ストーカーの親爺《おやじ》さんは荒く息をついた。

「あいつをとっ捕まえられなんだ」彼は言った。その声は激しい後悔を帯びていた。

「あいつって誰?」

「誰かはわからん。あすこのダウアー・ハウスにいるキチガイじゃ。わしがまだノックもせんうちに、奴は窓辺に立って、ジャガイモを投げつけてきおった。男らしく正々堂々と出てきてわしにとっ捕まろうとはせず、窓辺に立って、ジャガイモを放り投げてよこしただけじゃ」

この言葉を聞くにつけ、不本意ながらこのブリンクレイなる男への敬服の念が僕を襲ったことをここに告白するものだ。無論僕らは友達にはなれなかった。だが彼は必要とあらば、正しい、公共心に富んだことのできる男であることを、人は認めねばならない。思うに、ストーカーの親爺がノッカーをバンバン叩く音が二日酔いの夢想から奴を目覚めさせてすごくいやな頭痛がしていることに気づかしめ、それからただちに奴をして正規ルートを通じた方策を講ぜしめたのであろう。すべてまったく申し分のないことだ。

「ご自分はすごく運がよかったとお思いになられるべきですよ」僕は言った。よい面を指摘しながらだ。「奴が遠距離からあなたに対応しようとしたってことがです。接近戦では彼はいつも肉切りナイフか斧《おの》を用いるんです。だからすごく巧みなフットワークが必要になってくるんですね」

御大《おんたい》はそれまで自分の関心にかかりっきりでいたわけだから、バートラムがまたもやご同席でいるという事実にそれまで気づいてはいなかったようだ。いずれにせよ、彼はずいぶんじろじろと僕を見つめてよこしたものだ。

「ああ、ストーカー」何気なさそうに僕は言った。理解を助けるためにだ。

彼はまだ目をむいていた。

「君はウースターなのか？」彼は訊いた。恐れかしこむみたいな態度でだ。

「今なお、ウースターですよ、ストーカー。ねえ親爺さん」僕は朗らかに言った。「最初も、最後も、終始変わらずバートラム・ウースターです」

彼はチャッフィーからポーリーンに目を移し、ほとんど哀願するみたいにまた目線を戻した。あたかも慰めと援助を求めるがごとくだ。

「いったい全体、奴はあの顔に何をしたのじゃ？」

「日焼けです」僕は言った。「さてと、ストーカー」僕はさらに続けた。本日の懸案事項に決着をつけようと躍起になりつつだ。「あなたがこんなふうにこちらをご訪問くださって、実に都合がよかったです。ずっとあなたをお探ししてたんですよ……いや、こういう言い方はちょっと正確さを欠きますか、おそらくですが。でも、ともかくあなたに今お会いできて僕は嬉しいです。なぜなら、あなたの娘さんと僕を結婚させようというあなたのお考えは、だめになったとお伝えしたかったからです。忘れてください、ストーカー。放棄してください。今すぐ流し去ってください。ぜんぜん何てことはないことですよ」

僕の話し方の堂々たる勇気と毅然《きぜん》たる態度とを、いくら賞賛しても足るまい。実際、一瞬、僕は自分がちょっぴりやりすぎたのではあるまいかと思ったくらいだ。なぜなら僕はポーリーンの目を捉え、そのうちに崇拝するがごとき畏敬《いけい》の表情を見いだし、それで彼女がその時の僕のうっとりするような魅力に圧倒されて結局のところ僕こそわがヒーローにほかならないと思い定め、またもやチャッフィーから僕に乗り換えるということだっていかにもありそうだと感じられたからである。

この思いが議題の次項目に移るようにと、僕をちょっぴり急がせた。

「娘さんはチャッフィーと結婚します――チャフネル卿、すなわち彼とです」僕は言った。手を差し出してチャッフィーを指し示しながらだ。

「なんと！」

「そうなんです。全部決定しました」

ストーカー親爺は強烈に鼻をひと鳴らしした。彼は深く心動かされていた。

「本当か？」

「そうよ、お父様」

「そうか！　お前は自分の父親を出目金インチキ屋呼ばわりした男と結婚しようというのか、そうなんだな？」

僕は興味をそそられた。

「お前、彼のことを出目金インチキ屋呼ばわりしたのか、チャッフィー？」

チャッフィーはちょっぴり落っこちていた下あごをグイッと持ち上げた。

「もちろん言ってないさ」奴は弱々しく言った。

「言った」ストーカーは言った。「わしがお前のこの屋敷を買わないと告げた時にじゃ」

「ああそうか」チャッフィーは言った。「そういう時がどういうものかはおわかりでしょう」

ポーリーンが割って入った。彼女は論点からの逸脱があったと思っているようだった。女性は実際的な問題に専心するのが好きなものである。

「とにかく、あたしは彼と結婚するの、お父様」

「そうはさせん」

「するの。あたし、彼を愛しているのよ」

「だがつい昨日まで、お前はこのいまいましい、煤《すす》顔の痴愚者を愛していたのじゃろうが」

僕はすっくりと立ち上がった。我々ウースター家の者は父親の立腹を大目に見てやることができる。だが、ものには確固とした限度というものがある。

「ストーカー」僕は言った。「あなたはわれを忘れた振舞いをしておいでだ。議論の礼節をわきまえていただきたいと僕はお願いするものです。それにこれは煤じゃあありません——靴墨です」

「あたし彼を愛してなんかいないわ」ポーリーンが叫んだ。

「愛しておると言ったじゃろうが」

「でも愛してなかったの」

ストーカー親爺はもういっぺん鼻を鳴らした。

「つまり事実は、お前は自分の気持ちが自分ではわからんということじゃ。だからわしがお前の代わりに決断してやる」

「あたしバーティーとは結婚しない。お父様が何と言おうとよ」

「ふん、お前は財産目当てのイギリス貴族なんぞとは結婚せんのじゃ」

チャッフィーはこれをすごく重く受けとめた。

「どういう意味だ？　財産目当てのイギリス貴族とは！」

「言ったとおりの意味じゃ。貴様は文無しじゃ。それで貴様はポーリーンのような境遇の娘と結婚しようとしておる。なぜなら、クソッ、お前はわしが前にミュージカル・コメディーで見た男そっくりなのじゃ……奴の名は何じゃったか……ウォトウォトレイ卿じゃ」

動物的な叫びが、色を失ったチャッフィーの唇から放たれた。

「ウォトウォトレイだって！」

「奴に生き写しじゃ。同じ種類の顔、同じ表情、同じ話し方じゃわ。お前が誰を思い出させるものか、ずっと考えておったが、今わかった。ウォトウォトレイ卿じゃ」

ポーリーンがまた割り込んできた。

「お父様のおっしゃることは、まったくのナンセンスだわ。ずうっとあたしが困ってたのは、マーマデュークったらあまりに誠実で騎士道的で、それでじゅうぶんなお金が手に入るまであたしに結婚してくれって言ってくれないことだったのよ。あたしには何が問題なのかわからなかったの。それからお父様がチャフネル・ホールを買う約束をして、そしたら彼は五分後にあたしのところに飛んできて、プロポーズを始めたんだわ。もしホールを買う気がなかったのなら、買おうだなんておっしゃるべきじゃなかったのよ。それにあたし、お父様がここを買わない理由だってわからないわ」

「わしがここを買おうとしたのは、グロソップがそう頼んだからじゃ」ストーカー親爺が言った。「あの男に対する今現在のわしの感情は、あいつを喜ばせるためなんぞにわしはピーナッツ屋台だって買ってはやらんというものじゃ」

僕は言葉を挟んでやらねばと感じた。

「悪い男じゃありませんよ、グロソップの奴は。僕は彼が好きですね」

「それじゃああいつは貴様にやる」

「僕が彼に対して親愛の念をはじめて覚えたのは、シーベリーのガキに対する、昨晩の彼の態度に接したときです。正しい態度だったと思いますね」

ストーカーは左目で目を凝らしていた。もう一方の目はいまや、黄昏時《たそがれどき》の疲れ倦んだ花のように閉じられていた。これほど真正面にぶち当てるとは、ブリンクレイはものすごく達者な射手であったにちがいないと、僕は思わずにいられなかった。遠距離から相手の目にジャガイモをぶつけるのは、世界一容易な仕事というわけではない。僕にはわかる。なぜならやってみたことがあるからだ。ジャガイモというものの特質は奇妙な形をしてでこぼこで覆われている点にあり、したがって正確な狙《ねら》いを定めるのが厄介なのである。

「君は何の話をしておるのじゃ？　グロソップがあのガキをぶん殴ったとでもいうのか？」

「故意をもってです。僕はそう聞いています」

「さてと、そりゃあ驚いた！」

こういう映画をご覧になられたことがおありかどうか、僕にはわからない。つまり、タフな男が自分の母親が昔ひざの上で教えてくれた古い歌を聞き、それからそいつの顔のクローズアップが始まる。それで何が何だかわからないうちに、そいつは心とろかされた男となり、誰彼なくそこいらじゅうで善行を振り撒《ま》いてまわるようになる、と、そういうやつだ。こういうのはちょっぴり唐突だなと僕はいつも思ってきたものだが、そういう突然稲妻のごとき和みの訪れというのは本当にあるものなのだと、信じていただいて構わない。なぜなら今、我々の眼前で、ストーカーの親爺がそういう過程を経験しているからだ。

一瞬前まで彼は断然冷硬鋼の男だった。次の瞬間、彼はほぼ人間になっていた。彼は言葉もなく、僕らを見つめた。それから彼は唇をひとなめした。

「君は本当にグロソップの奴がそんな真似をしたと言うのかね？」

「僕はその場に直接居合わせたわけじゃありません。だけど僕はその話をジーヴスから直接聞きました。彼は小間使いのメアリーから聞いたんです。彼女は一部始終を目撃していたそうです。彼はシーベリーのガキを然《しか》るべくぶん殴りました。大胆にも、と、言わねばなりませんが、ヘアブラシの背でだったそうです」

「うーん、参った！」

ポーリーンはちょっぴり目をキラキラさせていた。希望の曙光《しょこう》がふたたび輝き始めてきたことが、見て取れた。彼女が娘らしい歓喜のあまりパチパチ手を叩かなかったかどうか、僕に確信はない。

「わかって、お父様。お父様はあの方のことを誤解してらしたのよ。あの方は本当は素晴らしい人だったの。彼のところに行って、横柄な真似をしてすまなかったし、結局は彼のためにこの家を買うことにしたって言ってあげなきゃいけないわ」

ふむ、僕はこの哀れな間抜け頭のおバカさんに、そんなふうに余計な差し出口をしたりして、君のやり方は全部間違いだよ、と言ってやったってよかった。女の子というものは、巧みな知略が要求される状況にどう対処すべきかがまるでわかっていない。つまりだ、ジーヴスだったらこういう状況で、大切なのは個々人の心理を研究することだと述べるであろう。それでストーカーの親爺の心理がどんなふうかなんてことは、フクロウにだってわかる。つまりオスのフクロウだったらば、ということだが。彼は自分の愛する肉親が自分に何かするよう押し付けようとしている、と思った瞬間に逆上する、そういう連中の一人なのである。すなわち、聖書に言うように、行けと言えば来て、来いと言えば行ってしまう男なのだ。要するに、「押す」と書かれたドアがあったら、いつだって引っぱるような男なのである。

それで僕の思ったとおりだった。そのままほかしておけば、このストーカー親爺はあと三十秒ばかりで帽子からバラを撒《ま》き散らしながら部屋中を踊って回っていたことだろう。あとちょっとで完全に、ことは甘美と光明［アーノルド『教養と無秩序』の章題］の塊《かたまり》になっていたところだったのだ。いまや突然彼の態度は硬化し、ロバみたいに強情な表情がその目に宿った［『民数記』二二・二四。バラムとロバ］。彼の傲慢《ごうまん》な精神が、急《せ》かされたことに反発しているのが見て取れた。

「そんな真似は一切せんぞ！」

「まあ、お父様！」

「わしに向かってああせいこうせいとつべこべ指図しおって」

「あたし、そんなつもりじゃなかったのよ」

「お前がどんなつもりだったかなんぞはどうでもいいことじゃ」

事態は不穏な色彩を帯びはじめた。ストーカー親爺は、あんまり陽気でないブルドッグみたいに、どら声でなにやら言っていた。ポーリーンはつい最近みぞおちにショートパンチを食らったばかりみたいな顔に見えた。チャッフィーはウォトウォトレイ卿と比べられた衝撃からまだ立ち直れずにいる男の雰囲気を身にまとっていた。それで、僕に関して言うと、今こそまさに雄弁家の介入が求められるときだとはじゅうじゅう承知していたものの、雄弁家なんて看板を掲げていたって、何にも言うことがないんじゃ何の役にも立ちやしないというふうに感じていたし、また何も言うことはなかったものだ。

したがって起こったのは盛大な沈黙だけだった。そしてその沈黙は依然として現在進行中で、一瞬ごとに厄介さを増していたのだった。と、ドアをノックする音がして、ジーヴスが浮かび入ってきた。

「失礼をいたします」彼は言った。ストーカー親爺の方にゆらめき近づき、盆に載った封筒を捧げ持っていた。「あなた様のヨットの船員がただいまこの海底電信を持ってまいりました。あなた様が今朝方ご下船あそばされた直後に到着した由にございます。船長が、緊急性あるものと思い、その者に当館へこれを運ぶよう指示したものでございます。わたくしは裏口にてその者より本状を受け取り、あなた様に直接お届けするため、こちらに急ぎ参上いたしました」

彼の言い方は、すべての出来事を、あたかもそれが偉大な叙事詩で読むような事柄であるかのごとくに感じさせた。つまり、一歩一歩手続きに従って進むと、興味とドラマ性は盛り上がってやがては決定的瞬間に至るのだ。しかしながらストーカーの親爺は、ゾクゾクするよりはどちらかというと無関心寄りであるように見えた。

「つまりわし宛に電報が来たと、そういうことじゃな」

「さようでございます」

「だったらなぜそう言わん。まったく、そんなことを歌に歌い上げておらんでもいい。お前はオペラ歌手にでもなったつもりでおるのか？　よこすんじゃ」

ジーヴスは威厳ある抑制された態度で、その書状を手渡し、盆を持って漂い去っていった。ストーカーはビリビリと封筒の口を破って開けはじめた。

「わしは金輪際《こんりんざい》そんなことをグロソップに言いはせん」議論を再開しながら彼は言った。「奴がわしのところに来て謝るというならば、おそらくわしは……」

彼の声は、膨らませてから空気を押し出して遊ぶオモチャのアヒルの最後の声に似ていなくもないような音と共に消えていった。彼のあごは落っこち、今まで撫《な》で回していたのがタランチュラだったことに突然気がついたとでもいうみたいに、その電報を見つめていた。次の瞬間、彼の唇からは、この風紀の弛緩《しかん》した現代においても男女同席の場にはおよそふさわしくないと考えられるような所見が発されたのだった。

　ポーリーンが彼に駆け寄った。気遣いつつだ。苦痛と苦悩がそのひたいを苛《さいな》む時、というやつである［スコットの詩「マーミオン」四・三〇］。

「どうなさったの、お父様？」

　ストーカー親爺は息の詰まったゴボゴボ音を発していた。

「やられた！」

「何がどうしたの？」

「どうした？　どうしたじゃと？」僕はチャッフィーがはっとするのを見た。「どうした？　どうしたじゃと？　どうしたか教えて進ぜよう。連中はジョージ爺さんの遺言に異議を唱えておる！」

「まさか！」

「まさかではない。自分で読むがいい」

　ポーリーンは書類をあらためた。彼女は顔を上げた。困惑しきっていた。

「だけどそういうことなら、うちの五千万ドルは消えてなくなっちゃうわ」

「もちろんそのとおりじゃ」

「あたしたちには一セントだって残らないわ」

　チャッフィーが突然生き返った。

「もう一度言ってくれ！　君は全部金をなくしたってことかい？」

「そうみたい」

「やった！」チャッフィーは言った。「よし。素敵だ。お見事。最高。素晴らしい！」

ポーリーンは跳ね上がって見せた。

「そうよ。そういうことだわ、そうじゃない？」

「もちろんそうさ。僕は文無しだ。君も文無しだ。さあ大急ぎで結婚しよう」

「もちろんだわ！」

「これで全部大丈夫だ。もう誰も僕がウォトウォトレイみたいだなんて言えやしないさ」

「言えるもんですか」

「ウォトウォトレイだったら、このニュースを聞いてとっとと逃げ出すはずさ」

「そのとおりよ。もう一生彼の姿を見ることはないんだわ」

「素敵だ！」

「素晴らしいわ！」

「うまれてこれまで、こんなに運のいい話は聞いたことがない」

「あたしもよ」

「まさしく絶好の瞬間に到着するなんて」

「まさに絶妙のタイミングでよ」

「最高だ！」

「とにかく素敵だわ！」

二人の若くみずみずしい熱狂は、ストーカー親爺には頬骨の上のおできみたいに作用したようだ。

「くだらんたわけごとを言うのはやめて、わしの言うことを聞くのじゃ。お前らには正気がないのか？　どういう意味じゃ、金をなくしたというのは？　わしが寝そべったまま反撃もしないで済ますとでも思っておるのか？　連中にまったく勝ち目はない。ジョージ爺さんはわし同様に正気じゃった。それにわしにはサー・ロデリック・グロソップ、イギリス最高の精神鑑定医がついておってそれを証明してくれるのじゃ」

「だけどついてなんかいないわ」

「わしはグロソップを証人席に立たせればいいだけじゃ。ならば連中の主張は泡のごとく崩壊しよう」

「だけどサー・ロデリックはお父様のために証言してくれやしないわ。けんかしたんだもの」

ストーカー親爺はちょっぴりジュージュー音を立てた。あるいは噴煙を上げた。という言い方がしたければだが。

「わしが彼とけんかしたなどとは誰が言ったのかな？　わしがサー・ロデリック・グロソップとは昵懇《じっこん》の間柄でないなどと抜かすそのたわけをここに連れてきてもらおう。親友の間に起こるような取るに足らぬ、一時的な不和があったからといって、それがわしらが兄弟同然でないことを意味するのかな？」

「だけどもし彼が謝ってこなかったら？」

「彼がわしに謝罪するような問題は起こってはおらん。当然わしから彼に詫びを入れよう。わしは自分が誤って親友の感情を傷つけてしまったことに気づいたら、それを率直に認められるだけの男らしい男じゃと思っておる。そうではないかな？　無論、わしは彼に謝罪しよう。ならば彼はわしの謝罪を、同じ思いで受け入れてくれることじゃろう。サー・ロデリック・グロソップは器の小さい人物ではない。二週間以内にわしは彼をニューヨークへつれていって猛烈に証言してもらう。彼の滞在場所の名は何と言ったかな？　シーヴュー・ホテルだったかの？　わしは今すぐ彼に電話して、話し合いの用意をしよう」

ここで僕は言葉を挟まずにいられなかった。

「彼はそのホテルにはいませんよ。僕は知ってます。なぜってジーヴスがたったいま彼に電話しようとして、無駄骨だったんですから」

「となると、彼はどこじゃ？」

「わかりません」

「どこかにいるはずじゃ」

「ああ！」僕は言った。その推論に従い、その正当さに気づきながらだ。「そうですね、間違いありません。でもどこにいるんでしょう？　おそらく、彼は今頃はロンドンに到着していることでしょうね」

「なぜロンドンなのじゃ？」

「どうしてロンドンじゃいけないんです？」

「彼はロンドン行きを計画しておったのかな？」

「そうかもしれません」

「彼のロンドンの住所はどこじゃ？」

「わかりません」

「誰かお前たちの中で知っておる者は？」

「知らないわ」ポーリーンが言った。

「知りません」チャッフィーが言った。

「たいそう役に立ってくれると言うものじゃ」ストーカーの親爺は手厳しく言った。「出ていけ！　わしらは忙しいんじゃ」

この発言はジーヴスに向けられていた。彼はまた浮かび入ってきていたのだ。たったいま彼の姿を見たのに、もう見えない、というのはこの男の実に驚くべき能力のひとつなのである。あるいは今は見えないけれど、もう見えた、と言うべきだろうか。人があれやこれや話していると突然彼の存在に気がつく、まあ、いわゆるだが。そして彼はそこにいるのである。

「ご寛恕《かんじょ》を願います」ジーヴスは言った。「わたくしは閣下といささかお話しいたしたき儀がございます」

チャッフィーは腕を振った。上の空でだ。

「後にしてくれ、ジーヴス」

「かしこまりました、御前様」

「我々は今ちょっと忙しいんだ」

「承知いたしました、御前様」

「さて、サー・ロデリックほどの著名人の所在を探し当てるのは困難ではない」ストーカー親爺が言った。話を戻しながらだ。「彼の住所は紳士録に載っておろう。君は紳士録を持っておるかな？」

「いいえ」チャッフィーが言った。

ストーカー親爺は両手を上げた。

「なんてこった！」

ジーヴスが咳払いした。

「お話のお邪魔をお許しいただきますれば、わたくしはサー・ロデリックのご所在を申し上げられるものと存じます。あなた様がさように探し当てたくおいであそばされるのはサー・ロデリック・グロソップであるとのわたくしの推察が、もし正しければでございますが」

「もちろんそのとおりだ。わしが何人のサー・ロデリックと知り合いだと思っておるのじゃ？　それでは彼は、どこにいるのかな？」

「ご庭園でございます」

「ここの庭のことを言っているのかな？」

「さようでございます」

「それならば彼のところに行ってここにすぐ来るように頼んでくれ。ストーカー氏が最大限に重要な件について至急会いたがっていると伝えるんじゃ。いや、待て。お前が行くんじゃない。わしが自分で行く。庭のどのあたりで、彼を見たのかな？」

「わたくしはあの方にお会いいたしてはおりません。わたくしはたんにあの方がそちらにおいでであると伺っただけでございます」

ストーカー親爺はちょっと舌をチッと鳴らした。

「まったく、いまいましい。彼が庭にいるとたんにお前に知らせたのが誰であるにせよ、そいつは彼がどこにいるとたんに教えてくれたのかな？」

「園芸小屋でございます」

「園芸小屋だと？」

「さようでございます」

「彼は園芸小屋で何をしておるのじゃ？」

「座っておいでであろうと拝察いたします。申し上げましたとおり、わたくしは直接の観察に基づいてお話を申し上げておりますわけではございません。わたくしの情報提供者はドブソン巡査でございます」

「はぁ？　何じゃと？　ドブソン巡査だ？　そいつは誰なんじゃ？」

「昨夜サー・ロデリック・グロソップを逮捕いたしました警察官でございます」

彼は腰をわずかに曲げてお辞儀をし、部屋を出ていった。

21. ジーヴス方途を見いだす

「ジーヴス！」チャッフィーが吼《ほ》えた。

「ジーヴス！」ポーリーンが悲鳴を上げた。

「ジーヴス！」僕は叫んだ。

「おい！」ストーカー親爺《おやじ》は怒鳴った。

ドアは閉まっていた。それでそいつがまた開きはしなかったと僕には誓えるのだが、それでもなお、ふたたび我々の只中《ただなか》にその男は立ち現れていた。その顔には、うやうやしい物問いたげな表情が浮かんでいた。

「ジーヴス！」チャッフィーが叫んだ。

「さて御前様？」

「ジーヴス！」ポーリーンが金切り声を発した。

「さてお嬢様？」

「ジーヴス！」僕はわめいた。

「さて？」

「おい、お前！」ストーカー親爺の声がとどろいた。

ジーヴスが、「おい、お前！」と呼ばれるのが好きかどうかは僕にはわからない。彼の端正な顔は何らの敵意も示してはいなかった。

「さて、と？」彼は言った。

「そんなふうに部屋を出ていきおって、いったいどういうつもりじゃ？」

「わたくしは閣下におかれましては、より重大なご問題にご多忙でおいであそばされるため、わたくしがお伝え申したき連絡にご関心を向けるお暇はおありではないとの印象を得ておりましたものでございます。後ほど戻ってまいろうと存じておりました」

「うむ、ちょっとの間だけここにいてくれたまえ、よいな？」

「もちろんでございます。あなた様がわたくしとお話しされたくおいでと存じておりましたならば、かように退室などはいたさずにおりましたものを。わたくしの同席が望まれておりませぬ時にこの場にお邪魔をいたしてはおりはせぬかと、ひとえにその恐れゆえにわたくしは……」

「わかった、わかった！」はじめてではないことだが、僕は気がついた。ジーヴスの会話のメソッドにはストーカー親爺の神経に障る何かがあるようだ。「そんなことは気にせんでくれ」

「君がいてくれることが絶対に必要なんだ、ジーヴス」僕は言った。

「有難うございます」

チャッフィーが発言を開始した。ストーカーはさしあたって再び、傷を負ったバッファローみたいな騒音を立てるのに大忙しだった。

「ジーヴス」

「はい、御前様？」

「君はサー・ロデリック・グロソップが逮捕されたと言ったのか？」

「はい、御前様。最前よりわたくしがあなた様にお話し申し上げようといたしておりましたのは、その点に関しましてでございます。わたくしはあなた様に、サー・ロデリックがドブソン巡査に逮捕され、ホールの庭園にございます園芸小屋に拘禁され、巡査がドアの前にて番をいたしておりますことを申し伝えたく存じておりました。大きいほうの園芸小屋でございます、御前様、小さい園芸小屋ではございません。わたくしが申しております園芸小屋は菜園に入りまして右手にございます園芸小屋のことでございます。赤いかわら屋根でございまして、ただいま申しました小さい園芸小屋とは対照をなしております。と申しますのは、そちらの屋根材は……」

僕はこれまでJ・ウォッシュバーン・ストーカーのことをものすごく大好きだったことはないのだが、それでもこの瞬間、彼を脳卒中発作から救ってやることが、隣人愛に満ちた唯一の行為だと思われた。

「ジーヴス」僕は言った。

「はい？」

「園芸小屋のことはいい」

「承知いたしました」

「本質的な点じゃあない」

「まことにさようと存じます」

「それじゃあ続けてくれ、ジーヴス」

彼はストーカー親爺にうやうやしい同情の一瞥《いちべつ》をむけた。彼のほうは気管支にたいそうどっさり問題を抱えているように見えた。

「管見いたしますところ、御前様、ドブソン巡査はサー・ロデリックを昨夜遅く逮捕したものと存じます。その折、巡査はあの方のご処分にいかなる方法を用いるかにつき、苦境と申すべき状況にあったものでございます。ご理解をいただかねばなりません、御前様。すなわち、ウースター様のコテージを破壊した大火災により、隣接したヴァウルズ巡査部長のコテージもまた焼失いたしたものでございます。またヴァウルズ巡査部長のこのコテージは、駐在所でもございましたため、ドブソン巡査は被疑者をどこに勾留《こうりゆう》すべきかにつき、当然ながらいささか途方に暮れておりましたものでございます――また、ヴァウルズ巡査部長が不在であり、その助言を得られずにおりましたため、その当惑はいっそう強うございました。と申しますのは、巡査部長は消防に勤《いそ》しむ際、不幸にも頭部に傷を負い、叔母《おば》上様のお住まいに居を移しておりましたからでございます。わたくしがお話し申し上げておりますのは、チャフネル・レジスご在住のモード叔母様のことでございまして、他所《よそ》にお住まいの叔母上様……」

僕はまた、人倫に適ったことをしてやった。

「どっちの叔母さんでもかまわないんだ、ジーヴス」

「おおせのとおりでございます」

「ぜんぜん重要じゃない」

「まことにさようでございます」

「それじゃあ続けてくれ、ジーヴス」

「かしこまりました。したがいまして最終的には当人の判断にて行為いたしました結果、巡査は、この上なく安全な場所は園芸小屋であるとの結論に到達いたしたものでございます。大きいほうの園芸小屋でございまして……」

「わかっている、ジーヴス。かわら屋根のほうだな」

「まさしくさようでございます。したがいまして巡査は、サー・ロデリックを大きいほうの園芸小屋に勾留し、残る夜をそこに番をいたして留まったものでございます。いささか以前より庭師らの勤務時間となり、したがって巡査はうち一名を召喚いたしまして──またその若者の名は……」

「わかった、ジーヴス」

「かしこまりました。その若者を召喚いたしまして、巡査はその者をヴァウルズ巡査部長の仮住まいへと、後者が今やじゅうぶんに回復し、本件に関心を振り向けられるようになっておるようにとの希望をもって、派遣いたしたものでございます。また事実はそのとおりであったようでございます。一夜の睡眠が、生来的に頑健な体質と相伴いまして、ヴァウルズ巡査部長をして通常の時刻に目覚ましめ、たっぷりした朝食を食せしめたのでございました」

「朝食だって！」わが鉄の自制心をもってしても、僕はこうつぶやかずにはおられなかったものだ。

その言葉は、バートラムのむき出しの神経に触れたのだった。

「その報せを受け、ヴァウルズ巡査部長は閣下とご面会いたさんと、急ぎチャフネル・ホールへと馳せ参じたのでございます」

「どうして閣下と面会したいんだ？」

「閣下が治安判事でおいであそばされるゆえでございます」

「もちろんそうだった」

「また、それゆえ、被告人を正規の刑務所へと投獄する権限をお持ちあそばされておいでのゆえでございます。巡査部長はただいま図書室にてお待ちでございます、御前様。あなた様に彼《か》の者にお会いになられるお暇の生ずるその時までございます」

「朝食」という語がバートラムを震撼《しんかん》せしむる力のあるキーワードであったとするならば、「刑務所」という語は、ストーカー親爺を適切にもくすぐり目覚ましむるものであった。彼は忌《い》まわしい叫び声を発した。

「だがどうして彼が刑務所に入りようがある？　彼と刑務所がどんな関係にあるというのじゃ？どうしてそのたわけたポリ公は、彼が刑務所に入るべきだなどと考えるのじゃ？」

「わたくしの理解いたしますところ、侵入盗の嫌疑の由に存じます」

「侵入盗じゃと！」

「さようでございます」

ストーカー親爺は、ものすごく哀しげに僕を見たもので――なぜ僕を見たのかはわからないが、彼はそうしたのだ――僕はもうちょっとで彼の肩をぽんぽん叩いてやってしまっているところだった。実際、僕はいとも容易にそうしていたはずだ。もし僕の背後で、突然、驚かされたメンドリか飛び上がるクジャクが発するような物音がして、僕の手を動かぬままに押し止めていなければの話である。レディー・チャフネル未亡人が室内に突入してきたのだった。

「マーマデューク！」彼女は叫んだ。それで彼女の感情の興奮を示唆《しさ》するには、そう言いながら彼女は僕の顔を目にしたが、それは彼女に何らの印象も残さぬようであったと述べるにしくはあるまい。彼女が示した関心からする限り、僕は偉大なる白人首長も同然みたいだった。

「マーマデューク、とても恐ろしい報せがあるの。ロデリックが……」

「わかってます」チャッフィーは言った。ちょっぴり苛立《いらだ》っているようだと僕は思った。「その話は聞いています。ジーヴスがたったいま話してくれていたところです」

「でもあたくしたちいったいどうしたらよろしくて？」

「わかりません」

「それもこれもみな、あたくしのせいなの。あたくしのよ」

「そんなことはおっしゃらないでください、マートル伯母《おば》さん」チャッフィーは言った。困惑しつつも、依然プリュウ、すなわち勇ましさは維持しながらだ。「どうしようもないことだったんです」

「そんなことはないわ。何かしようがあったはずよ。あたくし、決してあたくし自身を許さないわ。あたくしがいなければ、彼はあんな黒いシロモノを顔に塗ったまま館を出ていったりはしなかったはずなのよ」

僕は哀れなストーカー親爺のことが、本当に可哀そうだった。つまり、次から次へと、これでもかこれでもか、ということだ。彼の目はカタツムリの目みたいに頭のてっぺんから突き出していた。

「黒いシロモノですと？」彼は弱々しくのどを鳴らした。

「あの人はシーベリーを喜ばせるために、焼きコルクを顔に塗ったんですの」

ストーカー親爺は椅子によろよろと歩み寄ってそこに沈み込んだ。彼はこの話は座って聞いたほうがいい物語だと考えたみたいだった。

「あの恐ろしいモノはバターでしか落とせないのに――」

「石油でもいいそうですよ。専門家がそう言ってました」僕は言葉を挟まずにはいられなかった。僕はこういうことには正確を期すのが好きだ。「僕の言うことの正当性は君が認めてくれるだろう、ジーヴス？　石油でもいいんだったよな？」

「さようでございます」

「それじゃあ、石油でもよろしいわ。石油かバターですわね。いずれにせよ、あれを落とすための何かを手に入れるために、彼はあの小屋に忍び入ったにちがいないんだわ。それでいまや――！」

彼女は文章の真ん中で言葉を止めた。深く心動かされつつだ。しかしながらストーカーの親爺ほどに深くではない。彼はおおよそ、火炉の中を通り過ぎているように見えた。

「これでおしまいじゃ」彼は言った。短い蒼《あお》ざめた声でだ。「これでわしは五千万ドルを失ってそれで何でもないような顔をしてみせねばならん。黒塗りの顔で田舎をさまよっておる最中にとっ捕まった男のする精神鑑定の証言なぞ、そりゃあさぞかし役立つことじゃろうて。そんな男の言ったことなどすべて彼自身がキチガイだからとの理由で証拠能力なしとせん裁判官なんぞ、アメリカ中に一人だっておらん」

レディー・チャフネルは震えた。

「でもあの人はあたくしの息子を喜ばせるためにそうしてくださったのよ」

「ガキを喜ばせるためならそんな真似でも何でもしようなんて奴は」ストーカー親爺は言った。「キチガイにちがいないのじゃ」

彼は陰気な笑いを放った。

「さあて、これで破滅です。すべて破滅ですぞ。わしはこのグロソップなる人物の証言にすべてを賭けておるのです。彼がジョージ爺《じい》さんはキチガイではなかったと証言してわしの五千万ドルを救ってくれることに、わしは頼りきっておりますのじゃ。それが彼を証言席に載せた二分後に他方当事者は、わしの専門家証人は彼自身がキチガイである、すなわちジョージ爺さんが千年かかってもなれないくらいの正真正銘のキチガイであると証明して反撃を加えてくることでしょう。そう考えると奇妙なものじゃ。皮肉ですな。誰かの名前を一番前に記すという何だったかを思い起こさせるというものじゃ」

ジーヴスが咳払いした。有益でためになる情報で双眸《そうぼう》をきらりと輝かせつつだ。

「アブー・ベン・アドヘンでございます」

「バブバブえっへんがどうしたとな？」困惑しつつ、ストーカー親爺が言った。

「あなた様のただいまご言及なさいました詩はアブー・ベン・アドヘンと申すものでございます［リー・ハントの詩「アブー・ベン・アドヘン」］。その物語によりますと、その者はある晩深き安息の眠りより目覚めると枕頭に天使の姿を認め……」

「出ていけ！」ストーカー親爺は言った。すごく静かにだ。

「さて？」

「わしがお前を殺してしまう前に、この部屋から出ていくんじゃ」

「承知いたしました」

「それでその天使もいっしょに連れてゆくんじゃ」

「かしこまりました」

ドアが閉まった。ストーカー親爺は打ちのめされたふうに息を吐き出した。

「天使じゃと！」彼は言った。「こんな時に！」

僕はジーヴスの肩を持ってやるのが正当だと思った。

「完全に彼の言うとおりなんですよ」僕は言った。「学校時代、僕はそいつを暗誦したものです。その男は天使がベッドの脇に座って、本に何か書いてるのを見つけるんですよね。それで最終的な結末はですね……あ、すみません。もしお聞きになられたくなければですけど」

僕は部屋の隅に退散し、写真アルバムを取り上げた。ウースター家の者は、望まぬ者に会話を仕掛けたりはしないのである。

それからしばらくの間、いわゆる雑多なしゃべり声が続いた。が、立腹の故、僕はそれには加わらなかったものだ。誰も彼もがいちどきに話していた。それで誰も彼も、最小限建設的と言いうるようなことを何一つ言わなかった。ストーカー親爺以外はだ。親爺さんは救助隊のための提案を力強く行い、よって彼はかつて一時期カリブ海かどこかの海賊であったにちがいないと考えた点で僕が正しかったことを証明してくれた。

「でかけていってドアを打ち壊して彼を救出してこっそり逃げ出させてどこかに隠して、それであのクソいまいましいポリ公らに彼を探してぐるぐる回りをさせてやって」彼は知りたがったものだ。「何が悪いんじゃ？」

チャッフィーは異議を唱えた。

「そんなことはできません」

「なぜじゃ？」

「ドブソンが番をしているとジーヴスが言ったのを、お聞きになったでしょう」

「そいつの頭をシャベルでぶん殴ってやれ」

チャッフィーにはこのアイディアがあまり気に入らないようだった。思うに、もし自分が治安判事であれば、何をすべきかについては慎重であらねばなるまい。警官の頭をシャベルでぶん殴ったらば、カウンティーじゅうが不信の目で奴を見ることになろう。

「クソッ、それでは彼を買収しよう」

「英国の警察官を賄賂《わいろ》で買収するのは不可能です」

「本当かな？」

「あり得ません」

「まったく、なんて国じゃ！」ヒューヒュー不満の音を上げながらストーカー親爺が言った。彼が英国に対してこれまで抱いていたような好感情を今後抱き得ないことは確かだと思われた。

僕の立腹は鎮まった。我々ウースター家の者は人間である。であるからして中サイズの室内でのこれほど激しい苦悩の場面は、僕にはあんまりすぎたのだ。僕は部屋を横断して暖炉に向かい、ベルを押した。その結果、ストーカー親爺が英国警察官について思いのたけを述べ始めるのと同時に、ドアが開いてジーヴスが現れた。

ストーカー親爺は憎々しげに彼を見た。

「戻ったのか？」

「さようでございます」

「さあて？」

「さてと？」

「何が所望じゃ？」

「ベルが鳴りましたのでございます」

チャッフィーがまたちょっぴり手を振るのをやった。

「いや、いや、ジーヴス。誰も鳴らしていない」

僕は前に進み出た。

「僕が鳴らしたんだ、チャッフィー」

「何のためにだ？」

「ジーヴスを求めてだ」

「ジーヴスなんかいらない」

「チャッフィー、なあ」僕は言った。それでご参集の一同は、間違いなく僕の口調の静かなる威厳にゾクゾク興奮を覚えたはずだ。「いまお前が必要とする以上に、ジーヴスを必要とする時がもしありうるなら、僕は……」僕は自分が何を言っていたのかわからなくなった。それでもう一度最初から言い始めねばならなかったものだ。「チャッフィー」僕は言った。「僕が言おうとしているのは、お前をこの惨状から救い出すことのできる人物は一人しかいないってことだ。その人物はお前の目の前に立っている。つまり、ジーヴスのことを僕は言っているんだ」論旨を明確にするため、僕は言った。「こういう状況でジーヴスが方途を見いだしてくれるってことを、僕と同じくらいお前だってわかってるはずじゃないか」

チャッフィーは端的に感銘を受けていた。記憶が目覚めだし、ジーヴスの勝利の数々を思い起こしているのが僕には見て取れた。

「なんてこった、そのとおりだ。そうだった。彼は見つけてくれるさ、そうだろう？」

「くれるとも、絶対に」

僕はストーカー親爺を鎮圧する目線を放った。彼は天使のことを何か言い始めていたのだ。そして僕はこの男に向き直った。

「ジーヴス」僕は言った。「我々は君の協力と助言を必要としている」

「かしこまりました」

「最初にまず、君に手短かなシノプシス、すなわち事実の概要を説明させてくれ……僕の言いたいのはシノプシスでよかったかな？」

「さようでございます。シノプシスで完全に的確でございます」

「……じゃあ事態の状況の手短かなシノプシスでいいな。間違いなく君は故ジョージ・ストーカー氏を憶《おぼ》えていることだろう。たったいま君が持ってきてくれた電信は、その条項によりストーカー氏がきわめて莫大なる利益を得ているところの彼の遺言に、遺言者がクロガモみたいにとんまだったとの理由に基づき異議が申し立てられていることを告げるものだった」

「はい」

「これに反駁《はんばく》を加えるため、ストーカー氏はサー・ロデリック・グロソップを証人席に送りつけ、ジョージ爺《じい》さんが正気さの点で一級品だったことを専門家として証言させようと意図していた。彼はまったく狂人ではなかった、とだ。といって君にわかってもらえればだが。それで普通だったらこの手で失敗のしようはない。それで絶対成功間違いなしだったことだろう」

「はい」

「しかしながら、だ。またここのところが肝心なんだが、ジーヴス——サー・ロデリックはいま園芸小屋の中にいるんだ——顔は焼きコルクで黒く塗っていて、それで侵入盗の罪で峻厳な刑罰が彼を待ち構えているんだ。となると戦力としての彼の威力がどれほど落ちるものかは、わかるだろう?」

「はい」

「この世界でできることは、ジーヴス、ふたつにひとつだ。仲間の人間が正気か正気じゃないかどうかを決定する最終権威として身を立て名を上げるか、あるいは顔を黒塗りして園芸小屋に押し込められるかのどっちかなんだ。両方はできない。それじゃあどうしたらいい、ジーヴス?」

「わたくしはサー・ロデリックを園芸小屋よりご救出申し上げることを提案いたします」

僕は一同の方に向き直った。

「どうです! 僕はジーヴスが方途を見つけてくれるって言いませんでしたか?」

異議を唱える声がひとつあった。ストーカー親爺だ。彼は野次《やじ》に熱中しているみたいだった。

「彼を小屋から救出するじゃと? 結構」彼は言った。ものすごく底意地の悪い声でだ。「どうやってですかな? 天使の一団といっしょにかのう?」

彼はまたもやバッファローの物真似を再開した。それで僕はきわめて断固たる態度で、彼に静粛を求めねばならなかった。

「君はサー・ロデリックを小屋から救出できるのかな、ジーヴス?」

「はい」

「その点に確信はあるんだな?」

「はい、ございます」

「君はすでに計画あるいは構想を考案してあるんだな？」

「さようでございます」

「前言は撤回いたしましょう」ストーカー親爺は畏敬の念に満ちた口調で言った。「わしの申したことは忘れていただきたい。この窮境からわしを救出してくれるなら、思う存分夜中にわしの枕頭に立ち、わしを起こして天使の話をしてもらってかまわない」

「有難うございます。現実に閣下のご面前に出頭させられる以前にサー・ロデリック・グロソップをご救出申し上げることによりまして」ジーヴスは続けた。「すべての不快事を未然に回避することが可能となりましょう。あの方のお身許は、ドブソン巡査にもヴァウルズ巡査部長にもいまだ知られてはおりません。ドブソン巡査は昨夜以前あの方に会ったことはございませんし、またあの方のことを、ストーカー様のヨット上にて演奏をいたした黒色人種ミンストレル一座の座員であろうと思い込んでおります。ヴァウルズ巡査部長も同様の印象を抱いております。したがいまして、わたくしどもは事態のさらなる進行以前にサー・ロデリックをご救出申し上げればよろしいだけでございます」

僕は彼の話を理解した。

「僕には君の言うことがわかる、ジーヴス」

「お許しをいただけますれば、わたくしはこれより、本目的達成のために推奨いたします方策につきまして大まかに説明を申し上げようと存じます」

「よし」ストーカー親爺が言った。「どういう方法じゃ？　話してくれ」

僕は手を上げた。あることを突然思いついたのだ。

「待つんだ、ジーヴス」僕は言った。「ちょっとだけ待ってくれ」

僕はあらがい難い目でストーカー親爺をじっと見つめた。

「その件についてさらに話を進める前に、解決しておかなければならないことが二点あります。あなたはチャッフィーの奴から、両当事者間で合意した金額でチャフネル・ホールを購入するとお誓いになりますか？」

「わかった、わかった、わかった。そうしようじゃないか」

「それであなたは娘さんのポーリーンとチャッフィーの奴の結婚に合意して、娘さんが僕と結婚するとかいう馬鹿げた話はなしにしていただけますか？」

「するとも、するとも」

「ジーヴス」僕は言った。「話してよろしい」

僕は退いて、彼に発言権を与えた――そうしながら、僕は彼の双眸《そうぼう》が純粋なる知性の光に輝くのを認めたものだ。彼の頭は、いつもどおり、後ろが出っ張っていた。

「本件に関しまして多大なる考察を加えました結果、我々の目的遂行における主たる困難は、ドブソン巡査が園芸小屋前に駐留している点にあるとの結論にわたくしは到達いたしたものでございます」

「そのとおりだ、ジーヴス」

「かように申し上げてよろしければ、彼《か》の者が難問を提出いたしております」

「もちろんそう言って構わないとも、ジーヴス。別の言い方をすれば、〈障害〉だな」

「おおせのとおりでございます。したがいまして我々の最初の一手は、ドブソン巡査を排除いたすことでなければなりません」

「それはわしが言ったことじゃ」ストーカー親爺が不機嫌そうに割って入った。「それで君らは耳を貸さんかった」

僕は彼を鎮圧した。

「あなたは彼の頭を鋤《すき》か何かで殴ろうとなさったんでした。まったくの間違いです。ここで必要なのは……どういう言葉だったか、ジーヴス？」

「フィネス、すなわち技巧でございます」

「そのとおりだ。続けてくれ、ジーヴス」

「管見によりますれば、当該目的は巡査に、小間使いのメアリーがラズベリーの茂みにて逢いたがっているとの言葉を伝えたならば容易に達成されることでございましょう」

僕はこの男の聡明さに呆然《ぼうぜん》としたものだが、その呆然は、一同の側に向き直って解説の注を付け加えられないほどの呆然ではなかった。

「この小間使いのメアリーというのは」僕は言った。「このドブソンの奴と婚約しているんです。それで僕は彼女を遠距離から見たことがあるだけですが、彼女というのは、赤い血潮の巡査がその子に会いにラズベリーの茂みに飛び込まずにはいられないような、まさしくそういう種類の女の子なんです。あー、セックス・アピールに、満ち満ちているんだったな、ジーヴス？」

「並々ならぬ魅力的な若い女性でございます。またわたくしは本効果の確実を期するため、同女は巡査のために一杯のコーヒーとハムサンドウィッチを持参しておるとの趣旨の言葉を同伝言に挿入いたすことがよろしかろうと思料いたします。わたくしの存じますところでは、巡査はいまだ朝食を済ませてはおりません」

僕は表情を曇らせた。

「その辺りはちょっぴり軽めにはしょってくれ、ジーヴス。僕は大理石でできてるわけじゃないんだ」

「ご寛恕《かんじょ》を願います。失念いたしておりました」

「ぜんぜん大丈夫だ、ジーヴス。もちろん君はメアリーを買収しなきゃならなくなるな？」

「さようなことはございません。わたくしはすでに同女の見解を調査いたし、同女が巡査に飲食物を運びたく熱望しておりますことを存じております。わたくしは後者からを装い、同女に巡査が当該地点にて待つ旨の伝言を伝えることを提案申し上げます」

僕は言葉を挟まねばならなかった。

「障害だ、ジーヴス。難問だ、実際な、ジーヴス。もし食べ物が欲しけりゃ、どうして奴は直接家にやってこないんだ？」

「巡査はヴァウルズ巡査部長に気づかれることを危惧《きぐ》いたしておるのでございます。巡査は上官より同地に留まれとの厳重な指令を受けております」

「それなら奴は持ち場を離れるかなあ？」チャッフィーが訊いた。

「親愛なるわが心の友よ」僕は言った。「奴はまだ朝食を済ませていない。それでその女の子はコーヒーとサンドウィッチをどっさり滴らせてるんだ。馬鹿げた質問をして話の腰を折るんじゃない。いいかな、ジーヴス？」

「巡査の不在中におきましては、サー・ロデリックをご救出申し上げ、他所《よそ》の潜伏地にお連れ申し上げることは簡単容易な仕事でございましょう。閣下のご寝室はいかがでございましょうか」

「それで自分は持ち場を放棄したなんて告白する神経が、ドブソンに絶対あるはずがない。君が言わんとしているのはこの点だな？」

「まさしくさようでございます。巡査の口には封印がなされましょう」

ストーカー親爺がまたもや前方にしゃしゃり出た。

「だめだ」彼は言った。「うまくはゆかん。グロソップを救出できんというわけではない。だがサツのほうとて不正な振舞いがあったことに気づくじゃろう。囚人の姿が消えたとなれば、誰かが彼の逃走を助けたと考えつくはずじゃ。あれとこれとを考え合わせれば、我々の仕業じゃと考えつく知恵はあろう。たとえば昨夜、わしのヨットで……」

彼は言葉を止めた。思うに、死に去りし過去を蒸し返すことを嫌ったのだろう。だが僕には彼が何を言いたいかがわかった。僕がヨットから逃げ出したとき、その背後にジーヴスの力があったにちがいないと彼が気づくまでに長くはかからなかった。

「その指摘は重要だ、ジーヴス」僕は言わねばならなかった。「警察に何か決定的なことはできないかもしれない。だがその話は連中の口の端にのぼる。それであっという間にサー・ロデリック・グロソップが顔を黒塗りしてあたりを徘徊《はいかい》してたって話が広まるんだ。地元の地方紙がそのネタをつかむことだろう。ドローンズにいるみたいな、いつも耳をはためかせて名士様に関するいいネタを探して回ってるゴシップ作家の一人がそいつを聞いて、それで結局あの親爺さんがダートムーア刑務所かどこかに投獄されて長年刑務作業に勤《いそ》しむことになるのとおんなじくらい事態は悪いってことになるんだ」

「さようなことはございません。官憲は小屋内に被疑者を見いだすことでございましょう。わたくしはあなた様がサー・ロデリックの代役をお務めあそばされますことをご提案申し上げるものでございます」

僕はこの男をまじまじと見つめた。

「僕がか？」

「ご説明をお許しいただきますれば、肝要なのは被告人が閣下のご面前に出頭させられるその時の参りました折に、黒顔の被疑者が園芸小屋内で発見されることでございます」

「だけど僕はグロソップの奴みたいには見えないぞ。僕らの体格はちがった線でできあがっている。僕はほっそり柳腰だし、彼は……うーん、僕としてはわが旧友の伯母上と熱き絆にて結ばれる運命にある人物を中傷するようなことは何一つ言いたくはないんだが……うーん、つまり僕が言いたいのは、どんなに想像力をせいいっぱい広げたって、彼のことをほっそり柳腰だとは言えやしまいってことだ」

「あなた様は被勾留者の姿を見ておりますのがドブソン巡査のみであることをご失念でおいであそばされます。そして彼《か》の者の唇は、封印されておりますのでございます」

そのとおりだ。僕はそのことを忘れていた。

「わかった。だがジーヴス、なんてこった、悲しみに打ちひしがれたこの家庭に、救済と癒《いや》しを運んでやりたいと熱望するのはやまやまだが、侵入盗の罪で五年もムショに入るのには、僕はあんまり気が進まないなあ」

「さような危険性はございません。検挙の際にサー・ロデリックが侵入しておいでであった建造物はあなた様のお宅の車庫でございますゆえ」

「だけど、ジーヴス。熟考するんだ。考えるんだ。状況を再考するんだ。自分のうちの車庫に押し入ろうとしたところを捕まって、僕が一晩中何も言わずに園芸小屋に閉じ込められたままでいると思うのか……そんなことは……まったくありそうにない話じゃないか」

「必要なのは、ヴァウルズ巡査部長にその点を納得させることだけでございます。巡査の唇は封印されておるという事実のため、彼《か》の者が何と考えようと取るに足らぬことでございます」

「だけどヴァウルズはそんなこと、一分だって信じてくれるもんか」

「いえ、さようなことはございません。物置小屋中でご就寝あそばされることは、あなた様におかれましてはごく日常的なご行動との印象を巡査部長は抱いておるものと思料いたします」

チャッフィーは歓声を放った。

「もちろんだ。奴はお前がまた酔っ払ってやったって当然思うだけのことだ」

僕は冷淡だった。

「ああそうか?」僕は言った。またその時の僕の声は、辛辣《しんらつ》としか呼びようがあるまい。「それじゃあ僕はチャフネル・レジスの歴史に、第一級の飲酒癖患者としてその名を留める次第となるんだな?」

「彼、あなたのことをただキチガイって思うだけかもしれなくてよ」ポーリーンが示唆した。

「そのとおりだ」チャッフィーが言った。奴は嘆願するがごとく、僕の方に向き直った。「バーティー」奴は言った。「まさかお前は今日この日この時に、このアイディアに反対だなんて言うんじゃないだろうな。つまりお前はこういうふうに思われることに異論はないだろう？　つまり……」

「精神的には取るに足らないって」ポーリーンが言った。

「まさしくそれだ」チャッフィーが言った。「もちろんお前はやってくれる。どうだ、バーティー・ウースター？　己《おの》が友人を救うためなら、みずから犠牲となってわずかばかりの一時的不都合を被《こうむ》ることも辞さないんじゃないか？　そうだとも。奴はそんな仕事には飛びつく男だ」

「ぴょんと飛びつくんだわ」ポーリーンが言った。

「ひょいと飛びつくんだ」チャッフィーは言った。

「わしはいつだって彼のことを立派な若者じゃと考えてきた」ストーカー親爺が言った。「はじめて会った瞬間にそう思ったことを憶《おぼ》えておる」

「あたくしもですわ」レディー・チャフネルが言った。「いまどきの若者とはまったくちがいましてよ」

「あたし彼の顔が好きだわ」

「俺もずっと奴の顔が好きなんだ」

　僕の頭はちょっぴりふらふらした。僕がこれほど高い評価を集めるのはめったにないことだ。それでこんなふうな甘い言葉は僕の意気を挫《くじ》き始めていたのだ。僕はこの流れに弱々しく反撃を試みた。

「わかった。だけど聞いてくれ……」

「俺はバーティー・ウースターといっしょに学校に行ったんだ」チャッフィーが言った。「そのことを考えるのが俺は好きだな。私立学校、それからイートン校、その後はオックスフォードだ。奴は誰からも好かれていたなあ」

「彼の素晴らしい、無私の精神のせいででしょう?」

「まさしく君の言うとおりさ。奴の素晴らしい、無私の精神のせいでだ。友達を助けるためとなれば、奴は火の中水の中も辞さないからだ。奴が誰かの汚れ仕事の罪をその広い双肩に引き受けてその責を担う姿を見るたびに、一ポンド持ってたらなあって俺は思うよ」

「なんて素敵なのかしら!」ポーリーンが言った。

「わしが見込んだとおりの男じゃ」ストーカー親爺が言った。

「本当に」レディー・チャフネルは言った。「子供はその人の父ですわ〔ワーズワース「霊魂不滅の頌」の題詞〕」

「奴がその青く大きな目に勇猛果敢な光をたたえ、怒り狂った校長先生に立ち向かう姿を我々は目にしたものだ……」

僕は手を上げた。

「じゅうぶんだ、チャッフィー」僕は言った。「もうたくさんだ。僕はこの恐ろしい試練を甘んじて受けよう。だが一言だけ言わせてくれ。そこから出たときには、僕は朝ごはんをいただけるのだろうか?」

「お前はチャフネル・ホールが提供しうる限り、最高の朝食を手にすることだろう」

僕は奴を探るように見た。

「キッパーは?」

「キッパーひと群れだ」

「トーストは?」

「トースト山盛りだ」

「それでコーヒーは？」

「何ポットでもやる」

僕は頭《こうべ》を垂れた。

「うむ、わかった」僕は言った。「来るんだ、ジーヴス。案内してもらう用意はできた」

「かしこまりました。ひとつ愚見を申し上げることをお許しいただけましょうか？」

「ああ、ジーヴス」

「これはあなた様がこれまでなさった如何なる行為よりも、はるかに貴いなされようでございます」

「ありがとう、ジーヴス」

前にも言ったとおり、こういうことをジーヴスほどうまく言い表せる奴はいない。

22. ジーヴス就職を申し込む

チャフネル・ホールの小さい朝食室の中に陽光が注ぎ入った。そいつは万能テーブルのところに座っていた僕のうえに遊び、後景で空中静止していたジーヴスのうえ、四ひき分のキッパード・ヘリングの骨のうえ、コーヒーポットのうえ、それから空のトースト・ラックのうえに遊びたわむれた。僕はコーヒーポットから最後の一滴を注ぎ切り、思慮深げにそれを啜《すす》った。最近の出来事が僕のうえにその影を刻印し、そしていまトースト・ラックに目をやり、それが空であることを認めると介添えに立つ男に目線を移したバートラム・ウースターは、より真面目な、より成熟したバートラム・ウースターであった。

「チャフネル・ホールの料理人はいま誰だ、ジーヴス？」

「パーキンスと申す女性でございます」

「彼女は見事な朝食をこしらえてくれる。僕からの賛辞を彼女に伝えておいてくれ」

「かしこまりました」

僕は茶碗に唇を触れた。

「全部が全部、あらしの後の優しき陽光みたいだな、ジーヴス」

「まことにさようでございます」

「それにしても、たいした大あらしだったものだ、どうだ？」

「時に、まこと神判のごとき試練でございました」

「神判のごとき試練とは、モ・ジュスト、すなわち適語だな、ジーヴス。そう聞いた瞬間、僕は自分の裁判のことを思い浮かべたぞ。僕は自分が強い男だと自任している、ジーヴス。僕は人生の難事にやすやすと心動かされたりはしない。だがチャッフィーの前に出頭することは不快な経験であったと、僕は告白せねばならない。僕は神経質になり、ばつの悪い思いでいた。チャッフィーの発していたすさまじいまでの法の威厳といったらどうだ。僕は奴がべっこうぶちのメガネを掛けるだなんて知らなかった」

「治安判事としてご公務をあそばされる際には、常にさようになされるものと理解いたしております。閣下はメガネが治安判事の職務遂行に自信をもたらすとお考えあそばされておいでと、拝察申し上げます」

「ふむ、誰かあらかじめ警告してくれているべきだったと僕は思うんだ。僕はすごくいやらしい衝撃を覚えたものだ。奴はまるきり別人に見えた。僕のアガサ伯母《おば》さんそっくりに見えたんだ。奴と僕はかつてボートレースの晩にバカ騒ぎした件でボウ・ストリート治安判事裁判所の被告人席にいっしょに座った仲だったと思い直して、やっとのことで僕は常のサン・フロワ、すなわち冷静さを維持することができた。しかしながら、その不快は長くは続かなかったものだ。奴がことを上手にさっさと済ませてくれたことを僕は認めねばならない。あれから間もなく、奴はドブソンをやっつけたんだろう、どうだ？」

「さようでございます」

「思うに、だいぶ峻厳な譴責《けんせき》であったことだろうな？」

「お見事なご表現でございます」

「さてと、それでバートラムは何ら汚名を負うことなく無罪放免となったものだ」

「さようでございます」

「とはいえヴァウルズ巡査部長は彼が慢性アルコール依存症患者か生来性のキチガイのどちらかだと固く信じ込んでいる。おそらくは両方だとな」僕はさらに言葉を続けた。暗い側面から目を転じつつだ。「だが、そんなことを気に病んだって仕方ないさ」

「おおせのとおりでございます」

「肝心なのは、またもやふたたび君は、君には処理できない危機はないってことを証明してくれたということだ。実にあざやかな手並みだった、ジーヴス。素晴らしくあざやかだった」

「あなた様のご協力なくば、わたくしには何事も果たし得なかったことでございましょう」

「チェッ、ジーヴス！　僕なんかただのポーンに過ぎないんだ」

「いえ、さようなことはございません」

「いや、そうさ、ジーヴス。僕は分をわきまえている。とはいえひとつだけ言いたいことがあるんだ。君の功績の真価を貶《おとし》めるつもりは毛頭ないが、しかし君はちょっぴり運に恵まれたな、どうだ？」

「さて？」

「うむ、あの電報が、君がぴったりの時刻と呼ぶであろうタイミングでたまたま到着したことを言っている。幸運な偶然だった」

「いいえ、わたくしはその到着を予想いたしておりましたものでございます」

「なんと！」

「一昨日ニューヨークにおりますわたくしの友人のベンステッドに、今すぐただちにわたくしの通信の本文を送り返すようにと要請いたしたものでございます」

「まさか君は……」

「ストーカー様とサー・ロデリック・グロソップの間に断絶が生じ、前者がチャフネル・ホールをご購入あそばされないとの決定および、それに続く閣下ならびにストーカーお嬢様に対するご不快を鑑《かんが》みましたところ、ベンステッドへの電信の発信が、あり得べき解決策としてわたくしの念頭に去来いたしたものでございます。わたくしは故ストーカー氏のご遺言《いごん》に異議が申し立てられたとの報せが、ストーカー様とサー・ロデリックとの和解を導くであろうとの推量をいたしたものでございます」

「それで本当は、遺言に異議申し立てをしてる奴なんか誰もいなかったんだな？」

「さようでございます」

「だけどストーカー親爺がそれを知ったらどうするんだ？」

「わたくしはあの方が当然にお感じあそばされる安堵《あんど》の念が、策略に対する反感のすべてを凌駕《りょうが》いたすことを確信いたしておりました。またあの方はすでにチャフネル・ホールご購入に関する必要書類に、ご署名をあそばされておいでございます」

「それじゃあもし奴さんが途方もなく胸をムカつかせたとしても、何ひとつできやしないってことだな？」

「まさしくさようでございます」

僕はもの憂い沈黙に落ち込んだ。この驚くべき新事実は僕を驚倒させたのみならず、胸刺す激しい苦痛をも惹《ひ》き起こしたのだった。つまりだ、僕はこの男を手放してしまった。それで彼はいまやチャッフィーの雇用下にある。そしてチャッフィーが彼をふたたび流通に載せるようなバカをやる見込みはまずない……うむ、なんてこったださ。これが魂に鉄を突き入れるにじゅうぶんではないとは、誰にも言えまい。

昔の貴族がギロチン台へ向かう死刑囚移送車に乗り込む精神でもって、僕は無理やり仮面をかぶった。

「タバコをくれ、ジーヴス」

彼は煙草《たばこ》の箱を取り出し、僕は黙しつつスパスパやった。

「あなた様はこれからどうあそばされるおつもりかを、お伺いいたしてもよろしゅうございましょうか？」

「へっ？」

僕は夢想から覚めた。

「いまやあなた様のコテージは焼失いたしました。ご近在に別のコテージをお借りあそばされるご所存でおいであそばされましょうか？」

僕は首を横に振った。

「いや、ジーヴス。僕は帝都に戻るつもりだ」

「従前のアパートメントへでございましょうか？」

「そうだ」

「しかしながら……」

　僕はその質問を予期していた。

「君が何を言わんとしているかはわかっている、ジーヴス。君はマングルホッファー氏、ティンクラー・ムールク夫人、Ｊ・Ｊ・バスタード中佐のことを考えているんだろう。愛するバンジョレレに対する彼らの態度に関し、強硬な態度をとるを余儀なくさせられていた時とは、事情は変更されたものだ。これより先、何らの軋轢《あつれき》も生じることはない。僕のバンジョレレは昨夜の火事で燃えちゃったんだ、ジーヴス。僕にはもう別のを買うつもりはない」

「さようでございますか」

「そうなんだ、ジーヴス。熱情は去った。ブリンクレイのことを思い出さずに弦を弾くことは、もう僕にはできない。それでこの先、追って通知があるまで僕がぜったいしたくないことのひとつは、あの怒れる男のことを考えることなんだ」

「といたしますと、あなた様におかれましては、彼《か》の者を雇用し続けるご所存はおありではないということでございましょうか？」

「奴を雇用し続けるだって？　あれだけのことの後でか？　奴と奴の肉切りナイフとのレースを、辛くも僅差で逃げ切った後でか？　僕にそんなご所存はない、ジーヴス。スターリン。イエスだ。アル・カポネ。もちろんさ。だけどブリンクレイはだめだ」

　彼は咳払いをした。

「さようならば、あなた様のご家内にはただいま空席があることでございますゆえ、わたくしがお仕え申し上げることをお願いいたしましたならば、あなた様におかれましてはそれを不躾《ぶしつけ》がすぎると思《おぼ》し召しでございましょうか？」

僕はコーヒーポットを転ばしてしまった。

「君は――何と言った、ジーヴス？」

「わたくしが当該ポストへの就職を希望いたすことにあなた様がご同意あそばされるならばよろしいのですがとの希望を、わたくしはあえて表明いたしたものでございます。ご満足をいただけますよう、あい努めてまいる所存でおります。わたくしが過去にいたしてまいったように、でございますが」

「だけど……」

「いまや閣下はご結婚あそばされるはこびとなりましたからには、わたくしはどうあっても閣下の雇用下に留まるつもりはございません。ストーカーお嬢様の美質を賞賛申し上げる点で、わたくしは余人に一歩も譲るものではございませんが、しかしながらご既婚の紳士様のご家庭にお仕え申し上げますことは、わたくしの主義とは相容れぬものでございます」

「どうしてだ？」

「単なる職業上の感情に過ぎませぬ」

「君の言いたいことはわかる。個々人の心理だな？」

「まさしくさようでございます」

「それで君は本当に僕のところに戻ってきたいんだな？」

「あなた様がわたくしにさような振舞いをお許しくださいますならば、たいそうな名誉と有難く存ずるものでございます。もし仮にあなた様が別のご計画をご考慮中ではないといたすならば、でございますが」

こういう至福の瞬間に言葉を探すことは容易ではない。と、こう言っておわかりいただければだが。つまりだ、こういうような——至福の、と呼んで構うまい——すべての暗雲が一掃され、懐かしき良きお日様が六気筒エンジンを全開にバルンバルンうなりを上げている瞬間が訪れたとして——そしたらこんなふうに感じようと……うーん、つまり、なんてこったただ！

「サンキュー、ジーヴス」僕は言った。

「滅相もないことでございます、ご主人様」

訳者あとがき

親友ビル・タウンエンドに宛てた書簡を編集し、編纂した*'Performing Flea'*（一九五三）には、ウッドハウスの小説作法が繰り返し述べられている。母校ダリッジ・カレッジの同級生で、ドミトリーでは同室、一緒に読書し、語り合って過ごしたこの海洋冒険小説作家と、ウッドハウスは一生の友情を貫き、友人として、また先輩小説家として、彼を励まして書くことに対する思いを披露し続けた。ウッドハウスの小説を非常にうまく特徴づけた文章としてよく言及、引用される箇所は、タウンエンド宛一九三五年一月二十三日付書簡にある。

「僕が信ずるところ、小説書きには二つの方法がある。ひとつは僕のやり方だ。つまり現実の人生はまるごと無視して、一種の音楽抜きのミュージカル・コメディーみたいなものにすることだ。もうひとつは人生のどん底深く入り込んで余計なことは一切気にかけないことだ」

　この「音楽抜きのミュージカル・コメディー」という形容がもっともふさわしい作品が、本書『サンキュー、ジーヴス』*Thank you, Jeeves*（一九三四）であろう。『銀河ヒッチハイク・ガイド』（河出文庫、二〇〇五年）で知られるダグラス・アダムスは、ウッドハウスの作品を評して「純粋な言葉の音楽」であると語り、作家を「最も偉大な英語の音楽家」と讃えた。本書で読者は、かろやかな言葉の音楽にいざなわれ、しばし天上の別世界に運んでもらって活劇の興奮とメランコリーの陶酔に浸り、ひとときを至福のうちに遊ばせてもらうことになる。

言うまでもなく、ウッドハウスはミュージカル・コメディーの作り手でもあった。彼のミュージカルとの関わりは、作家が原作を提供するというだけの生やさしいものではない。黎明期のブロード・ウェイにおいて、ウッドハウスは脚本家、そして作詞家としてアメリカミュージカル史を画する活躍をした。脚本ガイ・ボルトン、作詞P・G・ウッドハウス、作曲ジェローム・カーンによる一九一五年以降、とりわけニューヨークのプリンセス・シアターで上演された一連のミュージカルは、アメリカのミュージカルを確立させたとすらいわれる。当時のウッドハウスの生産性は恐ろしく高く、たとえば一九一七年の一年間だけでニューヨークで初演開幕した六本のミュージカルに関わっており、うち*'Kitty Darlin'* と*'The Riviera Girl'* については全曲の作詞を、*'Have a Heart'* *'Oh, Boy!'* *'Leave it to Jane'* については全曲の作詞と脚本の一部執筆を、*'Miss 1917'* については粗筋を担当している。その上同じ年に*'Picadilly Jim'* と*'The Man with Two Left Foot'* の二冊を出版し、更にその上『ストランド』誌と『サタデー・イヴニング・ポスト』誌にジーヴスものの短編を二編発表しているという凄まじさである。

ウッドハウスは学生時代にギルバート・アンド・サリヴァンのオペレッタ、『ペイシェンス』を水晶宮ではじめて観て「完全に恍惚に酔いしれ、これはこの世にありうる最高のものだ」と感激し、詩人としてW・S・ギルバートをずっと崇拝していた。また、彼は香港上海銀行（HSBC）勤務時代から、『グローブ』紙で「バイ・ザ・ウェイ」というコラムを執筆しており、毎日そのためのライト・ヴァースの類いを書くのが仕事だった。音楽にあわせ当意即妙な詞をつける非常な才能がウッドハウスにはあり、娘のレオノーラによると、電話の向こうで作曲家に二、三度ピアノを弾いてもらったその晩のうちに詞を作り、出来上がった詞は完璧にその曲にぴたりと合っていた、という芸当ができてしまう人であったらしい。

ジョージ・ガーシュウィン、アーヴィング・バーリン、コール・ポーターといった当代最高の作曲家らとも、ウッドハウスは一緒に沢山仕事をしている。作詞家ハワード・ディーツはウッドハウスを「私が最も崇拝する作詞家」と述べたし、ロレンツ・ハートは「自分はウッドハウスにインスパイアされた」と語り、ジョニー・マーサーは二十一世紀の研究家にその作品が議論されるであろう六人の作詞家の一人にウッドハウスを挙げた。ジョージ・ガーシュウィンの兄である作詞家、アイラ・ガーシュウィンは作詞家P・G・ウッドハウスについて後年次のように語っている。

「この分野でのウッドハウスの才能はいまだに完全には認識されていない。僕に言わせれば、第一次大戦の直前から二十年代にかけて、彼ほどチャーミングな詞を書いた人はいない。もちろん僕は彼のことをとても崇拝している。それに僕宛の手紙（一九六一年十一月十日付）で、彼は、リチャード・ロジャースから八十歳の誕生日を祝う電報をもらったんだが、ラリー・ハート、オスカー・ハマースタイン、それとリチャード自身が、長年の間プラムからどれだけ沢山の教えを受けてきたことかって言ってきたって書いている」(Benny Green, *'P. G. Wodehouse : A Literary Biography'* [1981] p. 106より引用)

本書でバーティーがバンジョレレで弾く曲は、『ショウ・ボート』で歌われたカーンの名曲、「オールド・マン・リヴァー」や、コール・ポーターが作詞作曲を担当した一九二九年のミュージカル

『ウェイク・アップ・アンド・ドリーム』から「恋とは何でしょう」など、往時の流行曲である。また、作中に登場する「黒人ミンストレル」というのは少々説明を要しようが、「ブラックフェイス」とも言われ、多くは白人が焼きコルクや靴墨などを顔に塗り、黒人を装って黒人風の音楽を演奏するという、十九世紀半ばから起こった寄席演芸の形態である。二十世紀初頭にもミュージック・ホール等で大いに人気を博しており、「サニーボーイ」を歌った「お楽しみはこれからだ」のアル・ジョルソンもブラックフェイスが持ち芸だった。現在では人種差別主義的カリカチュアと感じられ、廃れた芸であるが、少なくとも『サンキュー』の当時には、顔が黒塗りにされているだけですでに面白おかしい、という共通了解が存在したのである。

『サンキュー、ジーヴス』はウッドハウスが書いた初めてのジーヴスものの長編である。南仏のラ・フレイユ滞在中に執筆され、作家自身がその後繰り返し懐かしがって慨嘆するほどのスピードで一気呵成に書き上げられた。一九三二年には完成していたが、連載権を買い取った『コスモポリタン』誌での掲載が遅れたため書籍の刊行は一九三四年になった。第一章で仲たがいした二人が、最終章でめでたく仲直りして結ばれるという恋愛小説風の枠組みになっており、それもつまらぬ諍《いさか》いの末に別れた二人が、愛し合い、切なくやるせなく求め合いながらも互いに別のパートナーと生活を共にし、再会した時にも今の相手に不足はないようなことを言い合って、それで一方は新パートナーに裏切られた末にどんどんどん不幸になってゆき、他方は現在のパートナーに忠実を貫き通す、というとことんベタなメロドラマなのがおかしい。

今回のヒロインはアメリカの大富豪の女相続人、美貌のポーリーン・ストーカーである。彼女はパーティーの元婚約者であるばかりでなく、彼の寝室にパジャマ姿で入った唯一の女性であるし、また、バーティーとのキスシーンまでが記録されている。大型船から海に飛び込む百万長者の娘というと、映画『或る夜の出来事』（一九三四）のクローデット・コルベールが想起されるが、この映画の原作は一九三三年に同じ『コスモポリタン』誌に掲載されたサミュエル・ホプキンス作の短編であるから、あるいはひょっとすると映画のほうでポーリーンにオマージュを捧げてくれたのかもしれない。チャッフィーの洗礼名マーマデュークという名が、古風というほかにどれほどおかしいものかはよくはわからない。W・S・ギルバートのサヴォイ・オペラ『魔法使い』（一八七七）に登場する准男爵の名が、サー・マーマデューク・ポイントデクスターなのがあるいは関係するのだろうか。チャフネル・レジスの村の間抜けな警官隊ヴァウルズ巡査部長とドブソン巡査は、シェイクスピアの『空騒ぎ』のヴァージズ村長とドグベリー警察官を念頭においたものであろう。

リー・デイヴィス著、ボルトン、ウッドハウス、カーンの伝記、『ボルトン、ウッドハウス、カーン――ミュージカル・コメディを創った男たち』Lee Davis, '*Bolton and Wodehouse and Kern*――*The Men Who Made Musical Comedy*'（一九九三）の序文は、一九八〇年の感謝祭の日、当時九十四歳になっていたレディー・エセル・ウッドハウスが、ガイ・ボルトンの娘ペギーの家のお茶に招かれるところから始まる。ウッドハウスもボルトンもその数年前に亡くなっており、二人に関する伝記を書こうとした著者ははじめての聞き取り調査を開始しようとしていた。ペギーは著者の協力者として、エセルに二人の思い出を語らせようと誘導する。

「二人が散歩してたのは憶えてる？」彼女はレディー・エセルに向き直った。彼女の中の時間のトンネルから過去を引き出し、私のために何か思い出話を見つけ出そうとしてくれながら。

「散歩。そう、散歩ね」レディー・エセルは答えた。心ここにあらずといったふうに。

「ねえ、二人は何の話をしてたんだと思う？」ペギーが促した。

「書くことよ。プラミーとガイが話してたのはそのことばっかり」

「憶えてる――？」

「もう、いやになっちゃう。記憶なんかないの。最初に消えるのがそれね。なんだって憶えてたものだった。パーティーもした。ダンスもしたわ。賭けるのだって大好きだった」

「そうよ！」ペギーは勢いづいて身を乗り出した。少しずつ、扉を開きながら。「ある朝、ル・トゥケでだった。私は十七歳だったはずよ。私はビーチにいたの。私、いつだってビーチにいたんだわ。そうしたら貴女がこっちに降りてきて、夜会服と宝石で素敵に飾り立てて、カジノから帰ってくるところだったんだわ。ねえ、あの頃のこと、憶えてる？」

眼鏡の奥の目が明るく輝いた。「シャンパン色の日々」彼女は言った。思い出しながら。


ル・トゥケにウッドハウスが家を購入したのは、『サンキュー』の出版された一九三四年のことである。実質的にウッドハウスにとって最後のミュージカル作品となったガイ・ボルトン、P・G・ウッドハウス共同脚本、コール・ポーター作曲のミュージカル'*Anythig Goes*'制作のため、三者の居住地の中間地点の落ち合い場所として英仏海峡を臨む海浜リゾート地、ル・トゥケの地が選ばれたのだが、ウッドハウスもエセルもここが気に入り、結局この地でドイツ軍に抑留される一九四〇年まで、ここに住まいを構えることになる。

この夏ル・トゥケにほんの少しだけ行った報告をいくらかさせていただきたい。別用でモーツァルト生誕二五〇周年に沸くザルツブルグに行った帰りに、去年アポなしで訪れたダリッジのウッドハウス・ライブラリーで資料を見せていただく約束をしてあったのだ。乗り継ぎに失敗して一日遅れでロンドンに到着し、それでもダリッジに行く約束の日までは二日あったから、「シャンパン色の日々」の地を見ておきたい気がして一泊二日ル・トゥケ単独行を敢行したのである。

ユーロスターで英仏海峡を渡り、カレー・フレットソンという国境駅で降り、入国審査のお兄さんに助けてもらってやっと乗り込んだ頼りなげな在来線を更に乗り継ぎ、奇跡的にエタープル・ル・トゥケの駅に着いたものの既に時計は夜八時をまわりタクシーはおろか、車一台姿はない。誰かに訊こうにも駅舎は閉まっていて誰もいない。しばらく待ってもどうにもならず、道路の向こうの宿屋兼パブといった風情の店に入ってタクシーを呼んでもらうことにした。

結局、パブのカウンターに座っていた地元の妖婦風のお姉さんと相乗りで、予約したホテルにたどり着き、コンシェルジュに「あなたが本日最後のお客様です。お待ちしておりました」と鍵を差し出されてほっとした。いつか日本に行って音楽がやりたいんだというコンシェルジュのファビアンさんは、かくかくしかじかの理由でここに来たのだと告げると、一九三〇年代のホテルの絵葉書を出してくれたり、旧い写真を見せてくれたり、ロウ・ウッドというウッドハウスの家を探す手伝いもしてくれた。とはいえ結局見つけられなかったのだが。

ファビアンさんの予約してくれたブラッスリーで晩ごはんを食べ、町をそぞろ歩いて海岸まで行った。出たところはちょっとした海浜遊園地になっていて、その向こうには砂浜が広がっていた。いつもペギーがいたというビーチはここだ。

翌朝はホテルでとても素敵な朝食にした。朝食室の横の廊下には、一九三〇年代からこちら、このホテルを訪れたセレブリティたちの写真とサインが壁一面に掛かっている。ディートリッヒ、グロリア・スワンソン、モナコのシャルロット王女、ブレア首相やシラク首相等々。ウッドハウスが滞在したロイヤル・ピカルディとかゴルフ・ホテルといったホテルは今はもうないから、偶然予約したホテルだったのだが、シャンパン色の日々を少しだけ垣間見られたようで嬉しかった。

その日のコンシェルジュに帰りのユーロスターに接続する電車の時間を訊くと、なんと今日ただ一本の列車があと二時間後に出るという。全然時間がない。あわててチェックアウトして荷物を預けると、もう一度駅に電話して確認をしてくれ、すると二時間後の電車はキャンセルになったから、一時間後のに乗らなければだめだという。街を歩ける時間はほんのわずかしかない。ウッドハウスの家はゴルフ場のそば。それにここのゴルフコースは年に一度の「ドローンズ・クラブ・ゴルフ・トーナメント」が行われたところだ。とりあえず海岸からゴルフコースのところまで、松林の間の結構な距離を歩き、帰りは走って、頼んでおいたタクシーに乗り込み、結局来ただけになったけれど、来ただけでもよかったんだ、と、名残惜しく沿道を眺めながら駅に着いた。

それでまあ、帰路も何事もなかったわけではないのだが、ともかくも生きてふたたびロンドンの地を踏み、タクシーでホテルに向かう途中、偶然、去年探し当てた下積み時代のウッドハウスのチェルシーの下宿の前を通った。去年は売り出し中の札が掛かっていたが今年は掛かっていない。あっ、という間に通り過ぎてしまったが、やっぱりなんだか嬉しかった。

翌日は約束したダリッジのウッドハウス・ライブラリーに向かった。アーキヴィストのジャン・ピゴットさんはあと六日で定年退職だそうで、ご自分の資料や色々の整理で大変お忙しいのに、あるものは何でも見せてくださった。晩年のウッドハウスの書斎を再現した「ウッドハウス・コーナー」(ここのことをウッドハウス・ライブラリーの皆さんは「ウッドハウス聖堂 (Wodehouse shrine)」と呼んでいた) のガラスの囲いの中に私を入れて、しばらく放っておいてもくださった。作家の机を前に彼の椅子に腰掛け、彼のタイプライター、彼の眼鏡、彼のパイプ、本棚二つ分の蔵書等々にそうっと触ってきた。ピゴットさんは生原稿や書簡、写真の類のどっさり入った箱をいくつも出してきてくださって、端から写真撮影を許してくださった。「ウッドハウスがダリッジにいた最後の年は、彼は色々なことをやったんだ。彼は合唱隊で歌ってもいたし」と、ウッドハウスが出演した学校の演芸会のプログラムと、彼がそこで独唱した曲 *'The Song of Hybrias the Cretan'* という曲の楽譜を取り出して「この歌詞を彼は憶えていたんだね。ほら、ここで使っている」と、*'Uncle Dynamite'* (一九四八) の該当箇所を示してくださったり、「彼はクリケットの選手としても優秀だったんだ」と、ウッドハウスが投手として十回連続で打者を敗退させた試合記録を見せてくださった。書庫の中にも入らせていただいた。やはりダリッジの卒業生であるレイモンド・チャンドラーの本も少しあった。ピゴットさんによればウッドハウスとチャンドラーは直接の面識はなかったが、タウンエンドはチャンドラーと面識があったため彼を通じた交流があったらしい。

ウッドハウスがダリッジを卒業してすぐ、銀行員をしながら原稿を書き、作家になろうとしていた頃、一九〇〇年二月からの、「原稿料収入記録帳」も見せてもらった。ダリッジに来る前にウッドハウスが行った学校で何かの賞品にもらった革装の手帖で、若きウッドハウスが受け取った原稿料が、いつ、何を書いて、どこから、幾ら、と、事細かに記してある。「ウッドハウスはお金のことにはまるで無頓着だったと後に娘さんが書いていますが?」と訊くと「それは嘘だ」とピゴットさんは言った (二〇〇四年刊のマックラムのウッドハウス伝 (Robert McCrum *'Wodehouse —— A*

Life'）でも同様の見解が示されている）。とまれ、ピゴットさんが私に見せてくれたかったのは、その手帖に書かれたメモで、銀行に勤めるかたわら『グローブ』紙で執筆していたウッドハウスが「（一九〇二年）九月九日、グローブと銀行のどちらかを選ぶ必要に迫られ、後者を放り捨てる決心をした。僕は自分の意志でフリーランスとして暮らし始める」と鉛筆で書きなぐっている箇所だ。「この字から、彼の興奮した思いが伝わってくるでしょう？」と、そこのところを何度も指でこすって示してくださった。

'Performing Flea' に収録された書簡も沢山あった。ウッドハウスとタウンエンドは話し合って、個人的に過ぎると判断した箇所はオミットしたから、手紙には赤鉛筆で、本に採る箇所に印がしてあった。第二次大戦中ドイツに強制収容された時代に家族や友人が送って配達不能で送り返されてきた手紙やイヴリン・ウォーなど他の作家からの手紙もあった。長編小説を執筆する前に四百枚書くという創作ノートも、晩年の *'Pearls, Girls and Monty Bodkin'*（一九七二）の生原稿もこの手で触らせてもらった。ウッドハウスはノートを取ると、そこに赤鉛筆で「good !」とかまだまだとか、こうしたらどうだろう、例えば……とか、先生が学生のレポートを添削するように書き込みを入れるのだ。雑多な写真の中には、学生時代のウッドハウスの写真や、ジーヴスの名前をもらったプロクリケット選手のパーシー・ジーヴスの写真、『サンキュー、ジーヴス』を含む映画化作品のスティル写真とか、テレビの *'Jeeves and Wooster'* のパブリシティ用の資料とかもあった。

そうそう、このテレビの『ジーヴス・アンド・ウースター』でジーヴスとバーティーを演じているスティーヴン・フライとヒュー・ローリーが、一九八〇年代に二人でやっていた *'A Bit of Fry and Laurie'* というコメディー・ショーのＤＶＤが二巻今年発売されており、それも今回買ってきたのだ。大変な才能に瞠目させられたものだ。ジーヴス役のスティーヴン・フライは実に多才な人物であるようで、エッセイ、小説のほか、最近は詩の書き方の本を出している。映画『銀河ヒッチハイク・ガイド』のナレーションも彼であったし、『ハリー・ポッター』オーディオ・ブック全冊の読み手も彼である。ゲイであることを公言していて、映画『ワイルド』ではオスカー・ワイルドを演じた。バーティー役のヒュー・ローリーも小説を書いているし、最近は米ＦＯＸのドラマ『HOUSE』の主役医師役で二〇〇六年ゴールデングローブ賞テレビドラマ部門の主演男優賞に輝いている。ケンブリッジ大学時代は二人ともモンティ・パイソンを産んだ喜劇サークル「フットライツ」のメンバーで、当時の仲間には女優のエマ・トンプソンもおり、それでつまり彼は彼女の元彼であるということらしい。バカ顔呼ばわりして本当にすまないことをした。

ウッドハウスとボルトンは最晩年に'*Leave it to Jeeves*'というミュージカルの制作を試み、二人して脚本も音楽も完成させたものの上演は果たせなかった。とはいえジーヴスはあのアンドリュー・ロイド＝ウェバーの手でミュージカルになっている。ウッドハウスの死後間もない一九七五年四月、ロンドンのハー・マジェスティーズ・シアター（現在『オペラ座の怪人』がロングラン公演を続けている劇場である）で幕開けした'*Jeeves*'は、ロイド＝ウェバー唯一の掛け値なしの失敗作と言われ、上演回数三十八回で幕を閉じている。'*Jeeves*'は全面的に書き直され、一九九六年に'*By Jeeves*'としてふたたびロンドンのウエスト・エンドに登場してまずまずの好評を得、またブロードウェイでも好評をもって迎えられた。舞台版のＤＶＤも発売されており、筆者は『活字倶楽部』誌編集部の川上晶子氏のご好意でこれを観ることができた。村の教会ホールでバーティー・ウースター氏によるバンジョーのリサイタルが幕を開けようという、その直前に、不審にも何者かの手によりバンジョーが消えてしまう。急遽ジーヴスの発案でバーティーの友人たちの愛と冒険譚をステージで披露することになるのだが、という設定で、ビンゴやガッシー、オノリア、マデライン、スティッフィーらが登場するオリジナルストーリーである。最後にバンジョーは見つかってバーティーはその超絶技巧を舞台で披露するのだが……問題のアイテムがバンジョーであるところが、『サンキュー』への言及であるわけだ。

ウッドハウスは一九七五年の舞台を見ることなく没したが、生前にロイド＝ウェバーの脚本を読んでおり、ガイ・ボルトン宛一九七三年八月十五日付書簡でその内容を酷評していた。

こうである。

「連中はジーヴスを聖典だと思って、ストーリーを詰め込められるだけ詰め込めばいいと考えている。僕は一番重要なのは**明快さ**だと確信している。明快な脚本を書いたら、どんなにいい材料を使い残したからって気にしちゃだめだ。

連中にはでっちあげたものは全部放り捨てて、『サンキュー、ジーヴス』に立ち戻ってもらいたい。あそこにミュージカルに必要なものはすべて揃っている――つまり、明快で直截なストーリーと、要所要所にまとまった喜劇的場面があるっていうことだ」(Frances Donaldson ed. *'Yours Plum'*［1990］pp. 163-4)

森村たまき

P・G・ウッドハウス（Pelham Grenville Wodehouse）

1881年イギリスに生まれる。1902年の処女作『賞金ハンター』以後、数多くの長篇・短篇ユーモア小説を発表して、幅広い読者に愛読された。ウッドハウスが創造した作中人物の中では、完璧な執事のジーヴス、中年の英国人マリナー氏、遊び人のスミスの三人が名高い。とりわけ、ジーヴスとバーティーの名コンビは、英国にあってはシャーロック・ホームズと並び称されるほど人気があり、テレビドラマ化もされている。第二次世界大戦後、米国に定住し、1955年に帰化。1975年、サーの称号を受け、同年93歳の高齢で死去した。

＊

森村たまき（もりむらたまき）

1964年生まれ。中央大学法学研究科博士後期課程修了。国士舘大学法学部講師。専攻は犯罪学・刑事政策。共訳書に、ウルフ『ノージック』、ロスバート『自由の倫理学』（共に勁草書房）、ウォーカー『民衆司法』（中央大学出版局）などがある。

ウッドハウス・コレクション
サンキュー、ジーヴス

2006年11月27日　初版第1刷発行
2019年 2 月15日　初版第3刷発行

著者　P・G・ウッドハウス

訳者　森村たまき

発行者　佐藤今朝夫

発行　株式会社国書刊行会
東京都板橋区志村1-13-15
電話 03(5970)7421　FAX 03(5970)7427
http://www.kokusho.co.jp

装幀　妹尾浩也

印刷　明和印刷株式会社

製本　村上製本所

ISBN978-4-336-04774-8